BÄRBEL BÖCKER

Henkersmahl

QUOTENKNÜLLER Florian Halstaff, Redakteur einer semi-aktuellen TV-Talkshow, bereitet eine Sendung über unerklärliche Krankheits- und Todesfälle vor, die ganz Köln in Atem halten. Noch ist unklar, ob die Ursache Virusinfektionen oder Nahrungsmittelvergiftungen sind.

Dann überschlagen sich die Ereignisse: Auf dem Weg zur Arbeit erhält Florian einen dubiosen Drohanruf, kurz darauf wird die Show abgesagt – vom Unterhaltungschef des Senders höchstpersönlich. Als schließlich auch noch Florians bester Freund und Vorgesetzter Max Kilian plötzlich und unerwartet stirbt, klingeln bei Florian sämtliche Alarmglocken. Offenbar hat er in ein Wespennest gestochen, in dem sich mächtige Lebensmittelkonzerne, geldgierige Winzer und gewissenlose Staatsdiener tummeln …

Bärbel Böcker ist Sinologin, Germanistin und Publizistin. Sie arbeitete über mehrere Jahre in Berlin, Köln und Bonn als Journalistin und PR-Spezialistin. Seit Mitte der 90er-Jahre ist sie Mitinhaberin einer Film-, Fernseh- und Videoproduktionsfirma in Köln. »Henkersmahl« ist ihr erster Kriminalroman.

BÄRBEL BÖCKER

Henkersmahl

Kriminalroman

GMEINER *Original*

Personen und Handlung sind frei erfunden.
Ähnlichkeiten mit lebenden oder toten Personen
sind rein zufällig und nicht beabsichtigt.

Besuchen Sie uns im Internet:
www.gmeiner-verlag.de

Im Ehnried 5, 88605 Meßkirch
Telefon 0 75 75/20 95-0
info@gmeiner-verlag.de

1. Auflage 2010

Lektorat: Claudia Senghaas, Kirchardt
Herstellung / Korrekturen: Daniela Hönig / Sven Lang, Katja Ernst
Umschlaggestaltung: U.O.R.G. Lutz Eberle, Stuttgart
unter Verwendung eines Bildes von: © Olaf Schneider / PIXELIO
Druck: Fuldaer Verlagsanstalt, Fulda
Printed in Germany
ISBN 978-3-8392-1041-3

Für Renate

»Was der Mensch sät, das wird er ernten«

Galater 6: 7-8

1

Dicker Zigarettenqualm schlug Peter Mallmann entgegen, als er die Wohnung in Köln Ehrenfeld betrat, die ihm selbst im Halbdunkel und fast leer geräumt noch völlig vertraut erschien. Seine Augen durchforsteten suchend den Raum, aber er konnte sie nirgends entdecken. Jemand, den er nicht kannte, hatte ihm die Tür geöffnet, war aber gleich wieder Richtung Musik entschwunden, die laut aus einem der hinteren Zimmer dröhnte.

Plötzlich sah er Vera, eine Studienkollegin, und war froh, als sie ihm eine Flasche Bier anbot. Wenigstens ein vertrautes Gesicht. Peter Mallmann verstand seltsamerweise kaum, was sie sagte, aber den Bewegungen ihres Mundes entnahm er, dass es etwas Lustiges sein musste. Beide lehnten nebeneinander an der Wand und Peter beobachtete, wie die Gäste der Party sich amüsierten. Vera sprach ununterbrochen.

Auf einmal spürte Peter Mallmann, wie ihm kalter Schweiß auf die Stirn trat. Ihre Worte wurden zu Blasen. Sie schienen ihren Mund zäh und wabernd zu verlassen, sich schillernd im Raum auszudehnen und zu zerplatzen, bevor sie ihn erreichten. Er zog seine Lederjacke aus und drückte sie ihr in die Hand. Vera sah ihn prüfend an. Fürsorglich klopfte sie ihm gegen die Schulter, aber für ihn fühlte es sich wie ein Hammerschlag an. Er musste hier weg, sofort, er brauchte dringend fri-

sche Luft. Als er sich in Bewegung setzte, schwankte er leicht und stützte sich an einer Stuhllehne ab.

Auf dem Weg ins Schlafzimmer, das einen Balkon zur Straße hinaus hatte, auf dem er und Yvonne so oft abends gemeinsam in den Nachthimmel gesehen hatten, kam er am Buffet vorbei. Er griff sich ein Stückchen Käse und hoffte, dass es ihm besser gehen würde, wenn er es aß, vielleicht würde es die Übelkeit vertreiben. Peter Mallmann kämpfte sich weiter voran durch die dichte Menge der Partygäste, und plötzlich sah er sie. Yvonne. Ihre rot gelockten Haare schwangen wild im Rhythmus der Musik, sie tanzte und schien nichts um sich herum wahrzunehmen. Ihre Bewegungen nahmen ihn gefangen, wie immer. Der Zauber wirkte noch. Er beobachtete, wie sie, einer Schlafwandlerin gleich, mit aufreizenden Bewegungen auf den Typen zutanzte, der ihm die Tür geöffnet hatte.

Peter Mallmann konnte den Blick nicht abwenden. Eine ungeheuere Welle der Wut kroch in ihm hoch und drohte ihn zu überrollen. Ein Ton verließ seine Kehle, der nicht ihm zu gehören schien. Sekunden später sah er, dass der Fremde wie eine Marionette zu Boden ging. Seine Schläfe war blutverschmiert.

Irgendjemand brüllte Peter an: »Sag mal, spinnst du?«

Eine andere Stimme drang an sein Ohr: »Der ist ja stockbesoffen.«

Peter sah, dass die Flasche, die er eben in der Hand gehalten hatte, zerschmettert in einer Pfütze aus Bier und Blut am Boden lag. Hatte er sie geworfen? Der

Fremde rappelte sich auf, kam hoch und ging mit beiden Fäusten auf ihn los. Peter war unfähig, sich vom Fleck zu rühren. Er hörte ein Knacken, dann spürte er, wie etwas Warmes aus seiner Nase rann. Das Gesicht des anderen, das er zuvor nur verschwommen wahrgenommen hatte, nahm nun Konturen an, großflächig und eckig verzerrte es vor seinen Augen zu einer Fratze. Peter schlug zurück. Er traf den Fremden mit voller Wucht am Unterkiefer. Der andere taumelte, griff sich den abgebrochenen Flaschenhals vom Boden und versuchte, ihn Peter gegen die Schläfe zu rammen, aber Peter konnte sich gerade noch rechtzeitig abwenden, und die Scherbe streifte ihn nur.

Eine Frauenstimme schrie: »Hört auf. Hört sofort auf damit!«

Die Stimme gehörte Yvonne. Unter Tausenden von Stimmen hätte er sie erkannt. Peter hielt in seiner Bewegung inne und drehte sich langsam zu ihr um. In Zeitlupe sah er, wie sie auf ihn zu kam. Täuschte er sich, oder war da ein warmer Schimmer in ihrem Blick? Er wollte ihr sagen, dass er sie immer noch liebte, aber seine Stimme gehorchte ihm nicht. Seine Knie knickten ein und er spürte, wie er langsam zu Boden sackte. Dann wurde es dunkel um ihn herum. Ein seltsamer Gedanke ging ihm durch den Kopf: Woher weiß ich eigentlich, dass ich jetzt sterben werde?

2

Florian Halstaff hasste Kaschmirmäntel, den rheinischen Sauerbraten seiner Mutter und Kontrolle in jeder Form. Das war immer schon so gewesen, solange er denken konnte. Bereits als kleiner Junge hatte er es nicht ausstehen können, wenn Anna, die nach wie vor in der am Rheinufer gelegenen Rodenkirchener Villa seiner Mutter als Haushälterin beschäftigt war, mit festem Schritt die Stufen der Holztreppe nahm, um dann die Tür zu seinem Zimmer aufzureißen und sich streng nach dem Stand der Hausaufgaben zu erkundigen. Sie hielt es nie für nötig anzuklopfen, und kaum war sie im Raum, hatte sie auch schon sein Heft in ihrer kleinen, fordernden Hand. Ärger gab es vor allem, wenn die Seiten noch blütenweiß waren. Anstatt seine Arbeit zu erledigen, hatte Florian sich mit Comics, später mit dem Playboy vergnügt. Umso mehr fühlte er sich gestört, wenn Anna ihn in solchen Momenten gnadenlos in die Wirklichkeit zurückholte. Bis heute, und Florian war mittlerweile 36 Jahre alt, stieg in ihm ein Gefühl des Grolls auf, wenn ihn jemand unvermittelt aus seinen Gedanken riss oder gar kontrollieren wollte.

»Die Fahrkarten, bitte.«

Die Stimme des Mannes, der sich schwerfällig durch den mit Menschen verstopften Gang der Bahnlinie 15 bewegte, ließ Florian innerlich fluchen. Kontrolleure waren eine Spezies von Mensch, die ihm Gänsehaut verursachten. Erst recht an einem Montagmorgen. Außerdem hatte er sich bereits darauf eingestellt, einen ungestörten Blick in die Zeitung werfen zu können, bevor er an der Haltestelle Christophstraße in der Kölner Innenstadt aussteigen musste. Daraus würde nun nichts werden, denn der Kontrolleur würde jeden Moment vor ihm stehen und seinen Fahrschein verlangen. Trotzdem schlug Florian rasch die Zeitung auf, die Schlagzeile *Mysteriöse Erkrankung – bereits 30 Fälle in Köln*, hatte ihn neugierig gemacht. In dem dazugehörigen Artikel hieß es, dass es immer noch keine Erklärung für die Serie von Krankheitsfällen gäbe, die Köln seit zwei Wochen in Atem hielten – und ihn selbst auch.

Florian blickte auf. Er dachte an die Recherchen in seiner Talkshow-Redaktion, die auf Hochtouren liefen. Er und seine Kollegen wussten bislang nicht viel, planten aber morgen eine Sendung zum Thema und er konnte sich nach wie vor nicht vorstellen, wie sie überhaupt aussehen sollte.

Mit halbem Auge registrierte er, wie der Kontrolleur näher kam und dachte daran, dass er unbedingt zwei von der Krankheit betroffene Talkgäste finden musste, die bereit waren, ins Studio zu kommen. Alle Opfer hatten heftigen Schwindel verspürt, fünf von ihnen waren sogar ins Koma gefallen. Die Behörden tappten im Dunkeln. Niemand wusste, wodurch die Symptome ausgelöst wurden, aber langsam machte sich Panik in der Bevölkerung breit.

Florian Halstaff richtete seine Beine schräg Richtung Gang aus, um es ein wenig komfortabler zu haben. Mit einer Größe von knapp zwei Metern war er für jede Möglichkeit, einen Zentimeter mehr Raum zu ergattern, dankbar. Außerdem saß der Bund seiner schwarzen Jeans auf diese Weise etwas lockerer und schnitt nicht mehr so tief ins Fleisch.

Die metallisch klingenden Fahrgeräusche, die beim Drosseln der Geschwindigkeit entstehen, wurden übertönt von der Stimme des Kontrolleurs, der immer weiter in Florians Nähe rückte. Gerade herrschte er einen verlebt aussehenden Mittvierziger an, der letzte Nacht offensichtlich zu wenig Schlaf bekommen hatte, denn dunkle Ringe zeichneten sich unter seinen Augen ab.

»Nun mal her mit dem Fahrschein.« Der Kontrolleur, ein untersetzter Mann mit Halbglatze, stellte sich dem Fahrgast breitbeinig in den Weg.

Florian hob unwillkürlich den Kopf. Er sah, wie sich die Gesichtszüge des Mittvierzigers anspannten und wie seine Augen die des Kontrolleurs suchten. Zwei Sekunden hielt er ihrem Blick stand, dann schlug er seine Augen nieder und reichte dem Kontrolleur wortlos das Ticket, das er bereits in der Hand gehalten hatte.

Merkwürdig, dachte Florian und lehnte sich wieder in den Sitz zurück, dass sich so viele Menschen jeder Form von Autorität, ganz gleich, wie gering sie auch sein mag, unterordnen und bereit sind, selbst Schikanen widerspruchslos hinzunehmen. Ihm ging das Bild eines auf dem Boden liegenden Hundes durch den Kopf, der seinem überlegenen Feind die Kehle hinhielt. Florian schüttelte sich unwillkürlich. Die Bahn ruckte und verlangsamte die Geschwindigkeit. Eine freundliche Frauenstimme aus dem Lautsprecher tönte melodisch durch das Abteil. »Nächster Halt – Barbarossaplatz.«

Florian schloss den obersten Knopf seines hellen Trenchcoats und schlug den Kragen hoch. Eine weitere Station konnte er sitzen bleiben, aber schon gleich würde er im Strom unzähliger Menschen treiben, die wie er auf ihrem Weg zur Arbeit durch Bahnstationen hasteten, um den nächsten Zug nicht zu verpassen und pünktlich zur Arbeit zu kommen.

Das Klingeln seines Handys riss ihn aus seinen Gedanken.

Er sah auf das Display, aber es zeigte ihm keine Nummer an, sodass er nicht wusste, wer zu so früher Stunde schon etwas von ihm wollte. Florian drückte auf den grünen Knopf und meldete sich, unwirsch leicht die Stimme hebend.

Jemand, den er kaum verstand, fragte nach: »Florian Halstaff?«

»Ja. Florian Halstaff.« Seiner Stimme war anzumerken, dass er genervt war.

»Ich möchte ihnen einen guten Rat geben.«

Florian war nahe dran, das Gespräch direkt zu beenden, denn auf Spinner jeglicher Art konnte er am frühen Morgen gut verzichten. Verärgert fragte er nach: »Mit wem spreche ich?«

»Das spielt keine Rolle. Ich sage Ihnen nur eins, suchen Sie sich für die nächste Sendung ein anderes Thema.«

»Wie bitte? Was wollen Sie?« Florian richtete sich

abrupt auf. Er fluchte innerlich und presste das Handy dicht an sein Ohr, aber der Lärm um ihn herum ließ nicht nach, und er konnte den Mann nur schlecht verstehen.

»Keine Talkshow über die Erkrankungen, habe ich gesagt. Verstanden?«

»Und warum nicht, wenn ich fragen darf?«

»Weil Sie sich sonst anstecken könnten, und das läuft nicht immer so glimpflich ab wie bei den anderen.«

Florian war verblüfft, doch bevor er etwas erwidern konnte, machte es klack. Der Anrufer hatte aufgelegt. Er runzelte die Stirn. Die Stimme hatte ziemlich jung geklungen. Er überlegte, ob er sie irgendwann schon einmal gehört hatte, aber seine grauen Zellen gaben ihm keinerlei Rückmeldung. Florian atmete tief durch und ignorierte das alarmierende Gefühl in seinem Bauch, das sich langsam zum Magen hin ausbreitete, und beruhigte sich mit dem Gedanken, dass der Anrufer wahrscheinlich irgendein Verrückter oder ein besonders witziger Kollege aus dem Showumfeld gewesen war. Florian seufzte. Es gab einfach zu viele Idioten auf der Welt. Er wischte den Gedanken an den Anrufer beiseite und sah wieder aus dem Fenster.

Eigentlich war es heute viel zu früh für ihn. Die Flasche Rotwein, die er gestern Abend genüsslich geleert hatte, trug vermutlich auch dazu bei, dass er nur schwer wach wurde. Florian lehnte sich zurück und schloss die Augen. Normalerweise fuhr er eine Stunde später ins Büro, die Redaktion begann in der Regel nicht vor halb zehn mit der Arbeit. Er hoffte, in Anbetracht der frühen Stunde und des seltsamen Anrufs wenigstens dem Kontrolleur zu entgehen. Der Zug würde jeden Moment in den Bahnhof Christophstraße einfahren, doch er hatte Pech. Der Kontrolleur baute sich vor ihm auf und streckte fordernd die Hand aus. Zunächst zögerte Florian einen Augenblick, insbesondere, weil der Mann ihn nun anherrschte: »Mal 'n bisschen hoppla, ja?«

Er spürte, wie Ärger in ihm aufstieg, und war schlagartig hellwach. Zur vollen Länge aufgerichtet fixierte er den Mann und behielt die Karte fest in der Hand.

»Irgendwelche Probleme?«, fragte der Kontrolleur bissig.

»Ja.« Florian ließ sich kurz Zeit, bevor er weiter sprach. »Mit Menschen, die sich wie Sie auf verdammt widerliche Art aufspielen.«

Eine tiefe Röte breitete sich im grobschlächtigen Gesicht des Kontrolleurs aus, und an seiner linken Schläfe schwoll eine Ader gefährlich an. »Ich mache hier meinen Job, sonst nichts.« Der harsche Tonfall stand allerdings im Gegensatz zur nervösen Handbewegung, mit der er sich über die Glatze fuhr.

Die Bremsen der Bahn quietschten, und Florian musste aufpassen, dass er nicht das Gleichgewicht verlor. Er hielt sich an der nächst besten Stange fest. In diesem Moment kam der Zug zum Stehen. Florian riss dem Kontrolleur das Ticket aus der Hand und fasste den Mann, den er um anderthalb Köpfe überragte, fest am Kragen. Er zog ihn zu sich heran. »Demnächst erledigen Sie Ihren Job aber bitte mit etwas mehr Respekt!«

Ohne sich noch einmal umzublicken, machte er einen großen Sprung durch die Tür und landete sicher auf dem Bahnsteig.

3

In der Redaktion, die ihre Räume in einem Altbau am Hansaring in unmittelbarer Nähe des Mediaparks hatte, ging es trotz der frühen Stunde – es war erst kurz nach halb neun – bereits hektisch zu.

Obwohl der Mediapark, errichtet auf dem Gelände des ehemaligen Güterbahnhofs Gereon, als themenbezogener Stadtteil in der Medienbranche eine gute Adresse war, hatte Florians Chefin der Verlockung, in eines der modernen Hochhäuser umzusiedeln, widerstanden und war ihrem alten Büro am Hansaring mit dem Fischgrätparkett, den Stuckdecken und den großen Flügeltüren treu geblieben. Florian liebte Regine Liebermann dafür. Er fand es zwar schön, hin und wieder in der Mittagspause durch den Mediapark zu spazieren und sich ein wenig wie in Klein-Manhattan zu fühlen, wenn er auf den fast 150 Meter hohen Köln-Turm blickte, der den Dom und das Kölner Städtepanorama widerspiegelte, aber richtig wohl fühlte er sich grundsätzlich nur, wenn er von älteren Mauern umgeben war. Die Jahrzehnte, die die alten Gebäude auf dem Buckel hatten, verströmten eine ganz andere Aura, und diese zog er eindeutig der Kühle moderner Architektur vor. Inzwischen hatten sich im Mediapark mehr als 250 Medien- und Dienstleistungsunternehmen angesiedelt, und wenn große Leinwandstars zu ihren Filmpremieren einflogen und abends vor dem

Cinedom im Scheinwerferlicht über den roten Teppich schwebten, stellte sich sogar etwas Hollywood-Glamour ein, was ihn jedoch nicht wesentlich beeindruckte.

Jetzt, da er die altehrwürdigen Büroräume von Profi Entertainment betrat, fühlte er sich sofort wie zu Hause. Sein Blick fiel auf die Garderobe, es war kein Bügel mehr frei. Rasch schlüpfte er aus dem Trenchcoat, stülpte ihn achtlos über eine grüne Wildlederjacke, die so teuer aussah, dass sie nur seiner Chefin gehören konnte, nahm die Zeitung aus der Manteltasche und ging mit schnellen Schritten zur Küche. Dabei bemerkte er ein neues Foto, das neben den zehn glasgerahmten an die Wand gehängt war. Allesamt zeigten sie Jörn Carlo inmitten von prominenten Talkgästen. Auf dem neuen Foto war der Moderator mit dem Oberbürgermeister und einer stadtbekannten Kabarettistin zu sehen. Carlo starrte mit gerecktem Hals gebannt in ihr tiefes Dekolleté.

Das ist wieder mal ganz und gar typisch für ihn, dachte Florian, gib ihm attraktive Frauen mit dicken Möpsen und Carlo ist zufrieden. Er gab dem Bild nicht mehr als einen halben Tag.

Florian riss sich von dem Foto los und hastete weiter. In den meisten Büros wurde schon gearbeitet. Telefone klingelten, Stimmengewirr drang an sein Ohr. Aber er brauchte erst mal einen Kaffee, bevor er anfangen konnte. Meistens wurde der Kaffee von Theo gekocht, dem Praktikanten, und Florian hoffte, dass noch eine Tasse für ihn übrig war. Von den Kollegen hielt es im Prinzip nie jemand für nötig, Kaffee aufzusetzen. Sie bedienten sich zwar gern, doch den Rest sollte Theo erledigen. Die Redakteurinnen und vor allem die Redakteure hatten eben Wichtigeres zu tun.

Als er die Küchentür öffnete, sah er zuallererst Jana. Er hatte bisher nicht oft mit ihr gesprochen, aber immer, wenn er ihr begegnete, war er überrascht darüber, wie gepflegt sie aussah. Florian fragte sich, ob dieser Eindruck vielleicht einzig ihrem Ultra-Kurzhaarschnitt zuzuschreiben war, der perfekt zu ihren klaren Gesichtszügen passte und besonders ihre schmale Nase und den breiten, dabei gut proportionierten Mund zur Geltung brachte. An ihrer Kleidung allein konnte es jedenfalls nicht liegen, denn es kam ebenso vor, dass sie derbe Stiefel zu ausgewaschenen Jeans und einem weiten Rollkragenpullover trug wie ein klassisch geschnittenes Kleid aus Rohseide. Heute hatte sie sich für die Jeans-Variante entschieden. Sie lehnte lässig an der Arbeitsplatte der Einbauküche. Florian bemerkte, dass sie sich langsam mit der linken Hand über ihr kurzes dunkelbraunes Haar strich.

Sie sagte: »Die Zeit ist ziemlich knapp, Max, und ich bin nicht sicher, ob ich das für dich machen kann. Wenn es auffliegt, werde ich Probleme bekommen.«

Max, Redaktionsleiter und damit sein direkter Vorgesetzter, antwortete grinsend: »Wie ich dich kenne, wirst du so geschickt vorgehen, dass niemand auch nur das Geringste merkt.«

Jana drehte den Becher zwischen ihren Händen. »Ich werde darüber nachdenken.« Sie sah von Max zu Florian und begrüßte ihn lächelnd: »Hi, auch schon wach?«

»Nicht wirklich.« Florian warf seine Zeitung auf den Tisch zu dem Stapel anderer Zeitungen, griff in das Regal neben Max und angelte sich eine Tasse. Obwohl der Frühling bereits in der Luft lag, war es morgens ziemlich frisch. Das heiße Getränk tat ihm gut. Er stellte sich neben Jana und sah Max, der immer noch schwieg, fragend an: »Störe ich?«

»Nein, ist schon in Ordnung«, antwortete Max. Er fühlte sich dazu animiert, eine Erklärung abzugeben. »Wir haben uns gerade Gedanken über die morgige Sendung gemacht.«

»Und was hat Jana damit zu tun? Soll sie uns eine neue Datenbank aufbauen?«

»Nein. Es geht um etwas ganz anderes«, sagte Jana und wandte sich wieder an Max: »Sag mal, wie ist denn überhaupt der Stand bei diesem mysteriösen Krankheitsthema?«

Florian fragte sich, was hier eigentlich vorging. Wahrscheinlich hatte Max die Kollegin am Wickel, um sie in letzter Minute noch in eine Aktion einzuspannen, von der er sich erhoffte, Weiteres über die Erkrankungen zu erfahren. Wenn Max an einem Thema dran war, ließ er nicht locker.

Florian kannte Max von Kindesbeinen an, sie waren befreundet, und inzwischen arbeiteten sie zusammen, bereits seit über einem Jahr. Max' Ideenreichtum bei der Recherche und der Biss, mit dem er Sendungen vorbereitete, imponierten ihm. Dass die Chefin Max vor drei Monaten zum Redaktionsleiter befördert hatte, konnte er gut nachvollziehen.

Jetzt sagte Max, dessen struppiges blondes Haar noch feucht war von der morgendlichen Dusche, zu Jana: »Knapp 30 Personen hat es bislang erwischt. Fünf waren bereits bewusstlos, als sie ins Krankenhaus kamen. Angehörige oder Freunde haben sie gefunden. Derzeit versuchen Forscher vom Paul-Ehrlich- und Robert-Koch-Institut herauszufinden, ob es sich um eine epidemieartige Virusinfektion oder um eine Nahrungsmittelvergiftung handelt.«

Florian dachte laut nach: »Wer weiß, wann es den ersten Todesfall gibt. Die Betroffenen haben Glück gehabt, dass sie rechtzeitig ins Krankenhaus gekommen sind.«

»Wer allein ist und bewusstlos wird, hat vermutlich schlechte Karten«, sagte Jana trocken.

»Ja, das sehe ich auch so. Ich war im Krankenhaus und habe versucht, aus den Ärzten was rauszukriegen, aber ich hatte keine Chance. Angeblich gibt es bislang keine Erkenntnisse.« Über Max' Gesicht flog ein Schatten, und er fügte hinzu: »Es gibt also weiterhin keine konkreten Anhaltspunkte, über die wir in der Sendung reden können. Das wird weder den Unterhaltungschef noch Carlo besonders freuen. Immerhin muss er eine Stunde lang etwas zu reden haben. Ich verfolge zwar mehrere Hinweise, aber das ist alles nach wie vor nicht spruchreif.« Er wandte sich an Florian. »Weißt du inzwischen etwas Konkretes?«

»Nein, nichts. Aber ich habe in der Bahn einen seltsamen Anruf bekommen.«

»Du auch?« Max' Augen weiteten sich.

»Irgend so ein Durchgeknallter, der mich davor gewarnt hat, die Sendung zu machen.«

»Mich hat jemand angerufen, als ich am Frühstückstisch saß. Vielleicht war es derselbe. Meinte, wenn wir mit dem Thema auf Sendung gingen, würde mir das schlecht bekommen.«

»Und, kam dir die Stimme bekannt vor?« Florian sah Max gespannt an.

»Bin nicht ganz sicher, glaube aber nicht.«

»Mir sagte sie auch nichts.«

»Woher hatte der eigentlich unsere Telefonnummern?«

»Was weiß ich.« Max zuckte mit den Schultern und sprach weiter: »Schließlich ist es nicht schwierig, die Nummern herauszubekommen. Ein Anruf im Sekretariat und schon hat er sie.«

»Aber er muss gewusst haben, dass wir die Sendung vorbereiten.«

»Na und? Auch kein Problem. Vielleicht kommt er aus dem privaten Umfeld eines unserer Kollegen, oder er ist vom Sender. So eine Show ist schließlich kein Geheimnis.«

Jana hatte aufmerksam zugehört. Halb ernst, halb ironisch sagte sie nun: »Da kann einem ja richtig mulmig werden.«

Sie trat von einem Bein auf das andere und fügte lachend hinzu: »Glücklicherweise bin ich nur eine kleine EDV-Maus und damit außerhalb der Gefahrenzone.«

Florian und Max lachten nun auch.

»Na, warte es ab«, sagte Florian und grinste.

»Vielleicht sollten wir bei Regine eine Gefahrenzulage einfordern«, scherzte Max und fuhr fort: »Aber nun mal im Ernst. Entweder gibt es wirklich einen Zusammenhang zwischen dem Anrufer und den Erkrankungen, dann hören wir noch von ihm, oder er ist einfach nur ein Spinner. Für den Moment vergessen wir ihn am besten.«

»Vermutlich hast du recht.« Florian wandte sich gedanklich wieder den Erkrankungen zu. »Ich frage mich, ob die Mediziner wirklich nichts wissen.«

»Bestimmt gibt es inzwischen Hinweise, denen sie nachgehen. Aber solange die nicht gesichert sind, wird auch nichts der Öffentlichkeit mitgeteilt«, sagte Max und ergänzte resigniert: »Das kennen wir doch.«

Florian schwieg. Er goss sich Kaffee nach. Ein leichter Hauch von Parfum, mit einer Spur Sandelholz und Blütenessenzen versetzt, die er nicht einordnen konnte, stieg ihm trotz des bitteren Kaffeegeruchs in die Nase. Er überlegte. Es könnte eine Spur Bergamotte in ihrem Parfum enthalten sein, und vielleicht auch etwas Jasmin oder Veilchen. Florian war sich nicht sicher, aber es roch angenehm.

»Und, wie steht es mit den Talkgästen, alles im Griff?«, fragte Max.

»Ich bin noch dran, aber heute Nachmittag werde

ich dir hoffentlich eine Traumbesetzung präsentieren können.«

Max bedachte Florian mit einem zweifelndem Blick. »Halt dich ran, wir brauchen wenigstens gute Leute, wenn wir schon kaum Fakten haben.« Er senkte die Stimme. »Möglicherweise hält das Gesundheitsamt bewusst Informationen zurück.«

»Warum sollten sie das tun?« Florian musterte ihn interessiert.

»Um keine Panik in der Bevölkerung auszulösen.« Max sah Florian ernst an. »Täglich steigt die Zahl der Erkrankungen. Wer weiß, wie viele es heute erwischt.«

Florian schwieg, ihm war unbehaglich zumute. Er war sich aber sicher, dass es nicht Wenige sein würden. Vielleicht schlürften sie gerade ebenso ahnungslos ihren Kaffee wie er. Auch er konnte theoretisch vergiftet sein. Oder sie atmeten ahnungslos die Luft, die den Virus bereits in sich trug.

Max seufzte und wandte sich an Jana: »Umso wichtiger ist es, dass wir für die Sendung etwas in Erfahrung bringen. Ich brauche die allerletzten Neuigkeiten aus der Uni-Klinik. Wenn du es schaffst, *vor* der Redaktionskonferenz. Die Situation ist ernst.«

»Liegen dir diese Informationen nicht längst vor?«, fragte Jana erstaunt.

»Im Prinzip ja, aber ich weiß garantiert noch nicht alles.«

»Was brauchst du konkret?«

»Namen und Anschriften der Opfer. Symptome bei Einlieferung, egal wo, Ergebnisse der Blutuntersuchungen und Analyse der Mageninhalte, sofern vorhanden. Ergebnisse der virologischen Forschung, was immer du an Daten kriegen kannst«, sagte Max.

Jana sah mit einem skeptischen Blick zu Florian, aber Max beruhigte sie mit den Worten: »Ist schon o. k. Florian wird es für sich behalten, dass du für uns in fremden Netzen surfst.«

Er lächelte Jana betont aufmunternd zu und klopfte Florian lässig auf die Schulter. Der trat unwillkürlich einen Schritt zurück und dachte, dass sich sein Freund erstaunlich gut mit Jana verstand. Wahrscheinlich hatte er sie längst angebaggert.

Jana sah zu Max. »Dein Wort in Gottes Ohr.«

Bereits halb aus der Tür fügte sie hinzu: »Also gut. Ich werde mir Mühe geben.«

Nachdem Jana den Raum verlassen hatte, ging Max zum Fenster und blickte hinaus. Sinnierend sagte er zu Florian: »Wer weiß, was die Leute gegessen und getrunken haben, bevor sie ins Krankenhaus gekommen sind?«

Florian zog einen Menüvorschlag seines italienischen Lieblingsrestaurants Alfredo, das ganz in der Nähe des WDR lag, aus der Tasche und las vor: »Variation von gebratenen Jakobsmuscheln und Langostinos auf Löwenzahnsalat, Gemüserisotto mit gegrillten Calamari, geschmorter Seewolf mit gestoßenem Koreander und zum Dessert weißer Pfirsich auf Muskatzabaione mit Pistazieneis.« Er sah Max grinsend an. »Na, das haben die, die jetzt flach liegen, hoffentlich nicht gegessen, denn ich habe vor, es mir am Wochenende einzuverleiben. Komm doch mit, ich lade dich ein.«

Max überlegte einen Moment. »Danke. So lecker das klingt, ich koche ab sofort nur noch selbst.«

»Du und selbst kochen?« Florian musste so heftig lachen, dass er einen Hustenanfall bekam.

»Jawohl, und du bist mein Gast.«

»Und was gibt's? Hartgekochte Eier?«, stieß Florian hervor.

»In meinem unerschöpflichen Kochbuchfundus lässt sich bestimmt eine Kleinigkeit finden, die Gnade vor deinem Gourmetgaumen findet.« Max' Stimme klang säuerlich.

Florian schnäuzte sich. Er war heute in wagemutiger Stimmung, das hatte er sich bereits in der Bahn bewiesen, und so sagte er: »Ich bin gespannt. Dann lass dir mal was einfallen.«

»Donnerstag?«

»O. k.« Florian machte eine kurze Pause: »Geht's auch kalorienreduziert?«

»Hör mal, wenn du darüber nachdenkst, bei Alfredo essen zu gehen, brauchst du bei mir erst recht nicht mit einer Diät anzufangen.« Max' Blick fiel auf den Bauch seines Freundes, und er grinste: »So schlimm ist es doch nun auch wieder nicht.«

Er nahm den auf dem Küchentisch liegenden Stapel Zeitungen auf den Arm und wurde ernst: »Aber zurück zum Thema. Viele Menschen denken tatsächlich so. Gegessen wird nur, was man selbst auf den Tisch gebracht hat und was aus vertrauenswürdiger Quelle stammt.«

»Jedenfalls solange nicht ausgeschlossen werden

kann, dass es sich um verseuchte Nahrungsmittel handelt. Dabei meint man immer, die Menschen dürften nach BSE, Würmern im Fisch, verseuchten Futtermitteln und Gift in Fritten doch nicht mehr so empfindlich sein.«

»Mag sein. Wahrscheinlich ist den meisten nach all den Skandalen irgendwann sowieso egal, was sie essen«, überlegte Max und schlürfte seinen Kaffee.

Florians Blick fiel erneut auf Alfredos Menü und ihm lief das Wasser im Mund zusammen. Nachdem er seit zwei Wochen keine Zigarette mehr angefasst hatte, entwickelte er daraufhin einen sehr gesunden Appetit. Er spürte jetzt, wie das Hungergefühl in ihm aufstieg, denn er hatte heute nicht einmal gefrühstückt. Nach dem Gang auf die Waage, den er zwei Wochen lang erfolgreich vermieden hatte, war der Schock auf nüchternen Magen umso heftiger gewesen. Das Display hatte 108 Kilo angezeigt. Als sich die Ziffern auch beim erneuten Wiegen nicht veränderten, hatte er seinen Kühlschrank konsequent ignoriert. Er hatte sogar der Versuchung widerstanden, ein Glas Milch zu trinken. Florian nahm sich fest vor, heute Abend die fettarme Variante zu besorgen, möglichst aus dem Reformhaus oder aus dem Bioladen. Auf seinen heiß geliebten Latte macchiato zum Frühstück wollte er auch in Zukunft nicht verzichten. Aber weitere Überlegungen zu diesem Thema hatten Zeit bis heute Abend. Florian zögerte kurz, entschloss sich dann aber, Max doch zu fragen: »Woher hat Jana soviel Ahnung von EDV, dass sie dir Informationen aus fremden Netzen beschaffen kann?«

»Bis vor einem halben Jahr hat sie als Hacker-Fahnderin bei der Kölner Kriminalpolizei gearbeitet, als Angestellte in einer Datenverarbeitungsgruppe. Sie ist in der Lage, sich Zugang zu fast jedem System zu verschaffen«, antwortete Max.

Florian versuchte, seine Überraschung zu verbergen. Er ließ den seltsamen kleinen Laut, der über seine Lippen kam und sich fast wie ein Pfeifen anhörte, in ein Hüsteln übergehen. Scheinbar unberührt sinnierte er: »Bei der Kripo. Ich dachte, sie wäre eher links?«

»Ist sie auch«, sagte Max. »Deswegen hat sie den Job ja quittiert. Außerdem war er wohl nicht gerade üppig bezahlt.«

»Als Beamtin verdient man doch nicht schlecht«, hielt Florian dagegen.

»Soviel ich weiß, war sie nicht verbeamtet, sondern angestellt. Sie hat quasi für einen Hungerlohn gearbeitet. Aber nachdem sie ihr Informatikstudium abgebrochen hatte, war sie erst einmal froh, überhaupt einen Job zu haben.«

»Wollen wir hoffen, dass sie sich bei uns ein bisschen wohler fühlt.«

Max horchte auf: »Spricht da aus deinen Worten etwa mehr als nur berufliches Interesse?«

»Ach was.« Florian wandte sich schnell der Kaffeekanne zu und goss sich noch eine Tasse ein. »Schon mal was von Paragraf 202 a StGB gehört?«

»Ja, aber ich habe den Inhalt nicht mehr exakt präsent«, antwortete Max. Er legte seinen Kopf schräg und sah Florian erwartungsvoll grinsend an.

»Das Ausspähen von Daten kann mit einer Gefängnisstrafe von bis zu drei Jahren bestraft werden. Meinst du, Jana ist sich darüber im Klaren?«

»Sicher. Sie weiß, was sie tut. Aber wenn die Richter gnädig sind, kommt man auch mit einer Geldstrafe davon.« Max begann zu flüstern. »Und wenn ich es nicht für absolut notwendig halten würde, hätte ich sie nicht um diesen Gefallen gebeten. Immerhin stehen Menschenleben auf dem Spiel.«

Florian sah Max erstaunt an. »Weißt du etwa mehr? Erzähl.«

»Gedulde dich noch ein bisschen.« Max runzelte die Stirn. »Wenn ich sicher bin, erfährst du es als Erster. Nur so viel: Ich glaube, da ist eine ganz große Schweinerei passiert. Und mit den Leuten, die dahinter stecken, ist bestimmt nicht zu spaßen.«

4

Bingo.

Florian legte den Hörer auf. Ausgerechnet jetzt fiel sein Blick auf den Stapel Autogrammkarten, der auf der Ecke seines Schreibtischs lag. Sie waren bereits signiert und zeigten Jörn Carlo mit leicht nach vorn geneigtem Oberkörper und einem Grinsen, das er selbst für ein strahlendes Lächeln hielt. Viele Fans anscheinend auch. Über 50 Autogrammanfragen erreichten die Redaktion jeden Tag. Ein Glück, dass er sich darum, seit er fest als Redakteur angestellt war, nicht mehr kümmern musste.

Florians Blick wanderte zu seiner Armbanduhr. Es war gleich 12 Uhr, er hatte den ganzen Vormittag wie besessen herumtelefoniert, und nun war er endlich zufrieden. Er hatte für die Sendung nicht nur die Zusagen vom Leiter des Gesundheitsamtes und einer Referentin aus dem NRW-Innenministerium, sondern auch die Zusage einer indirekt Betroffenen. Gerade hatte er ausgiebig mit der Ehefrau eines Opfers telefoniert, die ihren bereits bewusstlosen Mann ins Krankenhaus gebracht hatte. Sie war bereit, als Talkgast aufzutreten, und eventuell würde auch ihr Mann, der heute entlassen werden sollte, ins Studio kommen. Florian hatte bereits mit ihm telefoniert. Er war überzeugt davon, dass er in Kombination mit seiner Frau und den politischen Talkgästen die optimale Besetzung für die Talkshow wäre. Das Ehepaar, das sich glücklicherweise gut ausdrücken konnte, war emotional zwar sehr angegriffen, aber das war nicht schlecht, denn Emotionen ließen die Quoten steigen. Außerdem hatten sie mehrfach betont, dass sie großes Vertrauen in die Sensibilität des Moderators hätten. Florian verzog bei diesem Gedanken die Unterlippe. Wenn die wüssten, wie Carlo über manche seiner Talkgäste nach der Sendung herzog. Irgendwie, dachte Florian, mochte er sie alle nicht.

Aber unter journalistischen Gesichtspunkten betrachtet, war Carlo in jedem Fall der optimale Talkshow-Moderator, immer gut vorbereitet, schlagfertig und zu allem Überfluss auch noch attraktiv. Er war groß, schlank, und seine braunen halblangen Locken machten ihn zum Traum aller potenziellen Schwiegermütter.

Sie produzierten Diens-Talk in der Vulkanhalle, einem denkmalgeschützten Klinkerbau in Köln Ehrenfeld, auf dem Gelände des ehemaligen Leuchtstoffröhrenwerks Vulkan. Die Halle bot Platz für bis zu 800 Personen und hatte ein schönes Ambiente, für ihre Talkshow war sie die optimale Location. Wenn Jörn Carlo dienstags nach der Sendung in der Bar auftauchte, in der die Talkgäste mit ihren Angehörigen, die im Publikum gesessen hatten, einen Drink nahmen, rissen sich die Leute darum, noch einmal ein paar Worte mit ihm zu wechseln. Carlo genoss es, im Mittelpunkt zu stehen und angehimmelt zu werden.

Der Einzige, der offen zugab, mit Carlo Probleme zu haben, war der Leiter der Abteilung journalistische

Unterhaltung beim Sender, für den sie Diens-Talk produzierten. Trotz der guten Quoten. Vermutlich, weil Barrick ahnte, dass Carlo den Menschenfreund nur mimte und weil er es hasste, dass er so gut aussah. Barrick selbst, mit Spitzbart, Geheimratsecken und Kasperlgesicht konnte joggen, so viel er wollte, selbst mit einem perfekten Körper würde sich kaum eine Frau für ihn interessieren.

Florian bemerkte, dass Barrick ihm tatsächlich leid tat, und er wunderte sich darüber. Er sah vom Notizzettel auf, den er sich für die Vorbereitung des Talks gemacht hatte, denn es hatte geklopft. Wenn das so weiterging, würde er den Showablauf zur Redaktionskonferenz nicht mehr fertig bekommen.

Eddie Klump steckte den Kopf zur Tür herein. Er war Boulevardjournalist und hatte hin und wieder spannende Tipps auf Lager, die sich für die eine oder andere Sendung als hilfreich erwiesen. Das Entscheidende aber war, dass Eddie und Max sich schon lange kannten, und die beiden sich gegenseitig immer wieder Informationen zusteckten. Eddie stammte aus einer alteingesessenen Kölner Familie und beherrschte das Klüngeln aus dem Effeff. Er agierte, wie die meisten Kölner, ganz nach dem Adenauer-Motto ›Man kennt sich, man hilft sich‹, und nicht zuletzt dadurch hatte er einen bemerkenswerten beruflichen Erfolg, der über Jahre anhielt. Gegen Klüngeln war im Grunde nichts einzuwenden, fand Florian. Solange es nicht kriminell wurde und Angestellte im öffentlichen Dienst und Unternehmen sich unter der Hand gegenseitig Vorteile verschafften, in dem sie sich Geld und Aufträge zuschoben. Doch genau dafür war Köln ja bekannt. Florian selbst hatte den guten Kontakten seiner Mutter zu verdanken, dass er als Redakteur bei Profi Entertainment arbeitete.

Jetzt, da er Eddie zur Tür hereinkommen sah, dachte er daran, dass Max ihn erst vor einiger Zeit mit dem Journalisten bekannt gemacht hatte, aber Max hatte sicher gewusst, warum. Kürzlich erst waren sie miteinander in der Schreckenskammer versackt, einer Brauereikneipe in der Ursulagartenstraße, bei reichlich Kölsch und abschließend Ramazzotti. Seither hatten sie sich nicht mehr gesehen.

Eddie machte einen erschöpften Eindruck auf Florian, er hatte tiefe Schatten unter den Augen, die trotz seiner rechteckigen Brille sichtbar waren.

»Hast du dir gestern wieder so eine Dosis verpasst?«, fragte Florian lachend.

»Um Himmels willen, *eine* Kölsch- und Kräutervergiftung im Monat reicht mir. Was du siehst, ist alles ehrlich erarbeitet. Sehe ich wirklich so schlimm aus?«

»Das letzte Mal hast du schlimmer ausgesehen. Aber setz dich doch.« Er deutete auf den Stuhl, der vor seinem Schreibtisch stand, und Eddie nahm Platz.

»Was gibt's?«, fragte Florian.

»Ihr macht doch eine Sendung über diese unerklärlichen Krankheitsfälle, oder?«

»Ja. Hat Max dir davon erzählt?« Florians Aufmerksamkeit stieg schlagartig.

»Genau. Vielleicht habe ich eine interessante Neuigkeit für dich«, sagte Eddie. »Max meint, dass das was für dich wäre. Habe ihm gerade kurz ›Hallo‹ gesagt.«

»Um was geht's denn?«

»Um eine mögliche Verbindung zwischen den Krankheitsfällen und einem Todesfall in Ehrenfeld.« Eddie schlug seine langen Beine übereinander. Wie Florian war er fast zwei Meter groß, nur erheblich schlanker.

»Einem Todesfall?«

»Ja, am Wochenende hat es einen erwischt, auf einer Party in Ehrenfeld. Offiziell heißt es, er sei an den Folgen einer Schlägerei gestorben, aber ich vermute, dass er der Erste ist, den die mysteriöse Krankheit gekillt hat.«

»Bist du sicher?«

»Ich war selbst auf der Party. Der Typ hat sich tatsächlich geprügelt, aber das war völlig harmlos. An den Verletzungen ist er mit Sicherheit nicht gestorben, er hatte nur ein blaues Auge, eine gebrochene Nase und ein paar Schnittwunden.«

»Weißt du, wie er heißt?«

»Peter Mallmann. War gerade mal 32.«

»Warum hat er sich geprügelt?«

»Ist mit dem neuen Freund der Gastgeberin aneinandergeraten. War ziemlich eifersüchtig. Offenbar hatte er sich noch Chancen bei ihr ausgerechnet.«

Florian schwieg einen Moment. »Und wieso bist du so sicher, dass er nicht an der Schlägerei, sondern infolge der Krankheit gestorben ist?«

»Erstens hat der Notarzt eine entsprechende Vermutung angestellt, denn Peter Mallmann hat anscheinend ähnliche Symptome wie die anderen Erkrankten gezeigt. Zweitens war die Kripo vor Ort und hat den Staatsanwalt informiert und um eine Obduktion gebeten und drittens war ich heute früh in der Uniklinik. Da habe ich gehört, wie zwei Ärzte mit demselben Kripobeamten, der auch auf der Party war, über erste Ergebnisse der Obduktion sprachen.«

»Ja, und?« Florian hielt die Luft an, aber Eddie biss erst einmal in ein Brötchen, das er aus seiner Jackentasche gezogen hatte.

»Hab' seit gestern Abend nichts mehr gegessen«, sagte er entschuldigend und nahm noch einen Bissen.

»Na, dann guten Appetit.«

Nach einer Ewigkeit, zumindest kam es Florian so vor, fuhr Eddie kauend fort: »Der Tote hatte in seinem Magen eine Substanz, wie sie auch in den Mägen von anderen Erkrankten entdeckt wurden. Was es ist, habe ich bisher nicht herausbekommen.«

Florian pfiff durch die Zähne: »Bleibst du dran?«

»Na logo.«

»Und hältst mich auf dem Laufenden?«

»Gut möglich.« Eddie erhob sich. »Aber denk doch mal drüber nach, ob der bestinformierte Journalist der Stadt nicht auch ein hervorragender Talkgast für euren schönen Carlo wäre.«

Einen Moment lang sah Florian ihn sinnierend an, dann sagte er unbestimmt: »Mal sehen.«

Eddies Blick blieb herausfordernd und schließlich gab Florian sich geschlagen: »Ist schon o. k. Du bist der Beste, und ich denke, ich find ein Plätzchen in der Sendung für dich.«

Eddie lächelte und wollte gerade gehen. Er hatte schon die Klinke in der Hand, als Florian sagte: »Wie heißt der Kripobeamte, der sich um den Fall kümmert?«

»Rössner, Marco Rössner. Der Name der Gastgeberin ist übrigens Yvonne Kosuczek, sie ist eine alte Freundin von mir und wohnt in Ehrenfeld in der Takustraße 15.«

»Danke. Ich melde mich nach der Konferenz.«

Eddie hob grüßend die Hand und ging. Florian raffte in Windeseile seine Unterlagen zusammen, dann eilte er in das Büro schräg gegenüber.

Während Florian Max alles erzählte, stürzte Theo, der Praktikant, mit einer Mail ins Zimmer: »Um 17 Uhr gibt es eine Pressekonferenz.«

Beide sahen sich an.

Florian dachte daran, dass er die Hintergrundinfos und Fragenvorschläge für sämtliche Talkgäste schreiben musste. Sie sollten morgen früh fertig sein. Und die Abläufe waren natürlich auch noch nicht fertig. Das bedeutete, dass er gleich nach der Redaktionskonferenz, die in einer Viertelstunde beginnen sollte, Megastress haben würde. Trotzdem, die Pressekonferenz hatte absolute Priorität, er musste unbedingt hin.

»Ich gehe«, sagte er und fragte: »Hat Jana schon etwas herausgefunden?«

»Nein, bis jetzt nichts. Sie kommt nicht ins System,

die EDV bei der Kripo ist aus irgendeinem Grund blockiert.«

Florian holte tief Luft. »Mist. Was meinst du, wann können wir mit Informationen rechnen?«

»Vielleicht erfahren wir im Laufe des Tages etwas«, sagte Max. »Jana bleibt dran, und ich übrigens auch. Wenn es stimmt, was Eddie erzählt hat, müsste sie auch auf Informationen über Peter Mallmann stoßen.«

»Wie macht sie das eigentlich?«

Max senkte den Blick. »Das fragst du sie am besten selbst.« Auffällig beschäftigt blätterte er in seinen Aufzeichnungen.

»Auf jeden Fall haben wir jetzt ausreichend Stoff für den Talk morgen Abend. Die Stunde Sendezeit kriegen wir gefüllt. Ich bin hochgespannt, ob sich die Mitteilungen nachher auf der Pressekonferenz mit Janas Rechercheergebnissen und den Informationen von Eddie decken.«

Die Tür wurde aufgerissen, die Redaktionssekretärin raunte: »Beeilt euch, die warten schon. Die Konferenz hat angefangen, sie haben bereits mehrmals versucht, euch anzuklingeln.«

Die Sekretärin, ein junges blondes Mädchen, das noch an das Gute im Menschen glaubte, stutzte, denn sie hatte bemerkt, dass Max den Hörer neben den Apparat gelegt hatte.

Beide erhoben sich und griffen nach den Unterlagen. Max überprüfte alles auf Vollständigkeit und murmelte: »Ablaufplan der Sendung, Zuspielfilme, alles da.« Ungerührt legte er den Hörer auf und sagte: »Komm, lass uns einen Zahn zulegen, wenn Regine so trommelt, verheißt das nichts Gutes.«

5

Florian und Max standen vor der Fahrstuhltür und starrten auf das Display der Fahranzeige. Der Fahrstuhl hing offenbar fest, denn die Anzeige K1 leuchtete permanent rot auf. Dort im Souterrain befand sich das Archiv und einige Schnittplätze, an denen Profi Entertainment die Zuspielfilme der Sendung produzierte. Wahrscheinlich hatte mal wieder irgendein Kollege den Fahrstuhl blockiert.

»Verdammt, immer wenn man es eilig hat«, fluchte Max. »Komm, wir nehmen die Treppe.«

Aus dem oberen Stock kam ihnen einer der Aufnahmeleiter entgegen. Im Vorbeilaufen frotzelte er: »Hält fit, was?«

»So fit, dass ich bald einen Kreislaufkollaps kriege«, antwortete Max ärgerlich. Er blieb stehen und hielt sich einen Moment am Treppengeländer fest.

Florian wunderte sich, denn Max machte doch sonst nicht so schnell schlapp. »Nun los, komm schon«, sagte er und musterte ihn prüfend.

Beide nahmen die nächsten Stufen, Max jedoch deutlich langsamer. Als sie im dritten Stock angekommen waren, beugte Max sich über das Treppengeländer und rief hinunter: »Um wie viel Uhr geht's eigentlich los? Verzögern sich die Stellproben?«

»Nein, sieht gut aus, wir können den Zeitplan vermutlich halten. Ich melde mich, falls ich etwas anderes höre«, rief der Aufnahmeleiter, der bereits im zweiten Stock angelangt war, zurück.

»Hauptsache, morgen läuft alles glatt«, grummelte Florian. Stellproben, die dazu dienten, dass Licht, Kamera, Ton und Ablauf der Sendung so aufeinander abgestimmt waren, dass alles reibungslos funktionierte, führten sie in ihrer Show derzeit eigentlich selten durch, aber diese Woche hatten sie eine neue Bühnendekoration bekommen und deshalb mussten die Elemente der Show neu koordiniert werden, obwohl im Prinzip alles beim Alten blieb.

Mittlerweile war beim Diens-Talk, der seit zwei Jahren lief und am Dienstagabend von 21 bis 22 Uhr einen Marktanteil von durchschnittlich 16 Prozent erzielte, fast alles reine Routine. Auch die Redaktionssitzungen.

Als Florian und Max nun mit Schweißperlen auf der Stirn in den Konferenzraum eintraten, schlug ihnen eine Wolke schlechter Luft entgegen. Irgendjemand hatte Knoblauch gegessen, viel Knoblauch. Florian ging zum Fenster und kippte es, obwohl er es am liebsten weit geöffnet hätte, aber dafür war es noch zu kalt. Dann setzte er sich an den ovalen Konferenztisch, der vor einem großen Flachbildschirm stand, auf dem ununterbrochen das Programm eines Nachrichtensenders lief. Er wunderte sich darüber, dass Hermann Barrick, Leiter der journalistischen Unterhaltung beim Sender, auch hier war. Üblicherweise zitierte er Regine und Max zu Besprechungen zu sich ins Büro. Außer ihm und Max, Regine Liebermann und Hermann Barrick waren zwei weitere Redakteure anwesend, Katja und Curt. Sie waren Kettenraucher wie Regine.

Regine ergriff das Wort: »Um es kurz zu machen. Wir haben das Thema der nächsten Sendung gekippt. Es lautet nicht mehr *Köln in Angst*, sondern *Brutale Diebe, Jugendbanden in Nordrhein-Westfalen.*«

»Das ist nicht dein Ernst.« Max bekam einen roten Kopf.

»Doch. Und zwar aus gutem Grund.« Regines Stimme klang ungewohnt scharf.

Barrick lehnte sich zurück, reckte den Hals und schob den Unterkiefer vor, wie immer, wenn er sich einerseits unbehaglich, aber dennoch wunderbar mächtig fühlte.

»Der Leiter des Gesundheitsamtes und die Referentin aus dem NRW-Innenministerium haben vor 20 Minuten ihre Teilnahme an der Show abgesagt«, erklärte Regine.

Florian unterbrach sie entgeistert: »Was? Ich habe doch gerade noch mit beiden telefoniert.«

»Nun, was Sie so unter *gerade noch* verstehen. Wir machen eine aktuelle Talkshow, und die aktuelle Entwicklung sieht nun mal so aus, dass beide nicht zur Verfügung stehen. Anstatt nun wie wild Ersatz-Talkgäste aus der Politik zu suchen und in Anbetracht der knappen Zeit maximal Gäste der B- oder C-Kategorie zu kriegen, machen wir lieber eine Top-Sendung zu einem ganz anderen Thema …«

»… das aber niemanden wirklich interessiert«, führte Max den Satz fort. »Ich habe zwar, wie ihr wisst, die

Sendung über die Jugendbanden schon vorbereitet, aber im Brennpunkt stehen doch jetzt ganz andere Dinge! Die Menschen wollen erfahren, was es mit den dubiosen Krankheitsfällen auf sich hat. Außerdem erwarte ich in den nächsten Tagen einen heißen Tipp über einen bevorstehenden Bandenkrieg, der sich in Köln-Bickendorf abspielen soll. Wäre doch schade, das Pulver einfach zu verschießen.«

Max sah Regine an, und die Hoffnung, dass sie ihm zustimmte, stand ihm ins Gesicht geschrieben. Er fuhr fort: »Außerdem haben wir Neuigkeiten. Ein Toter aus Ehrenfeld scheint Opfer der unerklärlichen Krankheit zu sein.«

»Woher wollen Sie das denn wissen?« Barrick funkelte ihn an. Seine Geheimratsecken ließen sein Gesicht noch länglicher erscheinen, als es eh schon war.

»Aus sicherer Quelle«, erwiderte Max.

»Und um welche geht es dabei, wenn ich fragen darf?« Barricks Stimme klang beinahe spöttisch.

»Das würde ich jetzt lieber für mich behalten. Informantenschutz. Aber ich gehe davon aus, dass Sie das spätestens übermorgen in der Zeitung lesen werden.« Max' Antwort war schroffer als nötig ausgefallen.

»Die Quelle wollen Sie also nicht nennen und wir können sie auch nicht benutzen«, stellte Barrick fest. »Treu und Glauben als Basis der Sendung? Dafür riskiere ich nicht den Kopf bei der Programmdirektion.«

»Moment mal, Herr Barrick. Wenn wir die Sendung machen, dann wird die Quelle sogar mit auf dem Talksofa sitzen«, versetzte Max.

Regine schritt ein: »Woher stammen die Informationen, Max, und wer ist dein geheimnisvoller Talkgast?«

»O. k.« Max verzog das Gesicht. »Eddie Klump vom Kölner Blick. Er weiß eine Menge und war sogar auf der Party, auf der der junge Mann starb.«

»Dieser windige Boulevard-Journalist«, erregte Barrick sich. »Dem ist doch jede Lüge recht, um sich bei uns in die Sendung zu schleichen.« Barrick, bereits Ende 50, kam tatsächlich in Fahrt. »Machen Sie die Sache wasserdicht. Kommen Sie mir nicht mit diesem Klump und bringen Sie mir klare Belege, dann reden wir weiter.«

Max schluckte. »Da ist noch etwas. Florian Halstaff und ich haben heute Morgen per Anruf auf dem Handy eine Drohung erhalten. Wenn wir die Sendung nicht kippen würden, müssten wir mit dem Schlimmsten rechnen. Was immer das auch heißen mag.«

Max und Florian sahen Barrick erwartungsvoll an, gespannt, wie er auf diese Mitteilung reagieren würde.

Barrick stutzte einen Moment. »Sie nehmen das doch nicht etwa ernst?«

»Auf jeden Fall so ernst, dass wir die Sendung unbedingt machen sollten. Nun erst recht.« Max drehte sich zu Florian, der nachdrücklich nickte.

»Keine Frage.«

»In diesem Fall gebietet allein meine Fürsorgepflicht, Ihnen die Sendung zu untersagen«, erwiderte Barrick ironisch. »Nicht, dass Ihnen etwas zustößt. Sie wissen ja, für solche Fälle sind wir beim Sender nicht versichert.«

Max starrte Barrick an und schwieg. Jetzt schaltete sich Regine ein, die wie immer in einem dunklen Designerkostüm am Tisch saß, das ihr halblanges blondes Haar perfekt kontrastierte.

»Wie auch immer, fest steht, dass uns die Gäste aus der Politik abgesprungen sind. Das Problem haben wir in jedem Fall und die Chancen, so kurzfristig hochkarätigen Ersatz zu bekommen, stehen schlecht. Die haben uns nur Mitarbeiter aus dem Mittelbau anzubieten.«

Florian und Max sahen sich an. Die beiden anderen Redakteure sagten keinen Ton.

Schließlich unternahm Max einen letzten Versuch. »Vielleicht lässt sich ja doch noch was machen. Persönliche Kontakte ins Ministerium gibt es doch, oder?« Er wandte sich fragend an Florian.

»Vielleicht, vielleicht auch nicht. Meine Mutter hat Drähte dorthin. Aber wir könnten auch schlicht und ergreifend eine ganz offizielle Anfrage an den Direktor der Uniklinik richten, der wäre als Talkgast auch gut geeignet.«

»Einen Versuch ist es auf jeden Fall wert«, versetzte Max und sah seine Chefin erwartungsvoll an. »Wir sollten nicht so schnell aufgeben.«

Es entstand eine kurze Pause. Die anderen beiden Redakteure, Katja und Curt, schwiegen nach wie vor. Regine rutschte unruhig auf ihrem Stuhl hin und her und schlug die Beine übereinander. Florian bemerkte, dass sie mit ihrem linken Fuß auf und ab wippte. Sie sah einen Moment lang Barrick an, wie um in seinen Gesichtszügen nach Anzeichen für einen eventuellen Meinungsumschwung zu suchen und zündete sich eine weitere Zigarette an, bevor sie abschließend sagte: »Danke für das Angebot. Dennoch, es bleibt dabei, wir machen die Sendung zum Thema Jugendbanden.«

»Frau Liebermann und ich sind einer Meinung.« Hermann Barrick legte in einer entschiedenen Geste seinen Stift, den er in der Hand gehalten hatte, weit vor sich auf den Tisch. Florian kannte ihn inzwischen gut genug, um zu wissen, dass dies das Zeichen dafür war, dass die Debatte nun beendet sei.

Max rang um Selbstbeherrschung. Er hatte sich vom Stuhl erhoben und beugte sich vor: »Vermutlich hätten Sie zwischen den Talks zur Bandenkriminalität in Nordrhein-Westfalen gern etwas Militärmusik zur Auflockerung, oder?«

Barrick erwiderte trocken: »Gar keine schlechte Idee, sollten Sie sich direkt drum kümmern.«

»Zu kurzfristig«, sagte Max knapp.

»Und mit Kontakten zur Big Band der Bundeswehr kann ich leider nicht dienen«, ergänzte Florian.

»Dann bemühen Sie sich darum. Ich bin gespannt auf die Ergebnisse.« Barrick sah Max und Florian an, griff seine Aktentasche, verabschiedete sich knapp von Regine und verließ mit steifen Schritten das Zimmer.

6

Während Florian und Max nach der Redaktionskonferenz nur widerwillig an ihre Schreibtische am Hansaring in Köln zurückkehrten, hatte Burkhard Weidner den seinen in der Stiftsstraße in Mainz gerade verlassen. Derzeit lief er, die Hände tief in den Taschen seines dunklen Trenchcoats vergraben, stumm neben seinem Sohn am Kölner Konrad-Adenauer-Ufer entlang. Gerade hatte er für die Strecke Mainz–Köln auf der A3 nur knapp zwei Stunden gebraucht, er war gerast, und die längere Abwesenheit von seinem Schreibtisch erschien ihm mit Blick auf Tims Treiben absolut gerechtfertigt. Die Hohenzollernbrücke im Rücken glitt Burkhard Weidners Blick über den Rhein, den er so liebte, er hoffte, dass der Strom in diesem Jahr nicht wieder zu einem Höchststand von mehr als zehn Metern anschwoll. Rhein-Hochwasser stellte für einen Großteil der Bevölkerung eine echte Katastrophe dar, und wenn er daran dachte, war Burkhard Weidner froh, nicht mehr in Köln, sondern in Mainz zu wohnen. 1995 hatte es sie in ihrer Wohnung in der Kölner Altstadt ganz schön erwischt. Er und seine Frau waren vor einigen Jahren aus beruflichen Gründen umgezogen, aber Tim, ihr Sohn, war in Köln geblieben. Mit prüfendem Blick erkannte Burkhard Weidner, dass der Rhein wegen der Regenfälle der vergangenen Tage schon wieder einen erhöhten Wasserpegel erreicht hatte, aber noch sah alles recht harmlos aus.

Da er sich nicht aufregen wollte, boten ihm die Gedanken an das Hochwasser eine willkommene Ablenkung. Denn was Tim, der seine Haare zu einem Pferdeschwanz gebunden trug, ihm eben eröffnet hatte, hatte ihn regelrecht geschockt. Er musste den richtigen Ton finden. Wenn er anfing zu brüllen, würde das Verhältnis, das er so mühsam wieder einigermaßen hergestellt hatte, erneuten Schaden nehmen. Mit aller Selbstbeherrschung, die er aufbringen konnte, fragte er: »Was hast du dir eigentlich dabei gedacht? Glaubst du, das würde irgendetwas bringen?«

Tim sah seinen Vater von der Seite an und antwortete, bereits aufbrausend. »Natürlich, sonst hätte ich es ja nicht gemacht.«

»Schrei nicht so.« Burkhard Weidner, der heute eine Baskenmütze aufgesetzt hatte, weil er sich bei den Temperaturen schnell eine Erkältung zuzog, packte seinen Sohn hart am Ärmel. »Wir sind nicht die Einzigen hier. Leiser, Mensch.« Nervös rückte er die Mütze zurecht, die schräg auf dem Kopf saß und seine spärlichen grauen Haare knapp bedeckte. Aber die zwei älteren Frauen, die einige Meter vor ihnen gingen, hatten sich nicht einmal umgeblickt. Etwas ruhiger sagte er nun: »Also noch einmal, was hast du dir dabei gedacht?«

Tim sah seinen Vater trotzig an und antwortete ausweichend: »Eine ganze Menge. Euer Zeug ist giftig, Mensch, kapier das doch endlich! Einige, die zu viel davon intus haben, liegen jetzt im Krankenhaus. Ein Typ ist wahrscheinlich sogar daran gestorben.«

»Deine Behauptung ist ungeheuerlich!« Burkhard

Weidner verspürte den unmittelbaren Wunsch, sich zu setzen, aber die Parkbank, die er am Wegrand bemerkte, schien ihm meilenweit entfernt zu sein. Wortlos ging er neben seinem Sohn her, den Schritt unter der Schwere des soeben Gehörten unwillkürlich verlangsamend. Nachdem er sich wieder etwas gefasst hatte, sagte er: »Selbst wenn du recht hast, ist das immer noch kein Grund, eine TV-Sendung verhindern zu wollen, indem du Redakteure einschüchterst.«

»Doch, es gibt Grund genug.« Tim sah seinen Vater von der Seite an, senkte den Blick jedoch sofort wieder und fuhr kleinlaut fort: »Ich habe es jemandem verkauft, mit dem nicht gut Kirschen essen ist. Wenn der herausfindet, dass man daran krepieren kann, werde ich auch nicht mehr lange leben.«

»Du meine Güte.« Burkhard Weidner brach der Schweiß aus und Tim erklärte: »Ein Redakteur von Diens-Talk verfolgt eine Spur, die direkt zu euch führt. Er scheint aber der Einzige zu sein, der davon weiß. Wenn ich den in seinen Recherchen stoppen kann, kommt vielleicht nie heraus, dass dieses dämliche Zeug an allem Schuld ist und Alex lässt mich in Ruhe. Und du hättest Zeit genug, alles, was existiert, zu vernichten und könntest damit eventuell Schlimmeres verhindern.«

Zielstrebig steuerte Burkhard Weidner die Parkbank an, die nun unmittelbar vor ihnen stand, und setzte sich schwerfällig. Tim nahm neben ihm Platz. Der Blick des Vaters wanderte zur Deutzer Brücke, die ihre Farbe wie vier weitere Brücken Konrad Adenauer zu verdanken hatte. Extra auf seinen Wunsch hin war das spezielle Patinagrün entwickelt worden, und es sah wirklich gut aus. Burkhard Weidner atmete tief durch. Am liebsten hätte er das Gespräch mit seinem Sohn jetzt nicht geführt. Wie gern würde er stattdessen unbeschwert über die Hohenzollernbrücke oder über die Südbrücke schlendern und die sogenannten Liebesschlösser in Augenschein nehmen, von denen er in der Zeitung gelesen hatte. Seit einiger Zeit hingen Tausende bunter Vorhängeschlösser am Zaun zwischen Bahngleisen und Fußgängerweg, und täglich wurden es mehr. Verliebte Paare schworen sich auf ihnen ewige Liebe, den Schlüssel für das Schloss warfen sie in den Rhein. Burkhard Weidner fand diesen neuen Brauch so sympathisch, dass er sich vornahm, die Schlösser unbedingt bei seinem nächsten Kölnbesuch anzusehen.

Seufzend wandte er sich seinem Sohn zu und sagte: »Also, du hast davon an diesen Bandenchef verkauft. Wem noch, und wo?«

»Das meiste auf dem Nippeser Wochenmarkt am Wilhelmplatz. Und dann hat so ein Schreiner ein bisschen was gekriegt und eben Alex. Vor allem Alex.«

»Was hast du mit dem überhaupt zu schaffen? Junge, du hattest doch schon genug Ärger mit der Polizei! Willst du dein Schicksal unbedingt herausfordern, indem du dich mit diesem kriminellen Typen einlässt?«

Burkhard Weidner war inzwischen auf alles gefasst, und Tims Schweigen war Antwort genug. Er stöhnte leise und fragte sich, was er eigentlich von seinem Sohn erwartet hatte. Wenn Tim nur ahnen würde, was er ihm antat. In diesem Moment hasste er ihn mit jeder Faser, aber als er Tim kleinlaut sagen hörte: »Ich habe Schiss vor Alex, begreif das doch endlich«, mischte sich unwiderruflich das altbekannte Gefühl der Sorge unter den Groll und gewann schließlich, obwohl er sich dagegen sträubte, die Oberhand.

»Wenn Alex merkt, dass das Zeug nicht koscher ist, dann gnade mir Gott. Der fackelt nicht lange.«

Gedankenversunken betrachtete Burkhard Weidner einige Spatzen, die sich begeistert um trockene Brotkrümel scharten und eifrig darauf erpicht waren, keinen einzigen außer Acht zu lassen. Schließlich sagte er: »Überlass die Angelegenheit bitte mir. Da ist sie besser aufgehoben, und vor allem lass diesen Redakteur in Ruhe.« Mühsam erhob er sich von der Parkbank, stopfte den Schal tiefer in den Ausschnitt seines Mantels und setzte den Weg fort. Tim folgte ihm wortlos. Nachdem sie eine Weile nebeneinander hergegangen waren, fragte Burkhard Weidner: »Haben die in der Redaktion deine Nummer erkennen können?«

»Nein. Ich habe von einer Telefonzelle aus angerufen. Ich bin nicht blöd, auch wenn du immer meinst, ich wäre es«, sagte Tim verstockt. Angriffslustig fragte er nach: »Und? Was willst du tun? Wie ich dich kenne, füllst du erst mal 100 Anträge aus, stimmt doch, oder?« Tim kickte mit dem Fuß ein paar kleine Steinchen aus dem Weg.

Burkhard Weidner spürte, dass er sich sehr beherrschen musste: »Du bist unverschämt«, sagte er nur und fügte nach einer kleinen Pause hinzu: »In jedem Fall wende ich Mittel an, die klüger sind als deine.«

Inzwischen hatte er große Lust, das Gespräch mit seinem Sohn rasch zu beenden. Er wandte sich um und steuerte schweigend auf die schmalen, bunten Häuser der Kölner Altstadt mit ihren hohen Giebeln und Schieferdächern zu. Sie passierten Groß St. Martin und gingen, gedankenversunken, durch enge Gassen zur Tiefgarage am Dom, wo er seinen Wagen geparkt hatte. Für die Schönheit der Häuser hatte er heute keinen Blick. »Halt dich da raus, ich sage es dir noch einmal. Verstanden?« Burkhard Weidners Ton klang scharf.

Tim schwieg und sein Vater insistierte: »Ob du das verstanden hast, habe ich gefragt.« Er blieb stehen und sah seinem Sohn fest in die Augen. Tim konnte ihm nicht ausweichen, denn jetzt griff sein Vater auch nach seinen Schultern. Er legte beide Hände darauf und zwang ihn, ihm ins Gesicht zu sehen.

»Ich werde es schon nicht an die große Glocke hängen«, sagte Tim genervt. Er senkte den Blick sofort wieder, und sein Vater ließ ihn los.

Inzwischen hatten sie den Kölner Dom erreicht, das als Weltkulturerbe geltende Wahrzeichen der Stadt. Vor ihnen wurde der Eingang zur Tiefgarage sichtbar. Auf der Domplatte, einer modernen Betonkonstruktion, die den Dom umgab und auf dem Domhügel rund 17 Meter über dem Rhein lag, waren verhältnismäßig wenig Menschen unterwegs.

Bei dem ungemütlichen Wetter bleiben die meisten

Menschen wohl zu Hause, dachte Burkhard Weidner und hielt seine Mütze fest, an der der typische Domplatten-Wind zerrte. Und die Touristen saßen vermutlich lieber in den umliegenden Kneipen, tranken Kölsch und aßen Halven Hahn oder Hämchen mit Sauerkraut.

Burkhard Weidner wandte sich ein weiteres Mal an seinen Sohn: »Sieh bitte zu, dass du alles, was du unter die Leute gebracht hast, wiederbekommst. Wie, ist mir ganz egal. Und pass auf, dass niemand etwas merkt.«

Bevor er die Treppen zur Tiefgarage hinabging, fügte er in etwas weicherem Ton nach einem Moment des Überlegens hinzu: »Wir packen das schon.«

Ein flüchtiges, doch aufmunterndes Lächeln glitt über sein Gesicht, dann war er verschwunden. Als er in seinem Wagen saß, drückte er ein wenig zu heftig auf das Gaspedal und der Motor heulte auf. Verdammt, es war spät geworden, er musste dringend zurück.

Zurück ins Ministerium.

7

Tim Weidner kam es so vor, als liefe er schon zum hundertsten Mal durch die Passage in der Bodenheimer Straße Ecke Bahide-Arslan-Straße. Von Alex keine Spur. Ein erneuter Blick auf seine Armbanduhr bestätigte ihm, dass er ihn bereits eine Stunde warten ließ. Gleich 21 Uhr. Frierend und ärgerlich zog Tim den Reißverschluss seiner Lederjacke hoch. Er würde ihm noch fünf Minuten geben, wenn er dann nach wie vor nicht auftauchte, würde er einfach verschwinden. Lange genug gewartet hatte er schließlich. Doch leise Zweifel verschafften sich Gehör. Vermutlich wäre es besser, ein wenig länger zu warten. Man wusste nie, wie er reagierte. Also gut, dann eben noch zehn Minuten.

Alex vertrug es nicht, wenn man ihn versetzte. Dabei war der Gedanke eigentlich absurd. Schließlich hatte er ihn versetzt und nicht umgekehrt.

Wenn er wenigstens wüsste, was er von ihm wollte. Hoffentlich hatte es nichts mit dem Stoff von seinem Vater zu tun. Tim strich sich wiederholt eine Strähne seines langen Haars aus dem Gesicht. Es war doch wohl niemand aus der Gang daran erkrankt? Warum hatte er es auch ausgerechnet an Alex verkaufen müssen. Er schalt sich selbst einen Dummkopf.

Plötzlich spürte Tim einen heftigen Schlag im

Rücken. Er stolperte und fiel auf die Steinplatten. Mühsam hob er den Kopf. Über ihm stand Alex und grinste.

»Na, gemütlich da unten?« Alex setzte einen Fuß auf seinen Rücken. Tim hatte keine Chance aufzustehen. Nach vielleicht einer Minute, die ihm unendlich lang vorkam, nahm Alex den Fuß wieder herunter. Er hörte ihn langsam sagen: »Kannst hochkommen.«

Tim richtete sich vorsichtig auf und bemerkte, dass Alex ihm sogar die Hand reichte. Nur zögernd griff Tim zu, doch seine Angst schien unberechtigt, denn er half ihm tatsächlich. Als er wieder auf beiden Beinen stand, klopfte er sich den Schmutz von der Hose und grinste nun auch.

»Alles tutti?«, wollte Alex wissen.

»Klar.« Tims Stimme war schwächer als sonst.

Alex fixierte ihn, legte den Arm fest um seine Schulter und setzte sich in Bewegung.

Tims Herz schlug schneller. Was wollte er von ihm?

»Ich glaube, wir müssen dir mal ein bisschen deine hübsche Visage polieren. Das eben war nur ein kleiner Vorgeschmack.«

»Was habe ich denn verbrochen?«, schrie Tim hysterisch.

Alex ging ungerührt weiter. Der Griff seiner Hand schmerzte Tim durch die Lederjacke hindurch. Wie ein Schraubstock, den er nicht abschütteln konnte.

»Du plauderst ein bisschen zu viel.«

»Ich? Gibt doch gar nix zu plaudern.«

Alex' Umklammerung tat höllisch weh. Tim versuchte, sich zu befreien, aber vergeblich.

»Da habe ich aber etwas ganz anderes gehört.«

»So? Was denn?« Tim starrte Alex an.

»Was denn?«, äffte Alex. »Ich will dir sagen, was. Da gibt's einen Reporter, der hinter mir herschnüffelt, und ich habe munkeln hören, dass *du* ihn mir aufgehalst hast.«

»Nein, habe ich nicht! Ich kenne überhaupt keinen Reporter.«

Abrupt blieb Alex stehen und schlug zu. Tim strauchelte. Er roch frisches Blut. Es rann über sein Kinn. Vorsichtig wischte er es mit seinem Jackenärmel weg, wo es purpurn leuchtete.

»Ich habe dich an niemanden verpfiffen, wirklich nicht.« Tims Stimme klang erstickt. Er wusste weiterhin nicht, wovon Alex sprach, aber er bemerkte, dass er ihn etwas verunsichert hatte.

»Wir sind doch Freunde«, sagte er rasch. Alex blies hörbar Luft durch die Nase und schwieg. »Hast du eigentlich noch was von dem Zeug, dass ich dir neulich gebracht habe?«, fragte Tim vorsichtig.

Alex lachte verächtlich. »Glaubst du, du kommst aus der Nummer mit 'ner milden Gabe raus? Das Zeug war zwar nicht schlecht, aber so gut nun auch wieder nicht.«

»Hast du noch was davon?«

»Leider nicht. Du darfst mir also noch was bringen. Aber wenn du tatsächlich hinter der Sache mit dem Journalisten stecken solltest, wird dir das leider trotzdem nichts nützen, da kannst du Gift drauf nehmen.«

Ohne ein weiteres Wort zu verlieren, drehte Alex Weyer sich um und ging.

8

Diese rasenden Kopfschmerzen.

Normalerweise bekam er so etwas nur sonntags, nach einer durchzechten Nacht, aber nicht am frühen Montagabend. Bereits vor einer halben Stunde hatte er zwei Kopfschmerztabletten geschluckt, aber eine Wirkung war nicht zu spüren. Im Gegenteil. Er presste beide Hände gegen die Schläfen, als könne das helfen. Der Schmerz hämmerte in kurzen Intervallen direkt über der Nasenwurzel und zog nach hinten.

Ein Tiger, der seine Kopfhaut zerfetzte. Ihm seine Krallen ins Hirn trieb. Ihn daran hinderte, zu denken.

Ein lautes Stöhnen kam über seine Lippen. Er musste stehen bleiben, sich an die Wand lehnen. Kalte Wand. Das grelle Weiß der Kacheln tat ihm weh, er musste die Augen wieder schließen, sich vor dem Weiß schützen, unbedingt. Gleichzeitig spürte er, wie ihm der Schweiß auf die Stirn trat.

Diese rasenden Kopfschmerzen. Taumelnd versuchte er, das Waschbecken zu erreichen. Kein Halt mehr, nirgends. Seine Füße fühlten sich taub an. Jeder Schritt eine Qual. Der Mund trocken wie Staub, die Zunge ein fremdes Tier. Wasser. Im Spiegel seine aufgerissenen Augen, die ihm entgegenblickten. Endlich hatte er sein Ziel erreicht. Krampfhaft hielt er sich am Waschbecken fest und sah hinunter auf die Hand, die da ver-

suchte, den Wasserhahn aufzudrehen. War das seine? Dieses zittrige Etwas, einem Spinnenkörper gleich, den er nicht in der Gewalt hatte?

Keine Kraft mehr. Der Schweiß tropfte von seiner Stirn, doch der Wasserhahn bewegte sich keinen Millimeter. Er röchelte. Die Konturen des Waschbeckens verschwammen. Er versuchte, sich am Rand festzuhalten, den drohenden Fall zu verhindern, aber vergeblich. Er sackte auf den Boden, unfähig, wieder hochzukommen.

Nach Minuten, die ihm wie eine Ewigkeit erschienen, drehte er den Kopf, denn er hatte ein Geräusch gehört. Jemand war hereingekommen. Endlich. Er atmete auf. Gekrümmt am Boden liegend, sah er auf ein paar dunkle Stiefel mit grünen Schnürsenkeln, die langsam auf ihn zukamen und dann kurz vor seinem Körper stoppten. Er lächelte. Die Schuhe seines Retters. Am liebsten hätte er sie geküsst. Gleich würde er ihm aufhelfen. Gleich würde alles gut. Er horchte, aber im Raum blieb es still. Totenstill. Nicht der Hauch einer Bewegung. Er versuchte, zu lächeln und seinen Kopf zu heben, denn er wollte sehen, wer vor ihm stand, aber er hatte keine Chance. Er konnte sich kaum rühren. Ehe er all seine Kraft sammeln und etwas sagen konnte, drehten die Schuhe um und entfernten sich. Das leichte Klacken der Tür verriet ihm, dass er erneut allein war. Schaum trat vor seinen Mund und erstickte den Schrei, der aus seiner Kehle nach oben drängte.

Fauchend grub der Tiger seine Klauen tiefer in ihn hinein. Er stürzte sich auf ihn mit ganzem Gewicht.

Enormer Druck. Kaum Luft zum Atmen. Seine Beine manövrierunfähig. Die Taubheit in seinem Körper kroch immer höher. Und jetzt auch noch diese Übelkeit.

Der Tiger ließ einfach nicht los.

Er wusste, inzwischen hatte die Bestie auch seinen Rücken aufgerissen, denn eine ungeheuere Hitzewelle überkam ihn. Er bäumte sich auf. Konnte er sie abschütteln? Nach einer Weile hielt er die Luft an. Tatsächlich, der Schmerz war auf einmal verschwunden. Wie weggeblasen. Sanft wie die Samen einer Pusteblume. Auch der Rücken taub. Er stöhnte. Der Kopf schmerzte weiterhin. Er musste würgen, robbte Richtung Toilette, ruderte auf dem Boden mit den Armen. Der Gedanke, welch lächerliche Figur er abgab, steigerte den Brechreiz ins Unermessliche. Kam denn niemand, um ihm zu helfen? Plötzlich durchzuckte ihn ein Hoffnungsschimmer. Ja, so musste es sein: Der Stiefelträger holte Verstärkung. Alarmierte einen Krankenwagen und kam jeden Augenblick zurück. Er versuchte zu rufen, doch seine Stimme versagte. Er brachte nichts als ein jämmerliches Winseln heraus, das in den Schaumblasen vor seinem Mund verebbte. Jetzt verloren auch seine Arme an Kraft, sie ruderten immer schwächer. Und plötzlich: Auch hier kein Gefühl mehr. Taub wie alles andere. Seine Wange versuchte, sich an den Boden zu schmiegen. Die Augen hielt er geschlossen. Er wollte schlafen, einfach nur schlafen. So lag er eine Weile. Dann ließ ein tiefer, rasselnder Atemzug seinen Körper erzittern, und als er sich nach einigen

Sekunden wieder entspannte, kam nur noch ein zarter Hauch über seine Lippen.

Der Tiger hatte endlich losgelassen.

9

Es war bereits dunkel und Florian Halstaff fröstelte, als er auf den Treppenstufen vor dem Haus seiner Mutter im Rodenkirchener Auenviertel stand und zum zweiten Mal an der Haustür klingelte. Florian liebte Rodenkirchen, das 1975 eingemeindet worden war und sich am Westufer des Rheins im sogenannten Rheinbogen befand. Als er noch zu Hause wohnte, hatte Florian in kölntypisch schwülen Sommernächten oft mit Max im feinen Sand des Rheinstrandes gelegen, auf die vorbeifahrenden Schiffe geschaut und stundenlang geredet, über die große Liebe, die erste große Enttäuschung und über das, was sie erreichen wollten in ihrem Leben. Heute hatte er trotz des einsetzenden Nieselregens die Gelegenheit genutzt und einen Spaziergang gemacht, vorbei am Campingplatz hin zum Tennisklub, der einen knappen Kilometer südlich des Auenviertels mitten zwischen den Feldern lag. Florian war immer ein wenig wehmütig zumute, wenn er hier entlangging. In den letzten Jahren hatte er kaum Gelegenheit gefunden, den Schläger in die Hand zu nehmen und sich zu einem Match zu verabreden. Hinzu kam, dass die Tennispartner seiner Kindheit und Jugend mittlerweile in alle Winde verstreut waren. So waren auch die feucht-fröhlichen Runden nach dem Spiel auf der Terrasse oder im Klubhaus immer seltener geworden, und mittlerweile kam es ihm so vor, als ob er kaum noch ein Klubmitglied kenne.

Er klingelte erneut und dachte daran, dass es jetzt doch zu spät geworden war, um fettarme Milch zu kaufen. Die meisten Läden hatten schon geschlossen.

Seltsam, dass Anna nicht öffnete. Wahrscheinlich war wieder einmal Peter Alexander schuld. Anna hatte die komplette Sammlung. Sie hörte nichts anderes, und das immer in voller Lautstärke. Florian hatte sich schon oft gefragt, wie seine arme Mutter das aushielt.

Endlich wurde die Tür schwungvoll geöffnet und vor ihm stand Anna. Kaum, dass sie ihn begrüßt hatte, machte sie schon wieder auf dem Absatz kehrt und war auf dem Weg zurück in die Küche. Florian sah perplex auf ihr weißes Schürzenband, das sich immer weiter von ihm entfernte und über ihrem Hinterteil zu einer ordentlichen Schleife gebunden war. Er dachte, dass ihr Elan offensichtlich völlig ungebrochen war. Soviel er von seiner Mutter wusste, führte sie den Haushalt wie eh und je in Dragonermanier. Jetzt brummte sie Florian über die Schulter an: »Es gibt dein Lieblingsgericht.«

Florian rief ihr hinterher: »Doch nicht etwa rheinischen Sauerbraten?«

Anna blieb stehen und knurrte: »Nein.«

»Rievkoche?«

»Nein.«

Florian musste lachen. »Komm, sag schon, was ist es denn?«

»Roastbeef.« Mit etwas weicherer Stimme fügte sie hinzu: »Aber das Bratenthermometer wartet, ich muss nachsehen, ob die Temperatur stimmt.« Abrupt drehte sie sich um und lief eilig in die Küche.

Florian wusste ganz genau, dass Anna alles tat, um zu verhindern, dass seine Mutter ihm mit ihrem Sauerbraten oder ihren Reibekuchen den Appetit verdarb, und er war ihr dafür sehr dankbar. Marie-Louise Halstaff hatte nie Kochen gelernt und würde es auch nie mehr lernen. Sie selbst glaubte natürlich, sie sei eine hervorragende Köchin und ließ es sich daher nicht nehmen, hin und wieder für die besten Freunde oder ihren Sohn persönlich ein Essen, oft etwas typisch Kölsches, zuzubereiten. Bis heute hatte es niemand übers Herz gebracht, seiner Mutter in aller Deutlichkeit zu sagen, dass ihr rheinischer Sauerbraten und ihre Rievkoche, immerhin ihre favorisierten Gerichte, einfach scheußlich waren. Im Hintergrund hörte er ihre Stimme. »Bist du es, Florian?« Marie-Louise Halstaff kam in die Diele und reichte ihrem Sohn die Wangen zum französischen Kuss.

»Ein bisschen blass schaust du aus.«

Florians Mutter, eine elegante Erscheinung, sehr schlank und zierlich, betrachtete Florian aufmerksam. Aufrecht ging sie voran ins Wohnzimmer. Wie das ganze Haus, das von den Bomben des Zweiten Weltkriegs verschont geblieben war und über eine Wohnfläche von 300 Quadratmetern verfügte, war auch das Wohnzimmer mit Eichenparkett ausgelegt und hatte eine Deckenhöhe von mehr als drei Metern. Es gab mehrere Sitzecken und Lichtquellen, die die Rot- und Brauntöne der Sofas und der Teppiche vorteilhaft hervorhoben und ihnen einen warmen Schimmer verliehen.

Florian fühlte sich sofort wieder heimisch, auch wenn er im Grunde seines Herzens froh war, der Selbstverständlichkeit, mit der sich seine Mutter ihren exquisiten Geschmack leistete und zur Schau stellte, längst entkommen zu sein. Wie so oft meinte Florian auch jetzt, den süßlichen Duft der Dekadenz, den Möbel und Teppiche verströmten, förmlich riechen zu können. Um jedoch in seinem Innersten keine Missstimmung aufkommen zu lassen, weigerte er sich, diesem Eindruck nachzugehen und steuerte entschlossen auf die von ihm bevorzugte altrosafarbene Couch am Fenster zu. Erschöpft ließ er sich in die Kissen fallen und streckte die Beine aus.

»Wie wäre es mit einem Aperitif?«

»Gern.«

Seine Mutter goss ihm ein Glas Vermouth ein und nahm mit der Eiszange einen Eiswürfel aus dem silbernen Kübel, der auf dem Beistelltisch stand. Sie gab auch eine Scheibe Zitrone hinzu, die vermutlich Anna fürsorglich aufgeschnitten hatte. Florian hob sein Glas. »Zum Wohl, auf alle Feierabende unseres Lebens.« Genussvoll nahm er einen Schluck. »Du trinkst nichts?«

»Später zum Essen. Erzähl, was gibt es Neues?« Marie-Louise sah ihn forschend aus ihren grünen Augen an, die sie Florian vererbt hatte und die dunkel werden konnten wie die Blätter eines Waldfarns im Oktober. »Wir haben uns lange nicht gesehen.«

Florian begann ohne Umschweife zu erzählen: »Stell dir vor, sie haben meine Sendung gekippt. Angeblich, weil die eingeladenen Talkgäste kurzfristig abgesagt hätten.«

»Worum ging es denn?«, fragte seine Mutter und strich sich vorsichtig mit ihrer Hand durch das halblange, fast schwarze Haar, dessen Spitzen mit leichtem Schwung nach außen sprangen.

Vermutlich ist sie heute erst beim Friseur gewesen, dachte Florian, perfekt gestylt. Laut sagte er: »Um die rätselhaften Krankheitsfälle.«

»Ich habe davon gelesen.« Marie-Louise runzelte die Stirn und spielte mit ihrer langen Halskette, die aus unterschiedlich großen türkisfarbenen Dreiecken und Quadraten bestand und auf Florian den Eindruck machte, als stamme sie von einem türkischen Luxusjuwelier. Seine Mutter hatte ein Faible für außergewöhnlichen Schmuck und Florian musste zugeben, dass sie ein Händchen dafür hatte.

»Wer hat denn abgesagt?«, wollte Marie-Louise Halstaff nun genauer wissen.

»Der Leiter des Gesundheitsamtes und eine Referentin aus dem Innenministerium. Angeblich aus Terminschwierigkeiten. Dabei habe ich eine knappe Stunde vorher mit beiden telefoniert und da war noch alles klar. Außerdem beherrscht das Thema die Schlagzeilen seit einer guten Woche, und ich kann mir beim besten Willen nicht vorstellen, dass die keine Zeit für eine Sendung haben.«

»Hört sich wirklich merkwürdig an.« Marie-Louise Halstaff sah ihren Sohn interessiert an.

»Max bekam nach der Redaktionskonferenz mit, wie Regine Liebermann am Telefon versucht hat, den Leiter der journalistischen Unterhaltung dazu zu bewegen, die Sendung doch zu machen. Mit anderen Gästen, aber Barrick hat sich nicht darauf eingelassen.« Florian führte das Glas an seine Lippen und nahm noch einmal einen kräftigen Schluck.

»Immerhin will Regine, dass wir dranbleiben, davon weiß aber Barrick nichts. Sie hat Max und mich aufgefordert, weiter zu recherchieren. Man kann nie wissen, wofür es gut ist.«

Florians Mutter sah ihn prüfend an. »Dann bist du gerade wohl sehr im Stress?«

»Geht so.« Florian machte eine wegwerfende Handbewegung. »Morgen hänge ich mich richtig rein. Mit der Alternativsendung zum Thema Jugendbanden habe ich zum Glück nichts zu tun, das machen Max, Katja und Curt. Max hat eh schon dafür recherchiert.«

Marie-Louise Halstaff nahm sich einen Zitronenschnitz, biss hinein und musste sich unwillkürlich schütteln. Sie legte den Schnitz schnell zurück auf den Teller. »Kann das wirklich jeden erwischen?«

»Ja.« Vorsichtig sprach er weiter: »Man weiß nach wie vor nichts Konkretes, aber es gibt erste Anhaltspunkte.« Florian stopfte sich ein weiteres Kissen in den Rücken. »Im Mageninhalt fast aller Betroffenen wurde die gleiche Substanz nachgewiesen. Worum es sich dabei handelt, wissen wir derzeit nicht. Ich habe es von einem Informanten erfahren, auf der Pressekonferenz heute Nachmittag wurde darüber kein Wort verloren.«

Florians Mutter schwieg betreten.

»Da werden ganz offensichtlich Fakten zurückgehalten. Inzwischen sind über 40 Leute erkrankt.«

»Du meine Güte.« Marie-Louise Halstaff presste die fein geschwungenen Lippen aufeinander und fragte nach: »Was für eine Substanz könnte das sein?«

»Ich weiß es nicht.«

»Vielleicht ist doch ein Virus Schuld an allem?«

»Genau das versucht man gerade herauszufinden.« Florian schnaubte kurz und griff nach einem Taschentuch, das er zerknüllt aus seiner Hosentasche zutage beförderte.

Marie-Louise Halstaff strich sich einen Fussel von ihrem dunkelblauen halblangen Rock. »Das heißt, nach wie vor weiß keiner, wann, wo und wie man sich anstecken kann, und die, die was wissen, wollen oder dürfen nichts sagen. Tolle Aussichten. Ich sollte also erst einmal nirgendwohin gehen, niemanden treffen und möglichst nichts essen, wenn ich gesund bleiben will.«

Florian sah ihr geradewegs in die Augen. »Stimmt.«

Seine Mutter betrachtete ihn verblüfft, dann sagte sie mit sorgenvoller Miene: »Was auch immer es ist, hoffentlich bleiben wir verschont.«

Florian entschied, ihr nichts von dem seltsamen Telefonanruf, Max' heißer Spur, von der er nicht einmal wusste, was er damit meinte, und dem Ehrenfelder Toten zu erzählen. Auf der Pressekonferenz am späten Nachmittag war Peter Mallmann mit keinem Wort erwähnt worden. Florian konnte demnach sicher sein, dass seine Mutter so schnell nichts davon erfahren würde, dass die Krankheit vermutlich das erste Todesopfer gefordert hatte, es sei denn, Eddie hätte inzwischen sensationelle Neuigkeiten, die morgen in der Zeitung standen.

Marie-Louise Halstaff wollte gerade etwas erwidern, als sich die Wohnzimmertür öffnete und Anna hereinkam. Auf einem Servierwagen schob sie eine Platte mit Roastbeefscheiben sowie dampfenden Bratkartoffeln, die einen würzigen Duft verströmten, herein.

»Das riecht ja fantastisch.« Florian kräuselte die Nase. Er und seine Mutter gingen hinüber zum Esstisch und nahmen Platz.

»Möchten Sie das übernehmen?« Anna hielt der Hausherrin eine Weinflasche hin und sah sie fragend an.

Florians Mutter studierte das Etikett, nickte zufrieden und schenkte ein. Anna verschwand Richtung Küche.

»Nimmst du keine Kartoffeln?« Marie-Louise sah Florian erstaunt an. »Oder hast du etwa Angst, die zu essen? Sie sind garantiert einwandfrei. Hat unser Gärtner selbst gezogen.« Sie lächelte. »In seinem Garten, nicht in meinem.«

»Ich werde mich mit dem Roastbeef begnügen, danke Mutter. Die Linie.« Florian schluckte.

»Willst du nicht wenigstens einmal probieren?«

»Nein, wirklich nicht.« Florian nahm sich fest vor, im Kampf gegen die Pfunde nun endlich auch mit dem Joggen zu beginnen.

Seine Mutter breitete ihre Serviette auf ihrem Schoß aus. Florian spürte, dass etwas nicht stimmte, sah von seiner Gabel und dem Stückchen Roastbeef auf, das er sich gerade in den Mund schieben wollte, und sagte schuldbewusst: »Sorry.« Er schickte sich umständlich an, seine Serviette ebenfalls auf dem Schoß zu platzieren. »Ich lerne es einfach nicht.«

Marie-Louise Halstaff goss sich ungerührt noch etwas Sauce über ihr Fleisch. Während sie sich ganz auf die Bewegung konzentrierte, veränderte sich ihr Gesichtsausdruck. Sie zog die dunkel nachgezogenen Augenbrauen zusammen und sinnierte. »Für mich wäre es fatal, wenn ich krank werden würde, denn ich werde nächste Woche wieder drehen.« Gespannt, wie er auf diese Mitteilung reagieren würde, beobachtete sie ihren Sohn.

»Tatsächlich? Ich freue mich für dich. Was denn?« Florians Augen weiteten sich. Er fand die Nachricht fantastisch. Seine Mutter hatte sich lange genug hauptsächlich mit ihrem Aussehen beschäftigt und war in den letzten Monaten mehr auf Filmbällen denn in Filmen zu sehen gewesen. Alternde Schauspielerinnen waren einfach nicht mehr so gefragt, auch wenn sie einmal große Stars gewesen waren.

»Einen Fernsehfilm«, antwortete Marie-Louise. »Ich spiele eine Ehefrau, die nach 20 Ehejahren feststellt, dass ihr Mann ein Verhältnis hat. Mit einem Mann.«

»Auch schön.« Florian legte sein Besteck auf den Teller und lehnte sich zurück. »Hast du das Gefühl, es könnte hilfreich sein, dass du als Ehefrau völlig unerfahren bist?« Die bissige Ironie seiner Frage war nicht zu überhören gewesen.

Marie-Louise drehte das Glas zwischen ihren Händen. »Ach was. Aber ich kann mir gut vorstellen, wie grässlich es sein muss, mit einem Mann zusammenzuwohnen.«

»Ja, du.« Florian machte eine wegwerfende Handbewegung und sagte: »Aber ich will mich nicht schon wieder aufregen.«

Seine Mutter hob den Kopf: »Das ist auch besser so.« Vorwurfsvoll fügte sie hinzu: »Wir haben das Thema doch schon 1.000 Mal diskutiert.«

»Trotzdem will ich wissen, wer mein Vater ist.« Florians Stimme war lauter geworden.

Marie-Louise sah ihn mit großen Augen an, schwieg aber einen Moment, bevor sie erwiderte: »Ich finde, wir sollten das Thema nun endlich ad acta legen.« Sie seufzte. »Wie oft soll ich dir noch sagen, dass die Romanze, die ich mit deinem Vater hatte, nur von kurzer Dauer war. Er war ein Frauenheld, unzuverlässig und nicht mal besonders klug.«

»Das hast du mir zigmal erzählt«, versetzte Florian.

»Du könntest ihn vermutlich nicht ausstehen«, sagte seine Mutter und ergänzte mit Nachdruck: »Ich bin davon überzeugt.«

»Mein Urteil über ihn würde ich mir gern selbst bilden. Ich hoffe, dass ich irgendwann noch einmal die Gelegenheit dazu haben werde.« Florian setzte das Glas an die Lippen und leerte es in einem Zug. Voller Unbehagen dachte er an das letzte Gespräch mit seiner Therapeutin, die er zweimal wöchentlich aufsuchte, seit Katharina ihn verlassen hatte. Beim letzten Gespräch hatte ihn die Ahnung erfasst, dass es einen Zusammenhang zwischen seiner Sehnsucht nach dem Vater und seiner Unfähigkeit, eine Beziehung zu führen, geben könnte. Florian runzelte die Stirn. Freitag hatte er den nächsten Termin.

»Mit der Tatsache, dass er dich gezeugt hat, hat er seine Vaterpflichten meines Erachtens ausreichend erfüllt, oder hast du ihn etwa vermisst?« Marie-Louises Augen sprühten Funken.

»Nicht oft. Aber hin und wieder habe ich mir auf jeden Fall einen Vater gewünscht«, sagte Florian. Er dachte an früher. Die Väter im Fernsehen hatten für ihre Söhne Seifenkisten gebaut, waren mit ihnen angeln gegangen oder hatten ihnen gezeigt, wie man einen Drachen steigen lässt. Dinge, die Florian mit der Mutter nicht machen konnte, denn sie war häufig wegen Dreharbeiten außer Haus gewesen. Außerdem kann eine Mutter einen Vater einfach nicht ersetzen, dachte er.

Anna kam herein und fragte, ob sie mit dem Essen fertig seien. Sie war nicht sehr erfreut darüber, dass so viel übrig geblieben war.

Florian war dankbar für die Unterbrechung, denn er merkte, dass das Thema ihm mehr unter die Haut ging, als ihm lieb war.

Als emanzipierte Frau hatte seine Mutter irgendwann einmal die Entscheidung getroffen, ein Kind in die Welt zu setzen und es allein großzuziehen. Sämtliche Erinnerungen an Florians Vater hatte sie vernichtet. Es existierten keine Fotos, und Marie-Louise erwähnte nicht einmal seinen Namen. Sie hatte damals noch am Anfang ihrer Schauspielerkarriere gestanden, verdiente aber bereits sehr gut und konnte es sich leisten, ihr Kind auch ohne die finanzielle Unterstützung eines Mannes aufzuziehen. Bald nachdem sie sich von Florians Vater getrennt hatte, hatte sie ihn vergessen, das behauptete sie jedenfalls, und Verehrer hatte sie immer mehr als genug. Ihre gesellschaftlichen Kontakte zogen sich nicht zuletzt deswegen bis heute quer durch die Republik.

Florian fühlte sich auf einmal müde. Ihm war längst klar, dass er bei seiner Mutter mit der Frage nach dem Vater auf Granit biss und ärgerte sich darüber, dass er es trotzdem immer wieder probierte. Wenn er wirklich etwas über ihn in Erfahrung bringen wollte, musste er sich schon etwas anderes einfallen lassen.

Florian seufzte und folgte seiner Mutter hinüber zur Couch. Im Hintergrund spielte leise Musik, ein Violinkonzert von Mendelssohn Bartholdy. Anna kam herein und brachte mit dem Espresso auch das Telefon. Sie hielt Florians Mutter, die fragend aufschaute, den Hörer hin. »Frau Kilian ist am Apparat. Sie sagt, es sei dringend.«

»Dann geben Sie mal her.« Marie-Louise Halstaff nahm, etwas unwillig über die Störung, den Hörer entgegen.

Florian war gerade im Begriff, ein Stückchen braunen Zucker in die Tasse zu geben und horchte nun auf. Normalerweise rief niemand mehr nach 22 Uhr bei seiner Mutter an. Sie hasste es, so spät gestört zu werden, und eigentlich musste dies doch ihrer besten Freundin in jedem Fall bekannt sein. Die beiden kannten sich aus der gemeinsamen Schulzeit. Was konnte so dringend sein, dass sie sich um kurz nach halb elf hier meldete?

»Oh Gott, das ist ja furchtbar«, hörte Florian seine Mutter sagen. Sie sah auf einmal sehr blass aus und starrte Florian mit schreckgeweiteten Augen an.

»Marianne, um Himmels willen, wie konnte das passieren? Das darf doch nicht wahr sein!«

Florian spürte, wie Angst in ihm hochkroch.

Seine Mutter sackte in sich zusammen. Sie hörte ihrer Freundin am anderen Ende der Leitung einen Moment zu, bevor sie entschied: »Ich komme zu dir. Sofort.« Marie-Louise Halstaff ließ den Hörer in ihren Schoß sinken und drückte langsam auf den Ausknopf. Sie sah Florian lange an und flüsterte: »Max ist tot.«

10

Florian konnte es nicht glauben, Max sollte tot sein? Sein Freund Max, den er von Kindesbeinen an kannte? Als seine Mutter ihm die Nachricht mitgeteilt hatte, fühlte er sich wie vor den Kopf gestoßen. Die Welt war versunken in einem dumpfen Strudel aus Blut, das sich mit Hochdruck durch seine Adern presste und an der Schläfe schmerzhaft zu pochen begann.

»Was ist passiert?« Er hatte seine Mutter entsetzt angestarrt, unfähig, auch nur einen einzigen klaren Gedanken zu fassen.

»Wissen die Ärzte auch noch nicht. Die Uniklinik hat bei Marianne angerufen.«

»Max? Tot? Max ist doch fit wie ein Turnschuh, das kann nicht sein.«

»Florian, es tut mir so leid. Es ist schrecklich.«

Marie-Louise war langsam von der Couch aufgestanden und hatte ihn zur Beruhigung tröstend in den Arm nehmen wollen, aber Florian konnte in diesem Moment keine Berührung ertragen, es war unmöglich. Er hatte sie schroff zurückgewiesen.

»Marianne braucht mich jetzt, ich fahre zu ihr«, hatte sie ihm nach einer hilflosen Pause mitgeteilt und mit hängenden Armen leise hinzugefügt: »Ich hoffe, du verstehst das.«

Er begleitete sie. Seine Mutter sah sehr blass aus, als sie im Taxi zu ihm sagte: »Den Sohn zu verlieren ist das

Schlimmste, was ich mir vorstellen kann.« Dabei blickte sie angestrengt aus dem Fenster. Florian bemerkte, dass sie darum kämpfen musste, ihre Tränen zurückzuhalten. In diesem Augenblick kam er wieder zu sich. Bis zu diesem Moment hatte er sich wie in einem Kokon gefühlt, eingeschnürt in Sprachlosigkeit, die sich nun langsam auflöste. Wortlos legte er den Arm um die Schultern seiner Mutter und drückte sie sanft an sich.

Wie im Film liefen die Bilder vor seinem inneren Auge ab, und Florian wälzte sich in seinem Bett auf die andere Seite. Durch die Gardine, die er wie immer nicht ganz zugezogen hatte, fiel in einem schrägen Streifen helles Mondlicht. Florian atmete schwer. Er hatte den Eindruck, als habe sich langsam und hinterhältig eine Klammer um seine Brust gelegt, die ihm die Luft nahm. Er spürte, wie der Druck stärker und sein Atem flacher wurde. Mit einem Ruck setzte er sich auf, knipste die kleine Lampe an, die auf dem Fußboden neben seinem Bett stand und warf die Bettdecke zurück. Er zögerte kurz, doch dann stand er auf und ging hinüber zum Fenster. Die Holzdielen fühlten sich um diese Jahreszeit kalt an. Florian drehte die Heizung ein wenig auf, obwohl er Heizungsluft im Schlafzimmer eigentlich hasste, und zog die Gardine zurück. Sein Blick fiel auf die mächtige Kastanie, die seit mindestens 100 Jahren, wie der Hausmeister ihm erzählt hatte, im Hinterhof stand, und deren ausladende Äste sich ihm, wie es schien, vertrauensvoll entgegenreckten.

Florian dachte darüber nach, dass der Tod sie eines

Tages alle erwischen würde, unwiderruflich. Den einen früher, den anderen später, und selbst die Kastanie würde daran glauben müssen. Vielleicht würde sie eingehen, weil eine Krankheit sie befallen hatte oder sie würde gefällt werden, weil ihr Laub von Jahr zu Jahr weniger Licht in die angrenzenden Wohnungen ließ und ihr Anblick den Bewohnern des Mietshauses lästig geworden war. Florian sah genauer hin, aber an den Ästen war keine Spur von Grün zu erkennen. Er hoffte, der Kastanie blieben noch ein paar Jahre Zeit.

Florian lehnte sich zurück an die Wand und starrte in die Äste. Max' Bild tauchte vor ihm auf. Er sah ihn vor sich, wie er vor Barrick in der Redaktionskonferenz für die Sendung gekämpft hatte und wie er ihn angegrinst hatte, als er ihn zum Essen einlud. Er schloss die Augen, die Bilder verschwammen und wurden überlagert von dem Bild eines kleinen Jungen, der ihn mit seinen kurzen blonden Haaren, den Sommersprossen und den abstehenden Ohren anlachte, Zeigefinger und Mittelfinger der rechten Hand über Kreuz, zum Gruß erhoben.

Florian seufzte. Er erinnerte sich daran, wie sie als Zwölfjährige bei einem gemeinsamen Urlaub mit ihren Müttern in Österreich auf die Alm marschiert waren, nur Max, der Sohn des Hoteliers und er. Wie hatte der Hotelierssohn eigentlich geheißen? Florian fiel der Name nicht ein, aber das war ja auch nicht so wichtig. In jedem Fall hatte er den Auftrag gehabt, die Almhütte für den Sommerbetrieb vorzubereiten, denn seine Großmutter sollte dort über den Sommer Kühe und

Ziegen hüten. Er hatte seine Urlaubsfreunde Max und Florian gefragt, ob sie nicht Lust hätten, ihn zu begleiten. Und natürlich hatten sie Lust gehabt, denn der Ausflug auf die Alm war etwas Besonderes, Außergewöhnliches, zumal kein Erwachsener dabei sein würde. Die Almhütte sollte aufgeräumt und geputzt werden und sie hofften, Ausbesserungsarbeiten vornehmen zu können, die sonst nur erwachsene Männer ausführten.

Sie hatten sich wichtig gefühlt und waren losgezogen mit prall gefüllten Rucksäcken, in denen sich Schüttelbrot, Bauernkäse, Obst und Wasser befand. Mit zittrigen Knien hatten sie pfeifend Wiesen überquert, auf denen Bullen weideten, und das letzte Stück des Weges ein Wettrennen veranstaltet. Wer als Letzter oben auf der Alm ankommen würde, sollte den Stall saubermachen, das war die Abmachung gewesen. Max und Ernst, jetzt fiel Florian der Name des Hoteliersohns wieder ein, hatten in Windeseile im Endspurt den letzten Abhang erklommen, während er selbst mit hängender Zunge hinterhergekeucht kam. Über Florians Gesicht ging ein Lächeln. Natürlich war er Letzter gewesen, wie immer, wenn es um sportliche Wettkämpfe ging. Als auch er endlich oben angekommen war, hatten Max und Ernst ihm eröffnet, dass die Alm verschlossen war. Ernst hatte den Schlüssel zu Hause im Tal liegen lassen, und so mussten sie sich etwas einfallen lassen, um überhaupt hineinzukommen. Um nicht wieder umkehren und den beschwerlichen Aufstieg ein zweites Mal machen zu müssen, hatte Ernst schließlich kurzerhand ein Fenster eingeschlagen. Sie hatten beratschlagt, wer hindurchkriechen sollte, denn das Loch mit den scharfen, gezackten Glasscherben sah sehr gefährlich aus, aber Max hatte bald beschlossen, dass dies sein Part sei, er sei schließlich der Kleinste. Heldenhaft hatte er sich durch das Fenster gezwängt und beiden die Tür geöffnet, nachdem er innen einen zweiten Schlüssel gefunden hatte.

Florian zog sich der Magen zusammen, als er daran dachte. Max war tot. Sein bester Freund.

Max war mutig gewesen, bereits als kleiner Junge. Er hatte damals stark geblutet, weil er sich an den Spitzen der zerbrochenen Fensterscheibe verletzt hatte, aber irgendwann war es ihnen gelungen, den Blutfluss mit Handtüchern zu stoppen. Max hatte weder geflucht noch gejammert. Die Narbe, die an seinem Ellenbogen zurückgeblieben war, hatte sie auch als Erwachsene stets an ihr Abenteuer erinnert. Und die Finger hatten sie bis heute manchmal zum Gruß gekreuzt.

Florians Füße waren inzwischen eiskalt geworden. Fröstelnd zog er die Gardine zu und legte sich wieder ins Bett. Ein Blick auf den Wecker zeigte, dass es bereits 4 Uhr war.

Als seine Mutter und er bei Marianne angekommen waren, hatten sie eine völlig verstörte Frau vorgefunden, die so stark weinte, dass sie kaum ein Wort herausbrachte. Erst nachdem Marie-Louise einen befreundeten Arzt gebeten hatte, vorbeizukommen, um ihrer Freundin eine Beruhigungsspritze zu geben, war Marianne dazu in der Lage gewesen, zu berichten, was sie wusste. Max war gegen 21.15 Uhr bewusstlos in den Waschräumen eines Fitnessstudios gefunden worden, nachdem er ungefähr eine Stunde dort trainiert hatte. Der Inhaber hatte sofort den Notarzt alarmiert, aber der konnte nur Max' Tod feststellen.

Florian setzte sich wieder halb auf und starrte an die Wand. Das Licht der kleinen Lampe wirkte seltsam tröstlich auf ihn. Gab es einen Zusammenhang zwischen Max' Tod, den unerklärlichen Krankheitsfällen der vergangenen Tage und seinen Recherchen? Vielleicht hatten aber auch seine Recherchen über die rivalisierenden Kölner Jugendbanden etwas mit seinem Tod zu tun. Florian verspürte ein alarmierendes Gefühl in der Magengegend, das ihm seit der Nachricht von Max' Tod die Eingeweide zusammenzog. War Max umgebracht worden? Wahrscheinlich sah er Gespenster. Florian knipste resolut das Licht der Nachttischlampe aus. Außerdem hatte Marianne erzählt, dass Max in den letzten Tagen über Herzrasen geklagt hatte und vorgehabt habe, deswegen einen Arzt aufzusuchen. Wahrscheinlich war er ganz einfach einer der Unglücklichen, die bereits in jungen Jahren einen Herzinfarkt bekamen. Bei dem Job wäre das auch kein Wunder, dachte Florian resigniert und wandte den Kopf in die Richtung, aus der er ein leises Schnurren vernommen hatte. Zicke, seine sechs Monate alte Katze, kam auf Samtpfoten ins Zimmer spaziert. Sie blieb etwa einen Meter vor dem Bett stehen, fixierte ihn mit ihren unergründlichen grünen Katzenaugen, machte einen Buckel und sprang mit einem Satz mitten auf seinen Bauch. Florian zuckte zusammen und fluchte. Kleines Miststück. Als der Schmerz nachließ, begann er sich über ihren Besuch zu freuen und streichelte zärtlich ihr orangeweiß gestreiftes Fell. Beruhigt von der wohltuenden Wärme des Katzenkörpers, fiel er in einen tiefen traumlosen Schlaf.

11

Die Trauerrede, die Regine Liebermann aus dem Stegreif vor der Belegschaft gehalten hatte, war kurz und knapp gewesen, dennoch ergreifend. Die Redaktion war völlig schockiert. Es hatte einige Stunden gedauert, bis sich die Aufregung und Betroffenheit so weit gelegt hatte, dass die Kollegen wieder an die Arbeit gehen konnten. Doch die Stimmung blieb gedrückt. Niemand brüllte, keine Tür knallte, und selbst die Telefone schienen nicht so schrill zu klingeln wie sonst. Glücklicherweise hatte Florian nichts mit der heutigen Sendung zu tun, die mussten Katja und Curt irgendwie hinkriegen, und nicht er.

Vielleicht hoffte Curt bereits, dass er Max' Nachfolge antreten würde. Florian presste die Lippen zusammen. Er saß an Max' Schreibtisch und versuchte, die Traurigkeit, die ihn lähmte, beiseitezuschieben und nachzudenken, aber es gelang ihm nicht. Die Frage, ob Max umgebracht worden war, hämmerte in seinem Kopf.

Katja und Curt hatten ihn zuvor gefragt, ob der Spinner sich noch mal gemeldet hatte. Bei ihm hatte er nicht wieder angerufen, aber das musste nichts heißen. Florian machte sich eine Notiz, er wollte sich nicht nur im Fitnessstudio umhören und in Erfahrung bringen, ob und mit wem Max dort gesprochen hatte, sondern sich auch Max' Handy besorgen und sich in seiner Wohnung umsehen. Vielleicht fand er dort Informationen über die Jugendbanden.

Er durchsuchte Max' Schreibtisch, entdeckte aber nichts, was ihm in irgendeiner Weise wichtig erschien, außer der Adresse von Peter Mallmann. Er steckte sie in seine Jacketttasche.

In diesem Moment öffnete sich die Tür, und Jana, sich vorsichtig auf dem Flur umblickend, kam rückwärts ins Zimmer. Florian sah überrascht auf. Reflexartig schob er die halb geöffnete Schublade des kleinen Schränkchens zu, das unter dem Schreibtisch stand. Jana drehte sich erschrocken um. Ihre Augen waren rot und verquollen.

»Was machst du denn hier?« Überrascht sah sie ihn an.

»Wollte mich nur mal ein bisschen umsehen.«

»Das wollte ich auch. Glaubst du, dass Max an Herzversagen gestorben ist?«

»Nicht wirklich.« Florian merkte, wie eine Gänsehaut seinen Körper überzog. Für den Bruchteil einer Sekunde verspürte er den Impuls, Jana in den Arm zu nehmen, aber es kam ihm unpassend vor, und so ließ er es bleiben.

Jana kam näher. »Und, was gefunden?«

Florian sog tief die Luft ein, aber er roch nichts. Auf ihr Parfum schien sie heute verzichtet zu haben. Aus Pietät vermutlich. Ob das alle Frauen so handhabten, wenn jemand gestorben war? Er wischte den Gedanken schnell beiseite, Jana hatte heute früh ja noch gar nichts von Max' Tod gewusst.

»Nur die Adresse des Toten aus ›Köln-Ehrenfeld‹«, sagte sie und unterbrach seine Gedanken.

»Die habe ich Max gestern noch gegeben. Sonst nichts?«

»Nein. Aber ich vermisse seinen Laptop.«

»Wenn er nicht hier ist, finden wir ihn bestimmt bei ihm zu Hause«, sagte Jana. »Übrigens, die Substanz, die im Magen der Erkrankten nachgewiesen wurde, ist ein Glutamatderivat.«

Florian starrte Jana ungläubig an.

»Das ist die neue Form eines Geschmacksverstärkers.« Jana fingerte ein Taschentuch aus ihrer Jeanstasche und schnäuzte hinein.

»Wie machst du das eigentlich?«

»Was?«

»Ich meine, wie kommst du in fremde Computer?«

»Ach, da gibt es verschiedene Möglichkeiten. Oft brauchst du gar nicht mehr in die Computer, also auf die Festplatten. Am einfachsten funktioniert es direkt über das Internet. Du musst dir das so vorstellen: Viele Unternehmen häufen so viele Daten an, dass sie manchmal gar nicht mehr wissen, was sie wo abgelegt haben. Unzählige Menschen arbeiten damit, die Daten werden ergänzt, korrigiert, versehentlich falsch gespeichert, ohne dass es bemerkt wird, und unendlich oft intern und extern verschickt. So sind häufig ungewollt mehr Informationen über das Internet zugänglich, als die Anwender auch nur im Geringsten ahnen.«

Florian zog die Augenbrauen hoch und Jana setzte ihren Vortrag fort: »Hacken war gestern, heute reicht in der Regel schon gekonntes Suchen im World Wide Web. Darüber sind sich alle Experten einig. Ein Beispiel. Kürzlich erst gelangten durch einen Anwenderfehler geheime Konstruktionszeichnungen einer im Bau befindlichen US-Botschaft ins Internet.«

»Tatsächlich?«

»Ja.«

»Eine immer wieder auftauchende Dummheit ist beispielsweise, dass Daten an Stellen gespeichert werden, wo sie nichts zu suchen haben, zum Beispiel auf der Festplatte des Webservers. Selbst wenn du also auf der offiziellen Webseite nichts siehst, ist oft doch etwas im Hintergrund vorhanden.«

»Und wie kommt man da dran?«

»Du brauchst nur die richtige Suchmaschine, und schon wirst du fündig.«

»Und woher weiß ich, welche das ist?«

»Das verrate ich dir leider nicht.« Jana lächelte verschmitzt und sagte bestimmt: »Außerdem ist die Lektion nun beendet.«

»Fortsetzung folgt?«

»Vielleicht später irgendwann. Lass uns erst einmal von hier verschwinden.«

Florian nickte und nahm sein schwarzes Jackett, das er über die Stuhllehne gehängt hatte. »Ins Maybach?«

»Gut, da ist um diese Zeit nicht so viel los.«

Florian folgte Jana über den Flur. Ihr Gang erinnerte ihn an seine Katze, wenn sie mit erhobenem Haupt vor ihm her über den langen Wohnungsflur lief. Mit einem Seitenblick registrierte er, dass das Foto von Jörn Carlo nicht mehr an der Wand hing. Vielleicht regierte doch nicht in erster Linie Geld, sondern Eitelkeit die Welt.

Nach wenigen Minuten waren sie bereits im Restaurant Maybach angekommen, das am Ende der Mediapark-Grünfläche im Direktionsgebäude des ehemaligen Kölner Güterbahnhofs lag und mit seinen weitläufigen Räumlichkeiten ein angenehmes Großstadtflair verbreitete. Im Sommer genoss Florian es, im Biergarten sitzen zu können, der sich großer Beliebtheit erfreute. Nicht zuletzt wegen der guten Küche und der ansprechenden Weinkarte. Heute war es im Maybach so gut wie leer, die Leute vom benachbarten Kölner Filmhaus und die Mitarbeiter aus den Unternehmen rund um den Mediapark waren offensichtlich noch nicht in der Mittagspause. Florian und Jana nahmen an einem Ecktisch Platz. Es waren nur zwei weitere Tische besetzt, und die waren weit genug entfernt. Nachdem die Bedienung zwei Tassen Kaffee gebracht hatte, begann Jana zu berichten. »Stell dir vor, die Kripo ermittelt im Fall Mallmann.« Sie beugte sich Florian über den Tisch entgegen und flüsterte: »Genauer gesagt, die Mordkommission.«

Das wusste Florian bereits von Eddie Klump, ließ es sich aber nicht anmerken.

Jana senkte die Stimme: »Hat sich der Typ, der dich und Max angerufen hat, eigentlich noch mal gemeldet?«

»Nein.«

»Gut.« Jana seufzte erleichtert. »Dann also zurück

zum Glutamatderivat. Der Tote aus Ehrenfeld hatte das Derivat im Magen, ebenso wie alle anderen Erkrankten. Allerdings steht noch nicht fest, ob diese neue Form des Glutamats tatsächlich auch Mallmanns Tod herbeiführte.«

»Hoffentlich finden die Gerichtsmediziner das bald heraus. Wissen sie schon, in welchen Lebensmitteln es enthalten ist?«

»Unter Verdacht stehen zwei neue Produkte, die vor zwei Wochen auf den Markt kamen. Eine Vollmilchschokolade und ein Frischkäse. Vermutlich reden sie gerade mit den Herstellern.«

»Hast du die Namen?«

Jana nickte und zog einen Zettel aus ihrer schmalen, dunkelbraunen Aktentasche. Florian streckte die Hand aus und Jana schob den Zettel über den Tisch.

»Ziemlich bekannt.« Florian pfiff leise durch die Zähne.

»Ja. Und da ist noch etwas. Alle Opfer hatten Alkohol im Blut.«

12

Florian Halstaff verspürte eine starke innere Unruhe. Er hatte keine Lust, in die Redaktion zurückzukehren, zumal er sich sagte, dass er momentan am Schreibtisch sowieso nicht konzentriert und effektiv arbeiten könnte. Also entschied er sich kurz entschlossen, das Fitnessstudio aufzusuchen, in dem Max vor seinem Tod trainiert hatte. Anschließend wollte er zu Max' Mutter fahren.

Ben Blumenthal, Geschäftsführer des Fitnessstudios, saß hinter der Empfangstheke und war gerade im Begriff, einen neuen Zeitplan für die wöchentlichen Trainingskurse aufzustellen, als Florian das moderne, hell erleuchtete Studio betrat. Er stellte sich ohne Umschweife als Max' Freund vor und Ben Blumenthal legte seine Arbeit sofort beiseite, Max war schließlich Stammkunde gewesen. Blumenthal war tief betroffen darüber, dass Max in seinem Studio gestorben war, vor nicht einmal 24 Stunden, und Florian hatte den Eindruck, dass er ihm fast dankbar dafür war, dass er den gestrigen Abend Revue passieren lassen konnte.

Als Florian das Fitnessstudio nach einer halben Stunde wieder verließ, wusste er, dass Max mit einem athletisch wirkenden Mann Ende 30 nach dem Training von ungefähr 20 Uhr bis 20.30 an der Theke gesessen hatte. Max hatte die üblichen zwei Kölsch getrunken, allerdings über starke Kopfschmerzen geklagt, sodass

Blumenthal ihm zwei Tabletten gegeben hatte. Die lagen für solche Fälle immer in seiner Schublade.

Max hatte auch eine Schnitte Brot gegessen. Ben Blumenthal war dies unangenehm aufgefallen, er hatte jedoch nichts dazu gesagt, weil Max normalerweise immer eine Kleinigkeit bei ihm bestellte, meistens einen Halven Hahn, das in Köln typische halbe Roggenbrötchen mit zwei dicken Scheiben mittelaltem Gouda und Zwiebelringen darauf. Als Max Richtung Dusch- und Umkleideraum verschwunden war, hatte der Unbekannte laut Blumenthal beide Rechnungen beglichen und das Fitnessstudio kurz darauf, gegen 21 Uhr, verlassen. Florian hatte ein weiteres Mal nachgefragt, aber Ben Blumenthal war sich absolut sicher gewesen, weder er noch Max hatten den Mann gekannt.

Jetzt, auf dem Weg zu Marianne, die nicht weit vom Fitnessstudio entfernt wohnte, überlegte Florian, dass es sich bei dem Unbekannten vermutlich schlicht und ergreifend um eine Zufallsbekanntschaft gehandelt hatte.

Ein unangenehm heftiger Wind trieb ihm Tränen in die Augen, und Florian war froh, als er bei Marianne vor der Tür stand. Als er Max' Mutter jedoch vor sich sah, verspürte er den Impuls, auf dem Absatz umzukehren. Marianne Kilian war aschfahl im Gesicht, und ihre Bewegungen ähnelten denen einer Puppe. Florian vermutete, dass sie einiges an Beruhigungsmitteln intus hatte. Kurze Zeit später war er sicher, denn auf dem Küchentisch lagen neben zwei benutzten Kognakschwenkern mehrere Tablettenschachteln, darunter das ihm bekannte Psychopharmakon Diazepam. Seine Mutter hatte es hin und wieder eingenommen. Florians Blick fiel auf Mariannes Rock, der jede Menge Knitterfalten und Flecken aufwies. Ganz offensichtlich waren hier in der vergangenen Nacht Tränen und Kognaktropfen eine verzweifelte Symbiose eingegangen. Die hellgraue Hemdbluse, die Marianne trug, ließ ihr eckiges, kleines Gesicht noch fahler aussehen als sonst, und ihr blondgraues Haar hing strähnig herab.

Florian blieb. Einerseits tat Marianne ihm leid, andererseits wollte er nicht unvermittelt mit der Tür ins Haus fallen und sofort nach Max' Wohnungsschlüssel fragen. Er hoffte, dass Marianne im Besitz eines Zweitschlüssels war.

»Der Pastor war vorhin hier. Die Trauerfeier findet übernächsten Donnerstag statt«, unterbrach Marianne seine Gedanken und schnäuzte in ihr Taschentuch. »Vorausgesetzt, Max' Leichnam wird bis dahin freigegeben. Ich kann es einfach nicht fassen.«

Florian nahm Marianne in den Arm und streichelte unbeholfen über ihren Rücken. »Ja, es ist unvorstellbar.«

Er dachte nach. Bis zur Beerdigung waren es neun Tage. »Was sagen die Ärzte? Gibt es etwas Neues?«

»Sie vermuten Herzversagen durch extreme körperliche Belastung, das hat aber auch der Notarzt gestern Abend schon vermutet. Der Staatsanwalt wurde informiert, und ich schätze, er hat bereits eine Obduktion angeordnet.« Marianne Kilian griff erneut zu ihrem

Taschentuch. »Kannst du dir Herzversagen als Todesursache vorstellen?«

»Ich weiß nicht.«

»Möglich wäre es. Max hat so viel gearbeitet. Zu viel gearbeitet. Ich habe ihm oft gesagt, er müsse mehr auf sich achten, mal eine Pause machen, aber er hat nicht auf mich gehört.«

»Gestern morgen in der Redaktion hat er tatsächlich fast schlapp gemacht«, sagte Florian nachdenklich.

Marianne sah ihn prüfend an. »Du glaubst nicht an einen natürlichen Tod, habe ich recht?«

Ihre tief liegenden Augen und ihr blasses Gesicht rührten Florian so sehr, dass er es nicht übers Herz brachte, zu nicken. Beide schwiegen einen Moment.

»Glaubst du, dass Max in gefährliche Recherchen verwickelt war?«

»Vielleicht«, sagte Florian vorsichtig. »Sicher wäre es hilfreich, wenn ich mir Max' Handy einmal ansehen könnte. Hast du eine Ahnung, wo es ist?«

Marianne nickte. Sie machte sich daran, in Max' Sporttasche, die ihr die Schwestern im Krankenhaus ausgehändigt hatten, nach seinem Handy zu suchen.

Florian seufzte erleichtert. Während Marianne mit der Suche beschäftigt war, fiel sein Blick auf ein Ölbild, das er noch nie zuvor in ihrer Wohnung gesehen hatte. Er fand es schön, sehr schön sogar. Das Bild bestand aus Unmengen von Farbklecksen und sollte vermutlich einen Blumenstrauß darstellen. Je länger Florian das Bild betrachtete, desto stärker nahm es ihn gefangen, und je länger er darauf starrte, desto stärker begannen die Farben vor seinen Augen hin und her zu tanzen, so intensiv, dass sie gänzlich miteinander zu verschmelzen schienen und zu einem einzigen großen Farbfleck wurden. Florian überkam plötzlich ein heftiger Schwindel.

»Florian? Florian!« Mariannes Finger, die sich in seine Achselhöhlen bohrten, verursachten ihm Schmerzen. Sie bemühte sich darum, den Fall seines schweren Körpers aufzuhalten, doch vergeblich.

Er glitt auf den Boden. Ihre Stimme drang laut an sein Ohr, dann nahm er einen dumpfen Aufprall wahr. Sein Kopf sank auf den Teppich. Plötzlich wurde Florian bewusst, dass er sich dem hypnotischen Zustand, in dem er sich befand, mit aller Kraft entziehen musste, sonst würde er gleich das Bewusstsein verlieren. Er schluckte und öffnete unter großer Anstrengung die Augen. Über sich sah er Mariannes erschrockenes Gesicht.

»Florian, du wärst beinahe ohnmächtig geworden. Was ist los? Geht es wieder?« Sie half ihm auf und führte ihn behutsam in die Zimmerecke zu einem Sessel, in dem er vorsichtig Platz nahm, dann verschwand sie rasch in der Küche.

Florian versuchte, den letzten Rest Benommenheit abzuschütteln und schlug sich mit der flachen Hand ins Gesicht. Seine Lebensgeister kehrten langsam zurück und ihm kam sein Besuch im Sportstudio wieder in den Sinn. Im Hintergrund hörte er Marianne in der Küche hantieren. Dass Max sich wie ein Pennäler Brot eingepackt haben sollte, hielt er im Grunde genommen für unwahrscheinlich. Naheliegender war, dass der Unbekannte Max das Brot angeboten hatte. War er der unbekannte Anrufer, der die Sendung verhindern wollte?

Florians Überlegungen wurden von Marianne gestört, die mit einem aufmunternden Lächeln im Gesicht und einem Tablett in den Händen zurückkehrte, auf dem sich ein großes Glas frisch gepresster Orangensaft sowie mehrere dekorativ verzierte Schnittchen befanden.

»Trink«, befahl sie leise. »Etwas essen solltest du auch.«

Dankbar führte Florian das Glas an die Lippen und griff nach einer Käseschnitte.

Marianne wartete einen Moment. »Besser?«

»Fast schon wieder topfit.« Florian fegte ein paar Krümel von seinem Schoß und erhob sich, trotz der noch vorsichtigen Bewegungen darauf bedacht, einen vitalen Eindruck zu vermitteln. Als er stand, fühlte er sich erleichtert, die Schwäche war glücklicherweise nur vorübergehend gewesen. »Alles in Ordnung.« Florian lächelte und strich sich mit beiden Händen locker über die Oberschenkel. »Kleiner Betriebsunfall, zu wenig Schlaf.«

»Das kenne ich«, erwiderte Marianne mitfühlend.

Seine Stimme hatte ihre alte Festigkeit wiedererlangt, als Florian fragte: »Max' Laptop ist nicht zufällig hier?«

»Nein, wieso?«

»In der Redaktion konnte ich ihn auch nicht finden.« Florian schwieg einen Augenblick. »Weißt du, ob Max in letzter Zeit neue Essgewohnheiten entwickelt hat? Ich meine, aß er andere Dinge als üblich?«

»Keine Ahnung.« Marianne seufzte tief, dann sagte sie: »Das Beste wird sein, du siehst mal in seinem Kühlschrank nach.« Sie verschwand einen Moment im Flur. Als sie wiederkehrte, hielt sie ungeschickt balancierend mehrere Dinge in den Händen, aber Florian erkannte sofort, worum es sich handelte. »Nimm. Ich hoffe, du kannst etwas damit anfangen.« Sie streckte ihm die Sachen entgegen.

Florian musste lächeln. Marianne hatte ihm nicht nur Max' Wohnungsschlüssel und sein Handy gebracht, sondern auch seinen Terminkalender.

13

Florian steckte den Schlüssel in das Schloss von Max' Wohnungstür in der Darmstädter Straße in der Südstadt, und sie öffnete sich erstaunlicherweise schon nach einer halben Umdrehung. Er stutzte, wusste er doch, dass Max die Gewohnheit gehabt hatte, zweimal hinter sich abzuschließen. Florian hatte sich oft darüber lustig gemacht, doch jetzt kam ihm Max' Vorsicht plötzlich sehr vernünftig vor.

In den letzten Jahren war das Klima rund um den Chlodwigplatz eindeutig rauer geworden. Er und Max hatten in unmittelbarer Nähe zueinander gewohnt, seine eigene Wohnung lag in der Kurfürstenstraße, gleich um die Ecke, und auf einmal musste Florian daran denken, wie oft sie sich abends hier in der Südstadt im ›Früh em Veedel‹, einer urigen Eckkneipe, in der die Köbesse die Grenze der Ruppigkeit nie überschritten, noch auf ein paar Kölsch verabredet hatten.

Florian schob den Gedanken rasch beiseite und inspizierte die Tür genauer. Er bemerkte dunkle Spuren und war sich plötzlich sicher, dass bei Max eingebrochen worden war. Florian überlegte einen Moment, ob er die Polizei benachrichtigen sollte, aber seine Neugier siegte. Vorsichtig öffnete er die Tür und trat ein. Er lauschte, nichts rührte sich. Leise schlich er durch den Flur und stieß behutsam die Tür zum Wohnzimmer auf. Niemand da. Florian atmete erleichtert auf, dabei bemerkte er, dass es stickig roch, die Heizung lief offenbar auf Hochtouren. Energisch öffnete er das Fenster und drehte den Heizkörper ab.

Die frische Luft flutete den Raum, und Florian überkam ein leichtes Frösteln. Als er die Tür zum Schlafzimmer öffnete, sah er, dass die Schranktüren sperrangelweit offen standen, Max' Kleidung lag über den Boden verstreut.

In Max' Arbeitszimmer sah es ähnlich aus. Irgendjemand hatte ganz offenkundig etwas gesucht. Ob etwas fehlte, konnte Florian jedoch auf Anhieb nicht feststellen. Der Computer stand an seinem gewohnten Platz, aber Max' Laptop konnte er auch hier nirgends entdecken.

Zielstrebig ging er zurück ins Wohnzimmer, wo das Telefon stand. Ihm war klar, dass er eigentlich sofort die Polizei benachrichtigen müsste, aber zunächst wollte er tun, wozu er hierher gekommen war. Sein Blick fiel auf den blinkenden Anrufbeantworter.

Florian drückte entschlossen auf die Play-Taste.

Curt aus der Redaktion. Aufgeregt bat er Max dringend um Rückruf, denn er wollte wissen, ob Max noch jemand anderes aus einer Kölner Jugendgang kenne, den er für die geplante Sendung anfragen könnte. Dieser Garcia wolle plötzlich nicht mehr kommen.

Florian drückte erneut auf die Taste. Diesmal war es ein Squashpartner, der sich mit ihm verabreden wollte. Dann ertönte Mariannes Stimme. Fröhlich erzählte sie, dass sie um acht gefrühstückt habe, ein Croissant mit Kirschmarmelade, dann habe sie die Wohnung aufgeräumt und entgegen ihrer Prinzipien schon mittags ferngesehen.

Florian fragte sich, warum Mütter auf dem Anrufbeantworter immer die allerwichtigsten Nachrichten hinterließen. Auf einmal spürte er, dass sein rechter oberer Backenzahn wieder anfing, zu schmerzen. Es war also wieder so weit. Immer, wenn er gestresst war, meldete sich sein Zahn. Das hatte bereits in der Pubertät angefangen.

Er seufzte. Ein Anruf noch, und der würde vermutlich genauso belanglos sein wie die vorherigen.

Florian entschloss sich missmutig, kurz zu unterbrechen und in der Küche nachzuschauen, ob sich hier etwas Brauchbares zu essen finden würde. Bei der Gelegenheit könnte er auch den Inhalt des Kühlschranks genau inspizieren.

Max' Küche war zweckmäßig eingerichtet. Es gab keine dekorativen Objekte wie in Florians Küche, wo eine alte italienische Espressomaschine die Aufmerksamkeit seiner Gäste auf sich zog und ein Kunstdruck mit einem roten Tulpenstrauß zwischen zwei Espressotassen Farbe und Stimmung in den Raum brachte.

Florian öffnete die Kühlschranktür und sah resigniert lediglich gähnende Leere. Außer einem Glas Oliven, süßem Senf, den er verabscheute und für eine bayerische Geschmacksverirrung hielt, zwei Eiern, diversen Flaschen Kölsch und ein paar Scheiben vertrocknetem Toastbrot war hier nichts zu holen. Fehlanzeige. Kein Indiz für ein Produkt, das auf der roten Liste stand. In der Seitentür des Kühlschranks klemmte eine halbvolle

Flasche Milch. Er registrierte, dass sie 3,5 Prozent Fett enthielt. Zu viel. Trotzdem schraubte er den Deckel ab, roch daran, setzte die Flasche an die Lippen und nahm einen großen Schluck. Seit er von Max' Tod erfahren hatte, hatte er kaum etwas gegessen, vielleicht war er auch deswegen vorhin bei Marianne fast umgekippt. Er griff sich aus dem Regal ein Glas und schenkte den Rest Milch bis auf den letzten Tropfen randvoll ein. Vorsichtig schlürfte er etwas von der Flüssigkeit ab und ging, das Glas behutsam in der Hand haltend, langsam zurück über den schmalen Flur ins Wohnzimmer.

Er setzte sich auf die Fensterbank und drückte auf die Taste des Anrufbeantworters.

Eine Männerstimme. Mit übertriebener Freundlichkeit wünschte sie Max einen abwechslungsreichen Abend. Florian hielt die Luft an. Der Mann sagte, er habe sich eine kleine Überraschung für Max ausgedacht, etwas ganz Besonderes, aber nur, wenn die Sendung über die mysteriösen Krankheitsfälle nicht stattfinden würde, dann erhalte er einen netten Präsentkorb.

Es machte Klick und der Anrufbeantworter verstummte.

Florian saß bewegungslos da, die Stille des Raumes lastete schwer auf ihm. Das muss ich noch mal hören, dachte er und drückte auf die Wiederholungstaste. Kein Zweifel, da sprach derselbe Mann, der ihn und vermutlich auch Max bereits gestern angerufen hatte.

Florian überlegte, was die Anspielung mit dem Präsentkorb bedeuten sollte. Nirgendwo in der Wohnung hatte er einen Korb entdeckt. Vielleicht hatte ihn der Einbrecher mitgenommen? Es wäre gut zu wissen, wann der Anruf aufgezeichnet worden war. Vor oder nach Max' Tod?

Florian ging mit raschen Schritten ins Arbeitszimmer und wühlte wie zuvor der Einbrecher im Inhalt der Schubladen, aber er fand nichts von Bedeutung. Da er Max' Passwort kannte, gelang es ihm mühelos, seinen Computer hochzufahren. Rasch zog er alle Dateien, die Max in den letzten vier Wochen bearbeitet hatte, auf seinen USB-Stick. Ob der Einbrecher sich ebenfalls Zugang zu Max' Daten verschafft hatte, vermochte Florian nicht zu sagen. Während er darüber nachsann, fiel sein Blick auf ein Foto, das zwischen anderen Papieren auf dem Fußboden lag. Er hob es auf. Zwei Frauen und zwei Männer saßen um einen Gartentisch herum und tranken Bowle. Bis auf eine Person erkannte Florian sie alle wieder. Das waren unverwechselbar Marianne, ihr verstorbener Mann und seine Mutter. Marianne hatte Max auf dem Schoß, er musste damals vielleicht ein halbes Jahr alt gewesen sein. Denjenigen jedoch, dem seine Mutter vertraut und doch auch lasziv den Arm um die Schulter legte, hatte Florian noch nie zuvor gesehen. Er sah ziemlich attraktiv aus. Florian rechnete zurück. Die Aufnahme musste im Sommer 1972 gemacht worden sein. Max war im Januar 1972 auf die Welt gekommen, er war genau ein Jahr und drei Monate älter als er. Florian war im April 1973 geboren worden. Demnach müsste seine Mutter ungefähr zum Zeitpunkt der Aufnahme schwanger gewesen sein. Florian sah genauer hin, und auf einmal hatte er den Eindruck, als ähnele die Nase des Mannes seiner eigenen. Er fluchte. Ausgerechnet jetzt fand er ein Foto, das ihn eventuell auf die Spur seines Vaters brachte. Einen unpassenderen Moment hierfür hätte er sich im Leben nicht vorstellen können.

Warum hatte Max ihm das Foto nie gezeigt? Er hatte doch gewusst, dass Florian für jeden Hinweis auf seinen Vater dankbar war. Er spürte, wie Wut über den Freund in ihm aufstieg, aber er versuchte, sie zu unterdrücken, denn Max konnte schließlich keine Stellung mehr beziehen. Florian kam zu dem Schluss, dass der Mann auf dem Foto irgendein Mann war, jedenfalls nicht sein Vater, und deswegen hatte Max es auch nicht für nötig gehalten, ihm das Foto zu zeigen. Als er es gerade wieder zurück zu den Papieren legen wollte, überlegte er es sich anders und steckte das Foto kurzerhand ein. Plötzlich kamen ihm Tränen. Wie unvorstellbar war der Gedanke, dass er nie wieder mit Max lachen, nie wieder mit ihm reden, nie wieder in seine Augen blicken würde. An diesem Tisch hatte Max bis vor Kurzem noch gesessen, Max' Hände hatten das Holz berührt wie jetzt seine. Florian schloss die Augen. Die Vorstellung, dass das Aussprechen von Max' Namen fortan die vergebliche Beschwörung eines Bildes wäre, das sich irgendwann heimlich davonstehlen würde, verursachte ihm körperliche Schmerzen. Er sah Max' Sommersprossen vor sich, roch den modrigen Duft seiner alten zerschlissenen Lederjacke, hörte den kehligen Ton seiner Stimme und er spürte den Hauch einer Berührung. Wann hatte er eigentlich das letzte Mal geweint? Es musste Jahre her sein. Selbst, als Katharina ihn verlassen hatte, hatte er keine Träne vergossen.

Florian schnäuzte in sein Taschentuch und konzentrierte sich wieder auf den Computer. Er wollte noch einen Blick in Max' Posteingang werfen. Die meisten Mails waren belanglos, wie er feststellte, aber eine mit dem Absender sportmaster.com erweckte schlagartig seine Aufmerksamkeit. Jemand, der sich als Verehrer von Max' Sendungen vorstellte, bot ihm Insiderinformationen über Jugendbanden in NRW, insbesondere aus Köln, an. Er schrieb, dass er zu Garcia Marquez intensiven Kontakt habe, und über Alex Weyer, ebenfalls Boss einer Bickendorfer Gang, wisse er einiges, was Max mit Sicherheit interessieren würde. Er habe Informationen über einen geplanten Drogendeal. Im Gegenzug erwarte er allerdings die Möglichkeit, an der einen oder anderen Sendung mitzuarbeiten. Er freue sich sehr auf Max' Rückmeldung und die künftige Zusammenarbeit.

Dreister Typ, dachte Florian. Seine Augen glitten an das Ende der E-Mail, und als sie gefunden hatten, wonach sie suchten, hielt er unwillkürlich die Luft an. In den letzten Zeilen stand es schwarz auf weiß:

›Mit freundlichen Grüßen
Peter Mallmann‹

14

Wieder in seiner eigenen Wohnung, steuerte Florian zielstrebig das Schlafzimmer an, ließ sich auf sein Bett fallen und schlief binnen kurzer Zeit ein.

Irgendwann schreckte er hoch und war verwirrt, doch er registrierte, dass die Sirenen eines Krankenwagens, die sich langsam entfernten, ihn aufgeweckt haben mussten. Es war dunkel. Florian benötigte einen Augenblick, bis ihm klar wurde, wo er sich befand. Die Zeiger des kleinen Weckers, der auf dem Holzfußboden vor seinem Bett stand, zeigten kurz nach neun. Es musste neun Uhr abends sein! Florian knipste die Lampe an und sprang auf, er hatte eine Verabredung und musste sich beeilen, wenn er nicht allzu spät kommen wollte.

Er griff seinen Mantel, den er einfach vor dem Bett hatte fallen lassen, und hastete durch den für Altbauwohnungen so typisch schmalen Flur hin zur Haustür.

Auf der Straße gab es nur noch mäßigen Verkehr, und um die Dauerbaustelle Chlodwigplatz herum waren nur wenige Fußgänger unterwegs. Seit Jahren wurde hier ein Teil der neuen Stadtbahn gebaut, die die südlichen Stadtteile mit der Innenstadt und dem Hauptbahnhof verbinden sollte, aber irgendwie schien es mit den Bauarbeiten einfach nicht voranzugehen. Tagsüber herrschte am Kreisverkehr inmitten von Absperrungen und Baggern das reinste Verkehrschaos. In Gedanken daran, was Köln sich seit Jahren an Fehlplanungen und

Bausünden leistete, musste Florian unwillkürlich den Kopf schütteln. Er dachte an die jahrelangen Bauarbeiten auf der Rheinuferstraße, die jeden Autofahrer an den Rand des Wahnsinns getrieben hatten, und an den schiefen Kirchturm in der Severinstraße, der aufgrund eines Statik-Rechenfehlers ein beinahe so schräges Bild bot wie der schiefe Turm von Pisa. Auch die Pflastersteindecke auf dem Heumarkt kam ihm in den Sinn, die ebenfalls aufgrund eines Rechenfehlers gleich mehrfach verlegt werden musste, und der Einsturz des historischen Stadtarchivs setzte allem die Krone auf.

Florian Halstaff wandte sich nach rechts und ging im Eilschritt auf die mittelalterliche Severinstorburg zu, in deren unmittelbarer Nähe sich das ›Früh em Veedel‹ befand, wo Jana hoffentlich immer noch saß und auf ihn wartete. Ein Windstoß wirbelte ein paar vom Karneval übrig gebliebene Kamellepapiere auf, und ließ sie flach vor seinen Füßen über den Boden tanzen. Florian ging schneller und sehnte sich danach, dass es endlich Frühling würde. Wie die meisten Kölner fand er die Stadt im Herbst und Winter unwirtlich und hässlich. Und wie die meisten Kölner klagte auch Florian über das Grau, das sich nach kurzen Tagen, aber langen Monaten auf Häuser und Menschen legte und sie an die Theken trieb. Er atmete tief durch. Hier, in der Südstadt, wo es eine breite Kultur- und Kneipenszene gab, bekam er glücklicherweise immer wieder das Gefühl, mitten im Leben zu stehen.

Florian zuckte zusammen. Unmittelbar rechts neben sich hatte er aus den Augenwinkeln einen schwarzen

Schatten bemerkt. Abrupt blieb er stehen, doch nirgendwo rührte sich etwas. Er war gerade im Begriff, sich wieder in Bewegung zu setzen, als er ein wütendes Fauchen hörte, dann sah er, wie etwas vor seinen Füßen über den Bürgersteig fegte. Erleichtert lachte er auf. Hatte die ihm einen Schreck eingejagt, er war wirklich dünnhäutig geworden. Links vor sich sah er eine große schwarze Katze im nächsten Gebüsch verschwinden. Florian fiel ein, dass er in der Hektik des Aufbruchs ganz vergessen hatte, Zicke etwas zu Fressen zu geben.

Er stieß die Tür zum ›Früh em Veedel‹, die nur angelehnt war, auf und bahnte sich an der Theke entlang den Weg in den hinteren Teil des Lokals, wo Jana an einem eckigen Holztisch saß und auf ihn wartete.

Stimmengewirr durchdrang den Raum. Florian verspürte plötzlich eine unbändige Lust auf eine Zigarette. Er hoffte, dass er den Abend, ohne schwach zu werden und ohne am Zigarettenautomaten zu kapitulieren, überstehen würde.

Jana hatte ihre Lippen rot geschminkt und etwas Rouge aufgelegt. Trotz ihrer auffallenden Blässe stand ihr die Farbe gut, denn der Kontrast unterstrich vorteilhaft ihre markanten Wangenknochen. Florian legte Jana zur Begrüßung mit sanftem Druck eine Hand auf die Schulter, warf seinen Trenchcoat über einen Stuhl und setzte sich. Er nahm einen leichten Hauch ihres Parfums wahr. Am liebsten hätte er mehr davon gerochen, unterdrückte aber den Impuls, näher zu ihr zu rücken.

»Entschuldige, dass ich zu spät bin, ich war so erledigt, dass ich sofort einschlief, als ich nach Hause kam.« Florian rutschte ein wenig auf seinem Stuhl hin und her, um die bequemste Sitzposition zu finden.

»Ist schon o. k.«

»Was trinkst du da?«

»Campari Orange.«

»Kein Kölsch?«

»Ich bin nicht so ein Kölsch-Fan.« Nach einer kleinen Pause fügte sie hinzu: »Es ist übrigens schon der zweite.«

Florian tat, als bemerkte er den verhaltenen Vorwurf nicht, und blickte sich im Raum um. »Gute Idee.« Er wandte sich an die Kellnerin und bestellte dasselbe.

»Und?« Jana sah ihn erwartungsvoll an. Florian senkte die Stimme und sagte: »Max hat in dem Fitnessstudio, bevor er starb, zwei Kölsch getrunken, zwei Kopfschmerztabletten genommen und ein belegtes Brot gegessen, das ihm vermutlich ein Unbekannter angeboten hat.«

Jana runzelte die Augenbrauen und Florian fuhr fort. »Max hat nie etwas zu essen mit in das Fitnessstudio genommen, da bin ich sicher. Der Wirt hat es ihm jedenfalls nicht geschmiert.«

»Hast du mehr in Erfahrung bringen können?«

»Nein. Aber stell dir vor, bei Max wurde eingebrochen.«

»Du lieber Himmel. Woher weißt du das?«

»Als ich bei seiner Mutter war, hat sie mir sein Handy, den Terminkalender und seinen Schlüssel gegeben. Und da bin ich zu ihm gefahren und habe entdeckt, dass jemand den Inhalt der Schränke auf dem Boden verteilt hat.« Florian zog den Terminkalender aus der Tasche seines Trenchcoats, legte ihn auf den Tisch und blätterte in den Seiten. »Also, für gestern ist keine Verabredung vermerkt. Es steht hier nur bei 19 Uhr ›Training‹.

Florian sah auf.

»Vielleicht hat Max nichts eingetragen, weil die Verabredung sich erst kurz vorher ergeben hat«, mutmaßte Jana.

»Möglich. Augenblick, hier ist noch etwas, das ich dir zeigen wollte.« Er blätterte zurück. »Mit diesem Bandenchef Garcia hat er sich getroffen. Letzte Woche Mittwoch um 20 Uhr. Wo, steht hier leider nicht.«

»Garcia Marquez? Ist das nicht der, der heute Abend in die Sendung kommen sollte, aber kurzfristig abgesagt hat?«

Florian nickte und blätterte weiter. »Montag vor einer Woche ist ein ›D. S.‹ vermerkt.« Er sah auf. »Und letzten Freitag ein ›F. W.‹ Keine Uhrzeit. Seltsam.«

»Kannst du damit irgendetwas anfangen?«

»Nein.« Florian sah Jana ratlos an. »Anfangsbuchstaben von Namen, wer weiß. Ich habe keinen blassen Schimmer.«

»Was wurde aus Max' Wohnung eigentlich geklaut?«

»Das ist ja das Seltsame, soweit ich feststellen konnte, fehlt nichts. Außer dem Laptop und seinem Adressbuch.«

Jana massierte sich die Schläfen.

»Ich habe etwas wirklich Interessantes entdeckt.«

»Ja?«

»Peter Mallmann, der Tote aus Ehrenfeld, hat Max wenige Stunden vor seinem Tod per Mail angeboten, ein bisschen bei Garcia herumzuschnüffeln«, sagte Florian.

Janas Augen wurden groß.

»Mallmann scheint etwas über einen geplanten Drogendeal gewusst zu haben.«

»Wow«, entfuhr es Jana. »Wann hat er die Mail geschrieben?«

»Montagabend kurz nach 19 Uhr. Aber Max hat Mallmanns Mail nicht mehr gelesen«, sagte Florian.

»Wie kommst du darauf?«

»Sie war noch ungeöffnet, als ich sie abrief, außerdem war Max um 19 Uhr schon im Fitnessstudio.«

»Dann willst jetzt *du* Kontakt zu Garcia aufnehmen, stimmt's?«

Florian nickte.

»Pass bitte gut auf dich auf.«

Florian sah Jana überrascht an. »Mache ich.«

»Übrigens, seit dem späten Nachmittag liegt Max' Obduktionsbericht vor. Nun steht fest, dass auch er Frischkäse aß.«

»Den verdächtigen Frischkäse?« Florians Augenbrauen schossen in die Höhe.

»Den verdächtigen Frischkäse.« Florian lehnte sich auf seinem Stuhl zurück. »Mit Sicherheit haben sie nach Vorlage des Obduktionsberichts den Durchsuchungsbefehl für seine Wohnung beantragt.« Er versuchte zu lächeln. »Dann brauche ich wegen der Einbrecher wenigstens nicht mehr Bescheid zu geben.«

»Vielleicht wäre es doch besser, du meldest dich bei der Kripo. Sie werden deine Fingerabdrücke in Max' Wohnung sicherstellen. Am Ende verdächtigen sie sogar dich.«

Florian machte eine wegwerfende Handbewegung. »Das ließe sich schnell klären. Ich habe schließlich nichts verbrochen.« Er dachte nach. »Wer weiß, ob der Frischkäse nicht auf der Scheibe Brot …«

»… gewesen ist«, vollendete Jana den Satz.

»Genau.« Florians Blick blieb auf Janas Lippen haften. »Wenn also feststeht, dass Max wie viele andere Erkrankte den Frischkäse gegessen hat, können wir davon ausgehen, dass er ebenfalls Opfer dieses verseuchten Nahrungsmittels geworden ist. Aber warum wäre Max daran gestorben und die anderen, bis auf Peter Mallmann, leben noch?«

»Weil Max und Peter Mallmann umgebracht wurden?« Jana blickte ratlos in ihr Glas. »Laut Obduktionsbericht gibt es keine ausreichenden Beweise dafür, dass der Frischkäse für Max' Tod verantwortlich ist. Und vergiss nicht, es könnte auch die Schokolade sein, die die Krankheitsfälle auslöst.«

»In Max' und Peter Mallmanns Magen gab es keine Spur von Schokolade?«, fragte Florian müde.

»Nein.«

»Vielleicht kehrt der Unbekannte in das Sportstudio zurück. Vielleicht hat er Max das Brot angeboten.

Der Geschäftsführer hat versprochen, mich anzurufen, falls er wieder auftaucht.«

»Der kommt bestimmt nicht wieder. Meinst du, es war Garcia?«

Florian zuckte mit den Schultern. Nach einer Weile beugte er sich ein Stück zu ihr vor und sagte leise: »Max hat Informationen gehabt, die in Zusammenhang mit den Krankheitsfällen stehen. Er machte mir gegenüber vor unserer Sitzung mit Barrick eine entsprechende Andeutung. Ich frage mich, ob dieser Garcia nicht überall seine Hände im Spiel hat.«

Florian drehte sich um, denn am Nachbartisch erklang lautes Gelächter, und einen Moment lang war er dankbar für die Ablenkung. Die Runde amüsierte sich offenbar prächtig.

Jana hatte in der Zwischenzeit damit begonnen, nervös mit einem Bierdeckel zu spielen. Er betrachtete sie dabei, wie sie den Bierdeckel in Tausende kleine Schnipsel zerfetzte, und überlegte, in welchem Verhältnis sie zu Max gestanden hatte. Nach wie vor hielt er es für möglich, dass Max und Jana etwas miteinander gehabt hatten. Ein kleiner Stich durchzog seinen Zahn. Wenn er es recht überlegte, kannte er kaum eine Frau, die nicht auf Max' Ausstrahlung reagiert hätte. Wahrscheinlich pflasterten Hunderte gebrochener Herzen seinen Weg. Hatten gepflastert, korrigierte er sich. Er dachte daran, dass Max eine gute Figur gehabt hatte, durchtrainiert war er gewesen, kein Gramm Fett zu viel. Im Gegensatz zu ihm. Unwillkürlich biss Florian sich auf die Lippen. Nach wie vor betrachtete er Jana, ihr kurzes dunkles Haar, das ihre markanten Züge so vorteilhaft zur Geltung brachte.

Unter seinem Blick wurde sie unruhig. Nervös schichtete sie die Schnipselchen in den leeren Aschenbecher und sagte, verlegen lächelnd: »Dumme Angewohnheit.«

»Hm. Da ist noch etwas, was ich dir erzählen wollte.«

»Ja?« Jana blickte auf.

»Der unbekannte Anrufer, du erinnerst dich, war auf Max' Anrufbeantworter.«

»Der Typ, der dich Montag früh in der Bahn anrief?«

»Ja. Er hat Max eine nette Überraschung angekündigt, wenn die Sendung nicht stattfindet.«

»Garcia?«, stöhnte Jana.

»Wer weiß. Die Ankündigung der Überraschung klang allerdings eher wie eine Drohung. Könntest du herausfinden, wann er Max auf den AB gesprochen hat?«

»Wenn das Gerät keine entsprechende Funktion hat, nur über den zuständigen Telekommunikationsdienst. Das ist nicht so einfach.«

»Wenn der Anruf nach Max' Tod erfolgte, hat der Typ wahrscheinlich nichts damit zu tun«, überlegte Florian.

»Schon klar. War Max Kunde bei der Telekom?«

Florian nickte.

»Sicher? Ich will kein unnötiges Risiko eingehen und mich ins Netz des falschen Vertragspartners einwählen.«

»Wie machst du das eigentlich?«

Jana grinste. »Also gut, Lektion zwei. Mit einem einfachen kleinen Programm. Herunterzuladen von einer ausländischen Website. Damit kann ich die Rechner mancher Telefongesellschaft durchforsten als wären es meine eigenen.«

»Die Telefonrechnungen, die auf seinem Schreibtisch lagen, waren eindeutig von der Telekom«, sagte Florian. Er seufzte und reichte Jana Max' Handy. »Könntest du auch die eingespeicherten Nummern und die zuletzt eingegangenen Anrufe überprüfen?«

»Ich werde es versuchen.« Jana nahm das Gerät und steckte es in ihre große dunkelbraune Handtasche. Sie nahm die Orangenscheibe, die an dem Glasrand steckte, zwischen beide Hände und begann, das Fruchtfleisch von der Schale abzunagen.

»Willst du nicht lieber zur Kripo gehen?«

»Die Mail von Mallmann finden sie auch ohne mich, wenn sie Max' Wohnung durchsuchen, und das Gleiche gilt für den Anruf«, sagte Florian und beobachtete, wie ein Stückchen Fruchtfleisch zwischen ihren ebenmäßigen Zähnen verschwand. »Mach dir darum keine Sorgen.«

»Aber sie ahnen natürlich nicht, dass der Anrufer sich zuvor schon einmal gemeldet hat, bei dir und bei Max. Besser gesagt, dass er euch gedroht hat.«

»Richtig.« Es gab inzwischen genug Gründe, die Polizei aufzusuchen, doch danach stand Florian nicht der Sinn. Was ihn bei der Kripo erwarten würde, wären lange Gespräche und eine Menge unnützer Fragen. Damit wollte er seine Zeit nicht vergeuden. Jedenfalls nicht, solange es in seinen Augen nichts wirklich Wichtiges mitzuteilen gab. Natürlich wollte Florian auch seinen Wissensvorsprung wahren, da machte er sich nichts vor.

Jana beobachtete ihn und verzog die Mundwinkel.

Vorsichtig legte sie den abgenagten Orangenschnitz auf die Papierschnitzel, die sich im Aschenbecher türmten, und sagte: »Aber warte nicht zu lange.«

»Hast du Angst, dass mir etwas zustoßen könnte?«

Jana drehte ihr Glas in den Händen. Florian lächelte. Das warme Gefühl, das sich auf einmal in seiner Brust ausbreitete, gefiel ihm sehr.

»Den Leiter der Mordkommission kenne ich persönlich«, sagte Jana. »Habe früher öfter für ihn gearbeitet. Datenrecherchen im großen Stil. Wenn der mitkriegt, dass du ermittlungsrelevante Informationen verschweigst oder Gegenstände unterschlägst, wird er ganz schön sauer werden. Er heißt Rössner. Marco Rössner.«

»Vermutlich hast du recht«, gab Florian zu und sagte: »Wenn du Max' Handy nicht mehr brauchst, gebe ich es Marianne zusammen mit dem Terminkalender und dem Wohnungsschlüssel zurück. Dann kann sie sofort alles der Mordkommission übergeben. Die brauchen gar nicht zu erfahren, dass ich die Dinge überhaupt hatte.« Florian überlegte. »Die Schwester im Krankenhaus, die Marianne Max' Sporttasche aushändigt hatte, hat sicher deswegen schon Ärger bekommen.«

Jana erwiderte nichts. Sie strich sich erschöpft übers Haar, dann glitt ihre Hand langsam hinab zur Schulter, wo sie sie einen Moment liegen ließ.

Florian ertappte sich dabei, dass er sich vorstellte, ihre Hand würde seine Schulter berühren.

»Verzeih, aber ich würde gern nach Hause fahren«, sagte Jana und unterbrach damit seine Fantasien.

»Schade. Nicht noch einen Campari Orange?«

Sie lächelte ihn an. »Ich hatte schon zwei.«

»Nächstes Mal bin ich pünktlich. Ehrenwort.« Florian war klar, dass Jana etwas bei ihm guthatte. Er winkte der Bedienung, beglich die Rechnung und half ihr in den Mantel. Sie sah überrascht auf und Florian senkte erfreut den Blick. Etikette war wieder in, das wusste er aus den Artikeln unzähliger Frauenzeitschriften, die sie wie viele andere Publikumszeitschriften in der Redaktion auf der Suche nach aktuellen Themen für die Talkshow regelmäßig durchforsteten. Innerlich dankte er seiner Mutter insgeheim dafür, dass sie ihm früher nicht erspart hatte, sich in Umgangsformen zu üben.

Als sie draußen vor der Kneipentür standen, schlang Jana sich fröstelnd einen leichten Schal um den Hals. Es war empfindlich frisch geworden, der Himmel war sternenklar. Florian atmete, den Kopf weit in den Nacken zurückgelegt, dankbar die wohltuende Nachtluft ein und sog sie tief hinunter bis in die Lungenspitzen.

Jana tat es ihm gleich. So standen sie einen Moment Seite an Seite. Florian roch in diesem Augenblick zwar nur eine Spur davon, aber er war eindeutig da, ihr Duft, ihr Parfum. Als Jana den Kopf vom Himmel abwandte und ihm, um sich zu verabschieden, die Hand gab, zog er sie in einer plötzlichen Regung dicht zu sich heran und gab ihr einen Kuss.

15

Gegen 11 Uhr am nächsten Morgen, es war Mittwoch, betrat Florian Halstaff die Redaktionsküche. Er war unausgeschlafen, denn nicht nur die Gedanken an Max' Todesumstände hatten ihn am Einschlafen gehindert, sondern auch die Erinnerung an Jana. Ihre Lippen hatten nach schwarzen Johannisbeeren geschmeckt. Der Kuss hatte eine Unruhe in ihm ausgelöst, die ihm Angst machte. Er hatte kurz, aber deutlich, Janas Entgegenkommen gespürt, auch wenn sie sich dann sehr schnell und etwas verlegen von ihm verabschiedet hatte. Florian machte sich nichts vor. Der Kuss war genau zwei Sekunden zu lang gewesen, um ihn als freundschaftliche Geste oder als Ausrutscher abzutun. Er spürte, sein Jagdinstinkt war erwacht, und wusste, dass er nun vor sich selbst auf der Hut sein musste. Verlieben wollte er sich auf keinen Fall, und schon gar nicht in eine anscheinend ehemalige Freundin von Max. Außerdem war Max gerade mal knapp 40 Stunden tot, und das war nicht der beste Zeitpunkt für den Beginn einer Liebesgeschichte. Auch kam ihm der Kuss ein klein wenig wie ein Verrat vor. Florian wollte auf keinen Fall zu denjenigen gehören, die dem besten Freund die Frau ausspannen, ganz gleich, ob er lebte oder tot war. In Zukunft würde er ganz einfach die Hände von Jana lassen. Das war beschlossene Sache.

Florian goss sich einen Kaffee ein. Trotz der bedrückten Stimmung, die merklich auf den Kollegen lastete, konnte er den Keim zurückkehrender Unbeschwertheit bereits spüren.

Katja und Theo, der Praktikant, den alle mochten, und Fridolin, Redakteur wie Florian, sowie Patricia, die junge blonde Redaktionssekretärin, saßen an einem der drei runden Tische und tranken Kaffee. Die Sendung über die Jugendbanden, die Florian am Abend zuvor verpasst hatte, weil er mit Jana verabredet gewesen war, war offenbar ein voller Erfolg gewesen. Auch ohne Garcia. Curt hatte in letzter Minute einen adäquaten Ersatz gefunden. Florian würde sich gleich den Sendemitschnitt ansehen.

»Selbst Carlo war gut in Form«, sagte Fridolin, von allen Frido genannt.

»Eindeutig«, erwiderte Katja und sagte: »Aber stellt euch vor, Barrick will ihm, trotz des Sendungserfolges, erst einmal eine reinwürgen.« Sie sah vielsagend in die Runde.

Die anderen blickten sie fragend an, auch Florians Interesse war geweckt.

»Er will ihm ein Moderatorentraining verpassen«, erklärte sie.

»Wie bitte?« Florian konnte es kaum glauben.

»Ja. Nach fünf Jahren erfolgreicher Moderationstätigkeit meint Barrick, der sich von Jahr zu Jahr wichtiger fühlt, dass Quotenbringer Carlos Moderationsfähigkeiten noch optimierbar seien.«

»Und, was sagt Carlo dazu?« Fridolin sah Katja entgeistert an.

»Er weiß bisher nichts von seinem Glück«, antwortete sie.

Theo, der Praktikant, schüttelte den Kopf: »Es war doch eine klasse Sendung. Versteht einer, warum Barrick ausgerechnet jetzt auf so eine Idee kommt?«

»Ja und nein.« Florian zuckte mit den Schultern und unternahm einen Erklärungsversuch: »Im Prinzip ist es ganz einfach, Theo. Immer dann, wenn der Erfolg auf Produzenten-, Darsteller- oder Moderatorenseite unverkennbar ist, hat der Auftraggeber, also in diesem Fall der Sender, etwas auszusetzen. Getreu dem Motto: Zu viel Lob schadet. Es könnte die Gefahr bestehen, dass er mehr Honorar fordert. Außerdem ist es sicher auch eine persönliche Angelegenheit. Carlo ist in Barricks Augen einfach zu vielen Menschen zu sympathisch. Das ist zwar gut für die Quote, schadet aber Barricks Selbstbewusstsein. Er muss Carlo mal wieder zeigen, wer der Chef im Ring ist. Gleichzeitig vermeidet er hiermit, dass Carlo zu viele Starallüren entwickelt. Immer schön klein halten, lautet die Devise. Für den Sender rechnet sich das übrigens.«

»Ist ja großartig«, Theo stöhnte. »Vielleicht sollte ich doch lieber in einer anderen Branche meine Zukunft planen. Friseur werden oder so.«

Alle lachten und die Redaktionssekretärin Patricia kommentierte trocken, mit einem Blick auf Theos wasserstoffblond gefärbte Haare, die am Ansatz dunkel waren: »Die Begabung hättest du auf jeden Fall.«

Theo lächelte verschämt und Fridolin ergriff das

Wort. »Zurück zur Sendung. Wo habt Ihr diesen jugendlichen Kriminellen eigentlich aufgetan?«

»Curt hat einfach gute Kontakte«, antwortete Katja vage. Sie warf ihr halblanges braunes Haar in den Nacken und sah Florian an, der immer noch an der Küchenzeile lehnte.

Ihm kam das Bild von Weiberfastnacht in den Sinn, als er Katja in der Südstadt getroffen hatte. Schunkelnd und grölend, ein Kölsch in der Hand und als Zwiebel verkleidet, hatte sie sich vor dem rappelvollen Backes, einer beliebten Kneipe, mit anderen Jecken amüsiert, und wieder einmal wunderte er sich darüber, wie der Karneval die Menschen doch verändern konnte. Die fünfte Jahreszeit machte auch aus den größten Ekelpaketen für ein paar Tage die nettesten Mitbürger. Florian selbst war immer an Weiberfastnacht unterwegs. Er fand, es war der schönste Tag von allen. Die Kölner schmissen sich fiebrig erwartungsfroh in ihre Kostüme, und am frühen Morgen schon herrschte der absolute Ausnahmezustand. Es war eine einzige, riesige Party.

Katja fuhr fort: »Und nicht nur das. Curt hat in kürzester Zeit eine Top-Sendung aus dem Boden gestampft. Das weiß auch Regine zu schätzen.«

»Wie war die Quote? Wie hoch sind die Marktanteile?«, hakte Florian nach.

Katja lehnte sich auf ihrem Stuhl zurück, sah von einem zum anderen und erklärte wichtigtuerisch: »Der Auftritt dieses Jungen hatte Sogwirkung, die Zuschauer sind bis zum Schluss dabeigeblieben. Aber, was noch besser ist, wir hatten vier Prozent mehr Marktanteil als durchschnittlich. 20 Prozent!«

»Wow«, entfuhr es Fridolin, der sonst mit emotionalen Reaktionen eher zurückhaltend war. »Das ist sensationell.«

Katja sah Florian an. »Und, was sagst du dazu?«

»Toll«, sagte Florian. »Wo ist denn der Held?«

»In einer Besprechung mit Regine«, antwortete Katja knapp und sagte: »Kann noch ein Weilchen dauern. Soviel ich weiß, soll Curt auch die nächste Sendung vorbereiten. Er ist übrigens zum Redaktionsleiter befördert worden.«

»Schön für ihn.« Florian nahm seine Tasse und verließ den Raum. Wenn er ehrlich war, musste er sich eingestehen, dass ihn Curts Beförderung zum Redaktionsleiter wurmte, denn er entsprach so ganz und gar nicht dem Bild von einem kompetenten, furchtlosen und schnell reagierenden Journalisten, das Florian vor Augen hatte. Max war ein ganz anderes Kaliber gewesen.

Als er über den Flur zu seinem Zimmer schlenderte, warf er einen Blick durch Curts geöffnete Bürotür. Er beobachtete, wie sich Curt und Regine aufmerksam über ein großes Blatt Papier beugten, vermutlich die aktuellen GFK-Daten, die Marktforschungsdaten der Gesellschaft für Konsumforschung in Nürnberg, die Aufschluss über Erfolg und Misserfolg einer Sendung gaben. Regine sah auf und rief durch die Tür: »Guten Morgen, Florian. Alles in Ordnung bei dir?«

»Ja, ja, alles o. k.« Florian wollte rasch weitergehen,

aber Regine reckte den Kopf und sagte: »Komm doch bitte mal zu uns.«

Florian blieb nichts anderes übrig, er musste ihrer Einladung folgen, obwohl er ebenso viel Lust auf ein Gespräch hatte wie auf seine Zahnschmerzen, die sich heute Morgen wieder bemerkbar gemacht hatten. Die zwei Tabletten, die er geschluckt hatte, würden hoffentlich bald wirken.

Lustlos betrat er Curts Büro, in dem heute, einen Tag nach der Sendung, schon wieder Ordnung herrschte. Bis auf ein paar Notizzettel, die ordentlich gestapelt übereinander lagen, und die üblichen Schreibutensilien sowie einen aufgeschlagenen Terminkalender, war alles aufgeräumt. Kleiner Pedant, dachte Florian und sagte laut: »Gern.«

»Bitte setz dich doch.« Regine wies mit der rechten Hand auf einen Stuhl vor Curts Schreibtisch. »Curt wird auch die nächste Sendung vorbereiten. Er ist ab sofort Max' Nachfolger und unser neuer Redaktionsleiter.«

Curt lächelte triumphierend.

»Glückwunsch.« Florian wusste, was sich gehörte. Er wandte sich an Regine. »Freut mich, dass die Sendung so erfolgreich war. Gibt es schon ein Feedback vom Sender?«

»Ja, Barrick ist alles in allem zufrieden. Hatte allerdings etwas an Carlos rotem Jackett auszusetzen, das er gestern Abend während der Sendung trug. Bis heute Mittag haben sich 140 Zuschauer per E-Mail darüber aufgeregt.«

»Wenn's weiter nichts ist.«

Regine lachte. »Irgendetwas zu meckern gibt es ja immer.

Und nun zur nächsten Sendung. Du wirst nicht daran mitarbeiten.«

Florian runzelte die Stirn.

Regine fuhr fort: »Das Thema lautet: Bahnbrechende Erfolge bei der Behandlung von Brustkrebs in NRW.« Florian schwieg weiterhin. Er wartete immer noch auf eine Erklärung. Schließlich sagte sie: »Ich finde es besser, wenn du weiter an dem aktuellen Krankheitsthema dranbleibst. Man kann nie wissen.«

Jetzt konnte Florian ein Lächeln nicht unterdrücken. »Einverstanden.«

Curt hatte Einwände: »Ich könnte Florian gut im Team gebrauchen, Regine. Fridolin hat nächste Woche Urlaub und die Truppe um Beate und Volker ist bereits voll ausgelastet.«

»Ach was, das schafft ihr schon«, wischte Regine seine Argumente vom Tisch. »Katja ist eine gute Rechercheurin, sie wird dich bestens unterstützen. Und damit dir nicht gleich alles zu viel wird und du genug Luft hast, dich in die neue Verantwortung hineinzufinden, wird Florian direkt an mich berichten.«

Curts Blick wanderte schnell von Florian zu Regine. Er sah Regine mit zusammengepressten Lippen an. »Natürlich wird mir das nicht zu viel. Florian sollte mich aber in jedem Fall auf dem Laufenden halten.«

Regine überlegte einen Moment. »Selbstverständlich. Doch es reicht, wenn wir damit in zwei bis drei

Wochen anfangen und du erst einmal nicht mehr als nötig belastet wirst.«

»Wie du meinst.« Curt griff zu seiner Zigarettenschachtel.

Florian hatte unglaublich Lust, das Gleiche zu tun. Stattdessen nahm er einen Schluck des inzwischen kalt gewordenen Kaffees. Er hielt den Becher zwischen beiden Händen und blickte versonnen auf das hellbraune Gemisch. Einen Augenblick herrschte Schweigen im Raum. Schließlich erhob er sich lächelnd. Sich leicht vor Regine verneigend, sagte er: »Dein Wort sei mir Befehl. Ich werde mich gleich an die Arbeit machen.«

16

Als Florian sein Büro betrat, schaltete er als Erstes den Computer an und rief die inzwischen eingetroffenen E-Mails ab. Darunter waren mehrere Schreiben von potenziellen Talkgästen, deren Beantwortung nicht eilte.

Eine weitere Nachricht stammte von einem Bildarchiv, das ihm ein Angebot für die Übernahme von Videobildern aus der Frischkäse- und Joghurtproduktion sowie der Schokoladenherstellung machte. Er hatte es gestern noch angefordert, vielleicht würde er die Bilder für die Sendung irgendwann gut gebrauchen können. In der Redaktion arbeiteten sie oft mit Videobildagenturen zusammen, denn für die zwei bis drei Zuspielfilme pro Talkshow wurde oft neben dem selbst gedrehten auch fremdes Bildmaterial verwendet.

Weiterhin gab es zwei Nachrichten von Eddie Klump. In der ersten bedauerte Eddie, dass die Show über die Krankheitsfälle abgesetzt worden war. Er beschwerte sich darüber, dass nicht Max oder Florian ihm persönlich abgesagt hatten, sondern dass sich nur die Redaktionssekretärin Patricia bei ihm gemeldet hatte. In der zweiten Mail äußerte Eddie sich sehr betroffen über Max' Tod. Jana hatte ihn informiert. Er drängte darauf, dass sie sich unbedingt treffen sollten.

Doch anstatt Eddie direkt anzurufen, schrieb Florian zunächst an Garcia. ›Muss Sie dringend sprechen.

Wegen Max Kilian. Wo können wir uns treffen?‹ Florian hinterließ seine Privatnummer ebenso wie die Handynummer und hoffte, dass Garcia diesmal reagieren würde, da er bereits mehrfach versucht hatte, ihn telefonisch zu erreichen. Die Nummer hatte er von Katja besorgt, sie war es auch, die wusste, dass Garcia in Bickendorf lebte. Er war 17 Jahre alt und entstammte einer Migrantenfamilie. Seit sechs Monaten war er neuer Anführer der sogenannten Bickendorf Boys, die als extrem gewaltbereit galten. Der vorherige Anführer, gerade mal 15 Jahre alt, war vor einigen Jahren vom Kölner Gericht zu sechseinhalb Jahren Jugendstrafe wegen Körperverletzung in drei besonders schweren Fällen sowie wegen unerlaubtem Waffenbesitz, Raub und Drogenhandel verurteilt worden.

Florian überlegte. Wenn Garcia Max nicht umgebracht hatte, würde er vielleicht Kontakt zu ihm aufnehmen. Allerdings wäre es durchaus möglich, dass er sich selbst dann meldete, wenn er etwas mit Max' Tod zu tun hatte. Wahrscheinlich sogar gerade dann. Sicher wollte er in diesem Fall wissen, wer ihm hinterherspionierte. Florian stützte den Kopf in beide Hände. So oder so war Vorsicht geboten.

Während er versuchte, die Gedanken an Garcia beiseitezuschieben, wählte sich ins Internet ein. Florian rief die Homepage von Fresko auf. Sie war grafisch gut gemacht, das musste er zugeben. Eine übersichtliche Darstellung der Produktpalette und Umsatzzahlen. Auch der neue Frischkäse wurde präsentiert. Er war mit probiotischen Enzymen angereichert, wie schon viele Milchprodukte in der Vergangenheit. Florian druckte die wichtigsten Unternehmensinformationen aus, der Name des Geschäftsführers kam ihm irgendwie bekannt vor. Fresemann. Fresemann? Hatte seine Mutter den Namen nicht schon einmal erwähnt? Er würde sie fragen, aber vorab rief er auch noch die Website des Schokoladenherstellers auf, der ebenfalls ein Produkt mit dem Glutamatderivat auf den Markt gebracht hatte. Während er sich durch die Seite klickte, machte er sich ein paar Notizen über Produkte und Namen der Führungsriege, beendete die Internetsitzung und wählte die Telefonnummer seiner Mutter. Eine Weile musste er warten, bis jemand abnahm, aber dann war Marie-Louise selbst am Apparat.

»Schön, dass du anrufst«, begrüßte sie ihn mit gedrückter Stimme.

»Wie geht es dir?«

»Ich versuche mich abzulenken und lerne gerade meine Rollentexte.« Sie seufzte und gab zu: »Aber es fällt mir schwer.«

»Kein Wunder«, Florian räusperte sich. »Mach einen Spaziergang, das tut gut. Oder spiel einfach ein kleines Match Tennis.«

»Vielleicht gar keine schlechte Idee, auch wenn mir eigentlich nicht danach zumute ist. Aber beim Tennisspielen kann ich wenigstens abschalten.« Marie-Louise philosophierte: »Für eine Stunde wird ein kleiner Filzball zum Mittelpunkt deines Lebens. Es gibt nur ihn, deine Lunge und dein Herz. Sonst nichts.«

»Genau so eine Stunde brauchst du jetzt«, redete

Florian seiner Mutter zu. Sie tat ihm leid, denn er wusste, dass sie sich Max' Tod sehr zu Herzen nahm, aber gleichzeitig regte sich in ihm ein bitteres Gefühl darüber, dass sie nicht einmal daran dachte, sich nach seinem Befinden zu erkundigen, schließlich war Max sein bester Freund gewesen. Einen weiteren Augenblick verharrte er in Schweigen, in der Hoffnung, dass sie die Frage stellen würde, aber Marie-Louise fragte nicht. Er spürte den alten Groll gegen seine Mutter aufsteigen, aber inzwischen konnte er ganz gut damit umgehen. Oft hatte er darunter gelitten, dass sie in erster Linie an sich dachte. Allein ihre Weigerung, ihm den Namen seines leiblichen Vaters zu verraten, hatte ihn früher fast um den Verstand gebracht. Es war gut, dass er inzwischen eine Therapie machte, aber seiner Mutter hatte er selbstverständlich davon nichts erzählt. Florian sah hinaus aus dem Fenster auf den Hansaring und beobachtete Passanten, die eilig über den Bürgersteig hasteten.

»Mit wem spielst du eigentlich in letzter Zeit?«, fragte er.

»Mit meiner Nachbarin.«

»Spielst du nicht auch hin und wieder mit Fresemann?«

Es entstand eine Pause, dann sagte Marie-Louise zögernd: »Gelegentlich. Fresemann ist erst seit ein paar Monaten wieder aktiv. Wieso interessiert dich das eigentlich?«

»Ich würde auch gern mal wieder spielen.«

»Weißt du überhaupt noch, wie das geht?«

»Ehrlich gesagt, ich dachte, du könntest mir vielleicht bei einer Verabredung behilflich sein«, gab Florian zu.

»Aha. Und mit wem willst du spielen, wenn nicht mit mir?«

»Mit Fresemann.«

In der Leitung blieb es still.

»Mutter?«

Marie-Louise räusperte sich. »Gute Wahl. Seine Vorhand ist galaktisch.«

»Und die Rückhand wird mir Angst einjagen?«

»Eher die Kondition. Nach 45 Minuten wird er erst richtig warm.«

Vor seinem inneren Auge sah Florian, wie seine Mutter am anderen Ende der Leitung lächelte. »Hat Fresemann bei Fresko nicht mal Schwierigkeiten gehabt?« erinnerte er sich plötzlich.

»Kann schon sein«, antwortete sie ausweichend.

Florian fand die Antwort typisch für seine Mutter. Immer diskret. Er hakte nach. »War er vor einigen Jahren nicht in eine Korruptionsaffäre verwickelt?«

»Ja, eine ziemlich dumme Sache.« Marie-Louise legte eine Pause ein, bevor sie weiter ausholte. »Aber man konnte ihm nichts nachweisen. Ich gehe übrigens davon aus, dass er tatsächlich nicht in die Schmiergeldaffäre involviert war, die damals fast die ganze Führungsriege betroffen hat«, sagte sie bestimmt.

»Was war da eigentlich genau los?« Florian musste den Hörer fester an sein Ohr pressen, um die Stimme seiner Mutter verstehen zu können, aber es war so gut wie hoffnungslos, denn vom Flur drang die verärgerte und stetig lauter werdende Stimme Jörn Carlos in sein Büro. Florian vernahm die Worte »Schnapsidee« und »Barrick«, und, wieder etwas leiser werdend, hörte er Carlo fluchen: »Dieser Idiot!« Offenbar hatte Regine Carlo gerade beigebracht, dass er demnächst nach diversen Moderationstrainings noch besser moderieren würde. Es folgte das laute Knallen einer Tür, dann trat wieder Ruhe ein.

Katja war also richtig informiert gewesen. Florian fragte sich, woher sie eigentlich immer als Erste den neuesten Klatsch kannte.

»Entschuldige, Mutter, kannst du das wiederholen?« Florian nahm einen Stift zur Hand und zog, den Telefonhörer zwischen Ohr und Schulter geklemmt, mit der rechten Hand ein Blatt Papier heran.

Marie-Louise versuchte es erneut. »Also, Fresemann wurde vor einigen Jahren beschuldigt, Bestechungsgelder aus der Agrarindustrie angenommen zu haben, genauer gesagt, aus der Milchwirtschaft.« Sie hielt kurz inne und schien zu überlegen, ob sie weitersprechen solle. »Es ging darum, dass zur Herstellung der Fresko-Produkte Joghurt, Butter, Käse und große Mengen Milch von einem Produzenten aus Schleswig-Holstein abgenommen wurden, obwohl regionale Anbieter günstiger gewesen wären. Schließlich hat sich aber herausgestellt, dass der zweite Geschäftsführer des Unternehmens in die Korruptionsaffäre verwickelt war und Fresemann tatsächlich nichts davon gewusst hat. Der zweite Geschäftsführer – ich glaube, er heißt Mertens oder so ähnlich – ist wegen Bestechlichkeit angeklagt und verurteilt worden. Wenn ich mich richtig erinnere, hat er mehr als eine Million Bestechungsgelder kassiert. Damals in D-Mark.«

»Interessant«, sagte Florian und überlegte. »Normalerweise hätte doch aber der erste Geschäftsführer davon etwas mitkriegen müssen.«

»In diesem Fall nicht«, antwortete seine Mutter. »Mertens hatte die Angebote der Konkurrenz gefälscht, sodass es schien, als sei der schleswig-holsteinische Betrieb tatsächlich der günstigere Anbieter.«

»Dafür hat Mertens sicher ein paar Jährchen gekriegt.«

»Drei Jahre und sechs Monate. Ich war damals im Gerichtssaal.«

»Ich wusste gar nicht, dass du dich für so etwas interessierst.« Florian bekam große Augen.

»Ach, so ein kleiner Prozess, das hat doch was«, sagte Marie-Louise.

»Dann weißt du vielleicht auch, wer der Großproduzent war?«

Marie-Louise schwieg einen Augenblick und überlegte, dann sagte sie: »Ich meine, es war die Milchzentrale Hagebiel-Nord. Wieso willst du das eigentlich alles wissen?«

Er ging über ihre Frage hinweg und wollte stattdessen wissen, ob seine Mutter sich erinnern könne, wann die Affäre gewesen sei.

»Du weißt, ich hasse es, wenn du auf eine Frage von

mir mit einer Gegenfrage antwortest.« Ihre Stimme war scharf geworden.

Florian entschuldigte sich und erklärte: »Unter Umständen ist Fresko einer der Betriebe, die unter Verdacht stehen, etwas mit den verseuchten Nahrungsmitteln zu tun zu haben.«

»Ach. Fresko-Produkte esse ich glücklicherweise sowieso nicht. Denen fehlt das gewisse Etwas. Plant ihr eine Sendung darüber?«

»Planen wäre zu viel gesagt. Wir bereiten eine Sendung vor. Natürlich nicht über den Käse und die Joghurts allein. Regine Liebermann will, dass ich das Krankheitsthema weiter recherchiere und da dachte ich mir, dass in diesem Zusammenhang ein persönlicher Kontakt ganz hilfreich sein könnte. Vielleicht bringe ich bei Fresemann irgendetwas in Erfahrung. Ein Virus als Krankheitsauslöser scheidet aus. Es ist zwar noch nicht offiziell, aber es scheint zu stimmen.«

»Verstehe. Das heißt, jetzt geht es darum, das verseuchte Lebensmittel zu finden.«

»So ist es. Noch eine Frage, Mutter.«

»Ja?«

»Kennst du zufällig auch den Geschäftsführer von Chocolat Royal Suisse? Oder jemanden vom Vorstand?«

»Tut mir leid, niemand.«

»Schade.« Florian war enttäuscht.

Nach einem Moment fragte Marie-Louise zögernd: »Stimmt es, dass du vermutest, dass Max umgebracht wurde? Marianne deutete so etwas an.«

»Es gibt ein paar Ungereimtheiten, die mich stutzig machen, aber vielleicht ist auch alles nur Einbildung«, versuchte Florian abzuschwächen.

»Marianne erzählte mir, du hättest ihr entsprechende Fragen gestellt.«

»Bislang sind das alles nur haltlose Spekulationen.«

Unvermittelt fragte Marie-Louise: »Florian, lässt du dich da nicht auf eine ganz gefährliche Geschichte ein?«

»So schlimm wird es schon nicht werden.«

»Kann ich dich irgendwie davon abhalten, weiterzumachen?«

»Ich fürchte, nein.«

»Das dachte ich mir.« Sie seufzte. »Pass bitte auf dich auf, ja?«

»Versprochen.« Florian spürte, wie die Angst um ihn seine Mutter am anderen Ende der Leitung lähmte und er empfand darüber eine leichte Genugtuung. Immerhin, sie liebte ihn sehr, auch wenn diese Liebe in der Regel nicht den Versuch implizierte, ihm oder besser seinen Bedürfnissen gerecht zu werden.

Am anderen Ende der Leitung gab Marie-Louise sich einen Ruck. »Ich kann gern versuchen, eine Verabredung für dich zu treffen. Aber wenn Fresemann momentan unter Druck steht, halte ich es eher für unwahrscheinlich, dass er sich ausgerechnet jetzt mit dir zu einem Match verabredet. Die Polizei war doch bestimmt schon bei ihm.«

»Kannst du dir nicht etwas einfallen lassen?«

In der Leitung war es eine Zeit lang still. Florian wollte gerade fragen, ob seine Mutter noch dran sei, als sie langsam antwortete: »Vielleicht ginge es am Sonntag. Da gäbe es die Möglichkeit, ihn zu treffen, aber natürlich rein zufällig.«

»Ah ja?« Florian hob die Augenbrauen.

»Fresemann spielt sonntags um 11 Uhr immer ein Herrendoppel«, erklärte Marie-Louise und fügte hinzu: »Wenn er diesen Sonntag seinen Partnern nicht absagt.« Sie dachte einen Augenblick nach. »Ich schlage vor, wir gehen in den Klub und frühstücken zusammen. Wenn er dort ist, lotse ich ihn nach dem Spiel schon irgendwie an unseren Tisch.«

»Gute Idee.« Florian musste grinsen. Er war erleichtert, das war immerhin eine Möglichkeit. So käme er vielleicht an ihn heran.

»Mutter?«

»Ja?«

»Ich danke dir.«

17

»Das Zeug hat wahrscheinlich etwas mit den unerklärlichen Krankheitsfällen in Köln und Umgebung zu tun.« Burkhard Weidner stellte sich Horst Schäfer in den Weg, der sich auf seinem Hof in Dernau an einer halb hohen reparaturbedürftigen Mauer zu schaffen machte, die das ungefähr 1.000 Quadratmeter große Grundstück umfasste. Er zeigte auf den Artikel im Kölner Blick. Die Schlagzeile lautete:

Bereits 38 Erkrankte – Mysteriöse Krankheit greift um sich

Horst Schäfer war seinen Fragen am Telefon ausgewichen, deshalb hatte er sich einen halben Tag freigenommen und hatte das Ministerium in Mainz gegen Mittag verlassen, um persönlich in den kleinen Ort an der Ahr zu fahren, wo Schäfer seinen Hof bewirtschaftete.

»Glaube ich nicht.« Horst Schäfer sah Burkhard Weidner gerade heraus an. »Das ist ausgeschlossen. Es ist doch alles durchgetestet und außerdem noch nicht im Verkauf.«

Burkhard Weidner schwieg.

Horst Schäfer nahm einen Spachtel zur Hand, bückte sich und tauchte ihn in einen Eimer voll Zementmasse, bevor er Burkhard Weidner unwillig beiseiteschob. Mit der geübten Bewegung eines Mannes, der es gewohnt war, sich in handwerklichen Dingen selbst zu behelfen und dies sein Leben lang ohne viel Aufhebens getan hatte, strich er die Masse in die Ritzen zwischen die graubraunen Bruchsteine.

»Denk einfach an den Gewinn, den wir damit machen werden«, sagte Horst Schäfer begütigend. Seine Füße steckten in grünen Gummistiefeln, das karierte Fleecehemd, das seinen kräftigen Oberkörper bedeckte und fast bis zum Schritt reichte, wärmte ihn so angenehm, dass er keine Jacke darüber zu tragen brauchte. Die Ritzen bearbeitend, das Gesicht zur Mauer gewandt, sagte er: »Mach uns mit deiner Angst nicht verrückt. Sie ist absolut grundlos. Fünf oder sechs Flaschen davon habe ich auch selbst schon getrunken.«

Weidner versuchte, seinem Freund ins Gesicht zu sehen. Aber Schäfer stand weiterhin halb gebeugt vor der Mauer und so musste er sich bücken, um halbwegs einen Blickkontakt herzustellen. »Und du hast nichts gemerkt?«

»Sehe ich vielleicht tot aus?«

Burkhard Weidner lehnte sich mit dem Rücken gegen die Mauer. Irgendwie glaubte er Horst nicht. Er überlegte seit dem Gespräch mit Tim wohl zum hundertsten Mal, ob er nicht einen Selbstversuch wagen müsste. Aber was wäre, wenn er damit sein Leben aufs Spiel setzte? Schließlich verwarf er den Gedanken wieder, denn er musste sich eingestehen, dass er tatsächlich Angst hatte.

Er überlegte weiter. Vorausgesetzt Horst würde wider Erwarten einer umfangreichen gemeinsamen Verkostung zustimmen, müsste er mit einer ungeheuren Blamage rechnen, falls es ihm oder ihnen danach bestens ginge. Er war sich sicher, dass Horst dann jeglichen Respekt vor ihm verloren hätte. Zugegeben, von Weinherstellung hatte er wenig Ahnung, aber immerhin hatte er einen erheblichen Beitrag dazu geleistet, dass der neue Wein überhaupt entwickelt werden konnte. Grübelnd starrte er auf Horst Schäfers Rücken und beobachtete, wie er immer mehr Ritzen in der Mauer mit Zement füllte.

Am liebsten würde er Horst erzählen, dass Tim in die Sache verwickelt war, aber er schwieg. Es würde nur Ärger geben. Horst käme vielleicht auf die Idee, ihre Partnerschaft zu beenden und dieses Risiko war ihm zu hoch. Das Geld für die Forschung war schließlich bereits geflossen.

Er blickte in den Himmel, an dem zwischen einer grauen Wolkendecke ein hellblauer Streifen sichtbar wurde. Gedankenverloren beobachtete er, wie sich der Streifen langsam verbreiterte und einige Sonnenstrahlen den Weg hinunter zu Schäfers Hof fanden. Burkhard Weidner öffnete seinen Mantel, um das Gefühl wohltuender Wärme so dicht wie möglich an sich heranzulassen. Er sagte sich, dass Horst wahrscheinlich recht hatte. Ihr neuer Wein, von dem sie sich eine erhebliche Geschmacksverbesserung durch mehr Zuckergehalt in den Trauben und mehr Aromen erhofften, sollte im späten Frühjahr auf den Markt kommen. Vielleicht winkten ihnen sogar Auszeichnungen. Immerhin hatte Horsts Frau, die Kellermeisterin war, das ihrige dazu beigetragen, dass er ganz hervorragend werden konnte. Vermutlich hatte der Wein rein gar nichts mit den Krankheitsfällen zu tun. Burkhard Weidner schüttelte sich unmerklich. Wahrscheinlich hatte Tims Drogenkonsum nicht nur bei seinem Sohn, sondern auch bei ihm schon zu Zwangsvorstellungen geführt.

Im Forschungslabor, in dem die Inhaltsstoffe wie zum Beispiel die Ascheanteile, die Säuren und das enthaltene Glyzerin untersucht wurden, hatte man keinerlei Unregelmäßigkeiten festgestellt, und das gab berechtigten Anlass zur Hoffnung, dass eine ganz andere Ursache hinter den Krankheitsfällen steckte, die Köln beunruhigten.

Burkhard Weidner fragte sich, in welchem Ausmaß die antiautoritäre Erziehung, die er und Barbara praktiziert hatten, Schuld an der Haltlosigkeit ihres Sohnes war. Oder war Tim ein geborener Verlierer? Gab es so etwas überhaupt? Und wenn, wessen Gene wären hierfür verantwortlich, seine oder Barbaras? Immerhin, wenn er seine Ahnenreihe im Geiste durchging, stieß er auf einige Loser. Es hatte in seiner Familie Fälle von Alkoholproblemen, Spielsucht und totalem wirtschaftlichen Ruin gegeben. Burkhard Weidner seufzte. Er wollte es sich aber nicht zu einfach machen und die Schuldfrage auf genetische Zusammenhänge reduzieren. Waren er und Barbara zu nachsichtig gewesen, als sie bemerkten, dass Tim die ersten Joints rauchte? Hätten sie ihm eindeutigere Grenzen aufzeigen müssen, als er nächtelang fernblieb? Als sie bemerkten, dass Geldscheine im Portemonnaie fehlten? Tim hatte selbstverständlich nie zugegeben, sie zu beklauen, aber eigentlich hatte jeder von ihnen ganz genau gewusst, welche Wahrheit sich hinter seinem unschuldigen Augenaufschlag und den einschmeichelnden Worten und Beteuerungen verbarg. Aber sie hatten sich nicht eingestehen wollen, dass sie allesamt Theater spielten. Die Frage nach dem Warum würde er sich vielleicht nie beantworten können, oder auch nicht wollen, dachte Burkhard Weidner selbstironisch, aber eines stand fest: Es tat höllisch weh, erkennen zu müssen, dass Tim nicht zu den Gewinnern dieser Welt zählte. Ein unerwartetes Klopfen auf die Schulter holte ihn in die Realität zurück.

Horst Schäfer sagte: »Warte ab, wir kommen mit unserer Neuentwicklung noch ganz groß raus.«

Burkhard Weidner sah ihn zweifelnd an. Dann nickte er, reckte sich und zog sich entschlossen den Mantel aus, den er sorgfältig zusammengefaltet über die Mauer legte. Er wollte nicht länger den Teufel an die Wand malen. Betont munter fragte er, die Ärmel seines Oberhemdes aufkrempelnd: »Gibt's hier irgendwo einen zweiten Spachtel?«

18

Florian Halstaff verließ die Redaktion gegen 14.30 Uhr und trat hinaus auf den Hansaring. Die Luft hatte sich erwärmt, und wenn er dem Mann im Radio, der heute früh den Wetterfrosch gemimt hatte, Glauben schenken wollte, war der Frühling nicht mehr weit.

In einem MediaPark-Café gegenüber dem Cinedom, nur wenige Minuten von der Redaktion entfernt, setzte er sich an einen Tisch am Fenster und aß einen Salat mit Räucherlachs, der so gut wie nach nichts schmeckte, was er allerdings in erster Linie auf seine innere Unruhe zurückführte. Garcia hatte sich bislang nicht gemeldet, weder telefonisch noch per Mail. Lustlos stocherte er in den Salatblättern herum und registrierte nebenbei, dass der Hosenbund bereits lockerer saß. Er bestellte einen doppelten Espresso, griff zum Handy und wählte die Nummer von Yvonne Kosuczek, der ehemaligen Freundin von Peter Mallmann. Auch hier hatte er keinen Erfolg. Es sprang nur der Anrufbeantworter an. Entweder wollte sie nicht gestört werden und ging deswegen nicht ans Telefon, überlegte er, oder sie war tatsächlich nicht zu Hause.

Florian rührte gerade frustriert ein Stück braunen Würfelzucker unter seinen Espresso, als Eddie Klump das Café betrat. Eddie sah noch hagerer aus als sonst, was bei der Größe von knapp zwei Metern unvorteilhaft wirkte. Die rechteckige schwarz umrandete Brille unterstrich die fahle Gesichtsfarbe.

»Schön, dass du gekommen bist.«

»Es war mir wichtig.« Eddie nahm ihm gegenüber Platz. »Bei uns im Verlag ist zwar die Hölle los, aber ich habe es trotzdem irgendwie geschafft, freizumachen. Auch, wenn es nur für eine halbe Stunde ist.« Eddie sah kurz auf seine Sportuhr. Florian, der seinem Blick gefolgt war, stellte fest, dass sie an dem schlanken, hellhäutigen Armgelenk viel zu groß wirkte. »Wir kannten uns verdammt lange. Jetzt ist er auf einmal tot. Ich glaube es einfach nicht.« Eddie schüttelte den Kopf.

»Ja, es ist unfassbar«, sagte Florian leise. »Wir waren eng befreundet.«

»Ich weiß. Und wir waren seit Jahren gute Kumpels.« Eddie drehte den Kopf nach rechts und rief der Bedienung seine Bestellung zu, auch er hatte Lust auf einen doppelten Espresso.

»Was meinst du, die offizielle Version von natürlichem Herzversagen ist ja wohl schwachsinnig, oder?« Eddie sah Florian an.

»Mit Sicherheit.«

»Habe ich es mir doch gedacht. Schieß los.«

Florian nickte. »Erstens: Die Mordkommission ermittelt nicht nur im Fall Mallmann, sondern inzwischen auch in Max' Fall. Die offiziellen Versionen von Tod durch Verletzungen infolge einer Schlägerei sowie infolge natürlichen Herzversagens sind damit unglaubwürdig. Zweitens: Peter Mallmann und Max hatten, wie alle anderen Opfer, Alkohol im Blut. Drittens: Bei allen Betroffenen wurde der Mageninhalt analysiert. Dabei wurden bei mehr als der Hälfte aller Betroffenen, so auch bei Max und Peter Mallmann, Spuren eines Glutamatderivats gefunden, eines neuartigen Geschmacksverstärkers, Bestandteil einer Schokolade und eines Frischkäses.«

Eddie sah Florian fragend an.

»Derivat nennt man es deswegen, weil das Molekulargerüst des Glutamats im Wesentlichen zwar erhalten bleibt, aber die chemische Struktur dennoch eine andere ist.«

Eddie grinste. »Erstberuf Chemiker?«

»Journalist«, antwortete Florian trocken. »Viertens: Ein unbekannter Anrufer hat Max und mich davor gewarnt, die Sendung über die Krankheitsfälle zu bringen. Fünftens: Bei Max wurde eingebrochen. Sechstens: Der Unbekannte war auch auf seinem Anrufbeantworter. Siebtens: Max' Laptop ist verschwunden.«

Eddie pfiff durch die Zähne. »Sonst noch etwas?«

Florian entschied, Eddie von Max' Kontakt zu Garcia und seinen Recherchen über Jugendbanden nichts zu erzählen. Diese Spur wollte er allein verfolgen, und so berichtete er nur, was er von Max' letzten Stunden im Sportstudio wusste.

Eddie schwieg betroffen. Erst jetzt wurde ihm das Ausmaß dessen klar, was sein Gegenüber soeben erzählt hatte.

Florian sah Eddie prüfend an: »Wenn du wie ich die Wahrheit erfahren möchtest, könntest du mir bei der Recherche behilflich sein.«

»Du meinst, Detektiv spielen?«

»Ja«, antwortete Florian.

Eddie hob vorsichtig die Tasse Espresso, den die Kellnerin inzwischen auf den Tisch gestellt hatte, an seine Lippen. Auf der Untertasse schwamm eine dunkelbraune Pfütze. Florian lehnte sich geduldig zurück und verstaute seine langen Beine neben dem Tisch, damit sie nicht Eddies langen Beinen in die Quere kamen. Aufmerksam beobachtete er, wie Eddie die Tasse auf die Untertasse zurückstellte.

»Gut. Gehen wir von Annahme eins aus. Was gäbe es für ein Mordmotiv?«

»Angst. Angst davor, dass Max als Redaktionsleiter in der ehemals geplanten Sendung über die mysteriösen Krankheitsfälle etwas aufdeckt, was nicht aufgedeckt werden darf.«

»Hast du irgendeinen Anhaltspunkt, was das sein könnte?«

»Leider nein. Aber, wie ich bereits sagte, ist sein Laptop verschwunden. Vielleicht hat sich darauf irgendeine Information befunden, von der der Anrufer oder der Mörder wusste und die ihm hätte gefährlich werden können.«

»Käme jemand aus der Redaktion in Betracht?«

»Das halte ich für unwahrscheinlich.« Florian stützte den Kopf in beide Hände, eine Geste, die in den letzten Tagen immer häufiger bei ihm vorkam. Plötzlich verspürte er leise Zweifel. Curt war nie ein besonderer Freund und Bewunderer von Max gewesen, ganz im Gegenteil. Aber Neid und beruflich ambitionierte Missgunst reichten als Motiv nun wirklich nicht aus, das traute er Curt nicht zu. Dass andererseits eines der

Redaktionsmitglieder in den Lebensmittelskandal verwickelt sein sollte, hielt er für absurd. Er verwarf den Gedanken, der ihm eben erst gekommen war, wieder und nahm sich aber vor, Jana darum zu bitten, einmal die persönliche Vita der Kollegen unter die Lupe zu nehmen.

Florian sagte: »Mir liegt eine Liste vor, die Namen und Anschriften aller Erkrankten enthält.«

Eddie fragte nicht danach, woher Florian die Liste hatte. Ein guter Journalist gibt seine Quellen in der Regel nun mal nicht preis, und Eddie respektierte dies von vornherein.

»Um alles, was die klassische Routinearbeit ausmacht, also Check der Ernährungsgewohnheiten, sämtlicher demografischer und geschlechtsspezifischer Daten, brauchen wir uns nicht zu kümmern. Das erledigt die Polizei, und an diese Informationen komme ich heran.«

Eddie hob erstaunt die Augenbrauen. »Hast du schon welche?«

Florian nickte. »Ich weiß, dass von den 38 Opfern 31 zwischen 16 und 26 Jahre alt sind, die restlichen sieben sind zwischen 27 und 65 Jahre alt. 25 der Betroffenen sind männlich. Auffällig ist, dass keiner der Betroffenen ein Nettoeinkommen über 2.000 Euro hat. Die Betroffenen stammen zum großen Teil aus dem Kölner Norden. Ich habe es dir aufgeschrieben.«

Florian reichte Eddie einen Zettel, den dieser entgegennahm und durchlas. »Kann nicht erkennen, dass uns diese Informationen bereits weiterhelfen.«

»Ich auch nicht. Vielleicht kommt das ja noch und es fügt sich ein Puzzleteilchen in das andere. Es muss irgendetwas geben, das die Betroffenen gemeinsam haben. Die Polizei tappt offensichtlich im Dunkeln.« Florian gab Eddie auch die Liste mit den Namen der Betroffenen und sagte: »Wäre toll, wenn du die übernehmen könntest, die ich angekreuzt habe.«

Eddie nickte. »Vielleicht ist es ein bestimmter Supermarkt, der uns auf die richtige Spur führt, oder ein spezielles Restaurant, in dem sie essen waren, wer weiß.«

Florian sah auf und dachte daran, dass er unbedingt den Tisch bei Alfredo, den er für Samstag reserviert hatte, abbestellen musste. Er sagte: »Ich kenne übrigens die Namen der Produkte, in denen die Glutamatderivate enthalten sind, und die Namen der Hersteller.«

»Hut ab, Kollege.« Eddie war ganz offensichtlich beeindruckt.

»Fresko übernehme ich, die produzieren Milchprodukte. Joghurt, Butter, Quark und den Frischkäse.« Florian sah Eddie an.

»Dann gib mir Informationen über die andere Firma.« Auffordernd streckte Eddie ihm die Hand hin. Florian zögerte unmerklich, die Geste kam ihm ein wenig zu schnell. Schließlich reichte er ihm bewusst langsam Namen und Anschrift des Schokoladenherstellers Chocolat Royal Suisse, der vor gut zwei Wochen die Vollmilchschokolade mit dem Glutamatderivat auf den Markt gebracht hatte. Eddie betrachtete den Zettel wortlos, dann steckte er ihn in seine Hosentasche.

»Die Sendung wurde doch nur verschoben, oder? Warum eigentlich?« Eddie sah Florian direkt in die Augen.

»Ich habe ehrlich keine Ahnung«, antwortete Florian. »Auf einmal hieß es, die Interviewpartner aus dem Gesundheitsamt und dem Innenministerium hätten kurzfristig abgesagt.«

»Seltsam.«

»Ja, finde ich auch. Andererseits kommt es öfter vor, dass Talkpartner absagen«, gab Florian zu bedenken.

»Dann wollen wir mal sehen, ob wir genug Stoff für eine Sondersendung zusammenkriegen. Das wäre doch eine super Schlagzeile: *Kölner Blick und Diens-Talk retten Menschen in NRW – Krankheitsursache entdeckt*!«, sagte Eddie enthusiastisch.

»Und hoffentlich auch Max' Todesursache«, dämpfte Florian seine Begeisterung.

»Ja, hoffentlich auch die«, erwiderte Eddie langsam. »Inzwischen ist übrigens geklärt, dass ein Virus die Krankheit nicht auslöst. Es gibt hierzu heute Abend eine Pressekonferenz.«

Florian tat so, als sei er erstaunt. Janas unergründliche Wege durch die verschiedensten Datenbanksysteme hatten längst dazu geführt, dass nicht mehr Eddie, sondern Florian der bestinformierte Journalist der Stadt war. Dagegen hatte er ganz und gar nichts einzuwenden.

19

Bevor Florian sich am späten Nachmittag auf den Weg in die Uniklinik machen wollte, fuhr er mit der Bahnlinie 16 nach Rodenkirchen zu seiner Mutter. Von der Haltestelle aus ging er am neu gestalteten Maternusplatz vorbei, der, wie er fand, auch durch die kürzlich erfolgte Modernisierung optisch nicht gewonnen hatte. Der rechteckige Platz war schlicht geblieben, seine Ausstrahlung nüchtern, und Florian vermisste bei der architektonischen Ausführung insgesamt etwas Esprit. Für ihn war der Platz eigentlich nicht viel mehr als eine weitere städtebauliche Schande, und bis heute bedauerte er von ganzem Herzen, dass die wenigen Bäume, die einst hier gestanden hatten, der Neuanlage weichen mussten. Die Bürgerinitiative Kölsche Baumschützer hatte vergeblich für den Erhalt der Bäume gekämpft. An Markttagen ging Florian allerdings immer noch gern hier einkaufen, dann wurde es auf dem Platz lebendig. Von unterschiedlichen Käsesorten über eine Vielfalt an Gemüse, Blumen und Wild aus der Eifel war hier alles zu kriegen. Die meisten Standbesitzer kannten ihn von Kindesbeinen an, und stets freute er sich darüber, wenn Zeit für ein paar nette oder auch frotzelige Worte blieb, außerdem landete in seinem Korb meist die beste Ware.

Marie-Louise war nicht zu Hause. Sie hatte Regiebesprechung für den TV-Spielfilm, was Florian sehr recht war. So konnte er ungestört mit Anna plaudern. Sie hatte sich sehr über seinen überraschenden Besuch gefreut und ihn gleich in die Küche bugsiert, wo sie sich nun daran machte, ihm einen frischen Kaffee aufzubrühen. Anna setzte den Wasserkessel auf, der zwar alt und aus der Mode war, aber jedem Wasserkocher, der in den vergangenen Jahren den Weg in ihr Revier gefunden hatte, den Rang streitig gemacht hatte. Dann holte sie Florians Lieblingskanne aus dem Schrank, ein weiß-goldenes Stück aus dem Palast der Republik, das er nach dem Fall der Mauer während eines Berlinbesuchs bei einem Trödler entdeckt hatte. Florian war stolz darauf. Immerhin hatte nicht nur der halbe Kreml daraus getrunken, sondern auch alle Vertreter der Ostblockstaaten, die damals freundschaftliche Beziehungen zur DDR unterhielten.

»Du siehst schmal aus.« Mit diesen Worten, die aus Annas Mund wie ein Vorwurf klangen, schob sie ihm brüsk ein Stück frisch gebackenen Butterkuchen zu und setzte sich ihm gegenüber an den langen Küchentisch aus alter Eiche. Die Küche war so geräumig, dass sie die schweren Holzmöbel auf dem schwarz-weiß gefliesten Fußboden gut vertrug. Die kupfernen Töpfe und Pfannen, die über der Arbeitsplatte an einer Eisenstange hingen, korrespondierten hervorragend mit dem dunkelbraunen Ton des Holzes und strahlten eine Gemütlichkeit aus, der selbst Annas steif gebügelte weiße Schürze nichts anhaben konnte.

Er biss beherzt in den Kuchen. »Köstlich!« Das war er tatsächlich. Florian konnte nicht widerstehen und nahm sofort einen zweiten Bissen, wobei einige der obenauf liegenden, gebutterten Mandeln, denen ein leichter Zimtgeschmack anhaftete, vom Kuchen rutschten und auf den Teller fielen. Ohne zu zögern, drückte er seinen Zeigefinger hinein und führte ihn vorsichtig zum Mund, darauf bedacht, keine der am Finger klebenden Mandeln zu verlieren. »Ein Gedicht.« Florian leckte den Finger ab und aß mit Genuss weiter.

Über Annas Gesicht huschte ein Lächeln. Sie erhob sich, hantierte mit dem Kuchenblech und schnitt noch ein weiteres Stück ab, das sie ihm, ungeachtet seines Protestes, auf den Teller lud. Florian sah Anna nachdenklich dabei zu, wie sie das kochende Wasser in den Filter goss.

Langsam zog er das Foto, das er bei Max gefunden hatte, aus der Hosentasche und legte es auf den Tisch. Auf einmal befiel ihn eine tief sitzende Angst davor, was Anna eventuell dazu zu sagen hatte. »Nun setz dich doch endlich«, sagte Florian.

Sie überhörte seine Aufforderung und widmete sich mit Hingabe dem letzten Aufguss. Die Kaffeemaschine stand, ebenso wie der Wasserkocher, unbenutzt im Schrank, denn Anna war der Meinung, dass ein von Hand aufgegossener Kaffee entschieden besser schmecke als einer, der maschinell gebrüht wurde.

»Gleich, er ist fast fertig.« Sie blickte über die Schulter zu Florian und brummte. »Schön, dass du da bist, aber ich habe nicht viel Zeit.«

»Ach Anna, mach doch mal langsam.«

»Du hast gut reden. Ich habe mir vorgenommen,

heute auf dem Dachboden Ordnung zu schaffen. Da sieht es aus, als wären Staubbomben geplatzt. Wo kommt das Zeug eigentlich her?«

»Tja.« Florian nahm noch ein Mandelblättchen mit dem Finger auf. Er hatte nicht im Mindesten Lust, auch nur einen Gedanken über die Ursachen von Staub zu verschwenden.

Als der letzte Wassertropfen im Filter versickert war, schenkte Anna beiden ein, setzte sich auf die Küchenbank Florian gegenüber und nahm zufrieden mehrere kleine Schlucke.

Ihr Blick fiel auf das Foto und Florian beobachtete, wie sie unmerklich zusammenzuckte. Auch hatte er den Eindruck, als ob sie den Blick schneller als nötig wieder abwandte. »Kennst du alle, die auf dem Foto sind?« Er reichte es ihr.

Anna nahm das Foto in die Hand, legte es aber gleich wieder zurück auf den Tisch. Vage sagte sie: »Mag sein. Ist in jedem Fall schon lange her.«

Das wollte er als Antwort nicht gelten lassen und hakte nach. »Wie lange arbeitest du jetzt eigentlich schon für uns?«

»37 Jahre und zwei Monate.« Annas Antwort kam wie aus der Pistole geschossen.

Florian musste unwillkürlich lachen. »Und wirst hoffentlich noch mal so lange hier sein«, sagte er augenzwinkernd.

»Dann bin ich längst tot«, brummte Anna.

»Ach was, so schnell geben wir dich nicht her. Die Perle des Haushalts!«

Anna errötete. Sie stand auf, nahm den Kaffeefilter aus dem Spülbecken, warf ihn in den Müll und setzte sich wieder. Florian fiel auf, dass ihr dünnes grauweißes Haar heute glatter lag als üblich. Vielleicht wollte sie ihrem Haar zukünftig die Strapazen der jahrzehntelangen Dauerwelle, die sichtbare Spuren hinterlassen hatte, ersparen.

»Wenn du schon so lange bei uns bist, müsstest du den Mann, der neben meiner Mutter sitzt, doch kennen.« Florian schob ihr das Foto zu.

Sie nahm es erneut in die Hand und überlegte. »An das Gesicht kann ich mich erinnern, aber der Name fällt mir nicht mehr ein.« Daraufhin legte sie das Foto zurück auf den Tisch. Florian war enttäuscht.

»Wenn dir der Name nicht mehr einfällt, dann weißt du vielleicht, wo er herkommt oder was er beruflich so gemacht hat?«

Anna zögerte einen Augenblick, bevor sie sagte: »Er war Chemiker, wenn ich mich richtig erinnere. Promoviert. Glaube, er ging dann nach Kanada.« Sie stand auf und begann, den Tisch abzuräumen.

Florian beschloss, direkter zu werden. »Wie lange war meine Mutter mit ihm zusammen?«

Anna, die die Tassen in die Spülmaschine räumte, sah kurz auf. »Ich habe keine Ahnung.«

Er hatte also richtig vermutet. Seine Mutter hatte ein Verhältnis mit dem Mann gehabt. Nun beschloss er, zum Frontalangriff überzugehen. »Ist der Mann mein Vater?«

Die Haushälterin schwieg eine Weile, bevor sie endlich sagte: »Das Privatleben deiner Mutter geht mich nichts an.« Sie wandte sich missbilligend ab und wischte das Spülbecken trocken.

Florian spürte, wie Wut in ihm aufkam. Er schlug mit der Faust auf den Tisch. »Verdammt noch mal! Seit ich denken kann, stoße ich bei dem Thema auf eine Mauer aus Schweigen!«

Anna sah ihn überrascht an, aber sie erwiderte nichts. Nach einer Weile murmelte sie knapp: »Ich muss jetzt wirklich nach oben.«

Auf dem Dachboden war es kalt und muffig. Florian war Anna stumm gefolgt, er hatte ihr dabei geholfen, das nötige Putzzeug auf den Dachboden zu tragen.

Anna steuerte zielstrebig auf einen riesigen alten Kleiderschrank zu, der an der Längswand neben alten Staffeleien und diversen Kisten und Kartons stand und monströs den Raum einnahm. Florian war seit Ewigkeiten nicht mehr hier oben gewesen. Als Anna die Türen des Schrankes öffnete, dachte er plötzlich, ihn träfe der Schlag. Unmittelbar vor sich sah er eine Unmenge von Kaschmirmänteln, alle ordentlich der Größe nach aufgereiht. Es waren insgesamt elf. Florian zählte ein zweites Mal, aber es stimmte, es waren tatsächlich so viele. Dies waren die Mäntel seiner Kindheit und Jugend, kein Zweifel. Mit vier Jahren hatte er den ersten Mantel bekommen, und dann war jedes Jahr ein neuer gefolgt. Seine Mutter hatte die Mäntel für ihn bei ihrem Lieblingsschneider, einem untersetzten, schnauzbärtigen Türken aus der Südstadt, der mit

Nadel und Faden umzugehen verstand wie kein anderer, nach Maß anfertigen lassen. Marie-Louise liebte die feine goldbraune Kaschmirwolle über alles und hatte gefunden, dass ihr Sohn, reizend anzusehen mit seinen großen Augen und den dunklen Locken, die sich im Laufe der Jahre dann zu ihrer großen Enttäuschung weitestgehend geglättet hatten, kein anderes als dieses edle Material tragen sollte. Zum einen, weil es so leicht war und hervorragend wärmte, zum anderen, weil sie der Meinung gewesen war, dass der weich schimmernde Farbton der Kaschmirwolle unwiderstehlich gut zu Florians dunklem Haar passte und ihm ein elegantes Aussehen verlieh.

Wie hatte er diese Mäntel gehasst. Später, mit 15, war ihm eines trüben Oktoberabends während der alljährlichen Anprobe im Atelier des Schneiders inmitten Unmengen bunter Stoffreste klar geworden, dass sich seine Abneigung eigentlich nicht gegen die Mäntel, sondern gegen seine Mutter richtete. Er hatte sie dafür gehasst, dass sie ihm Jahr für Jahr ihren Willen aufzwang, und er hatte sich dafür gehasst, dass er sich ihr nie widersetzt hatte. 21 Jahre war es her, dass Florian in Suley Gülceks Atelier den entscheidenden Schritt getan und sich von ihrer erdrückenden Einflussnahme befreit hatte. Ein für alle Mal hatte er damit Schluss gemacht, denn laut und deutlich hatte er Nein gesagt. Das heißt, er hatte nicht Nein gesagt, sondern er hatte Nein gebrüllt, so laut, wie niemand es von ihm jemals erwartet hätte, am wenigsten er selbst. Nein zu ihrer tyrannischen Fürsorge, Nein zu ihrem unerträglichen

Egoismus, und damit hatte er Ja zu sich selbst gesagt. Ein Lächeln ging über sein Gesicht, als er sich, so viele Jahre später, die Szene noch einmal ins Gedächtnis rief. Nachdem seine Mutter und Gülcek lange an ihm herumgezupft hatten, um Nähte glatt zu streichen und den Sitz des Mantels bis ins kleinste Detail zu überprüfen, war er ausgerastet. Er hatte sich den Mantel vom Leib gerissen und in die nächste Ecke geschleudert. Anschließend war er stundenlang durch die Stadt gestreift. Als er am nächsten Morgen durchgefroren und völlig übermüdet nach Hause gekommen war, hatte Marie-Louise ihm zu seiner großen Überraschung ohne ein Wort des Vorwurfs eigenhändig ein Frühstück zubereitet. Dann hatte sie ihn in den Arm genommen und sich für alle Kaschmirmäntel seines Lebens entschuldigt, und damit war für ihn die Angelegenheit erledigt gewesen. Jetzt, wo er die Dinger vor sich hängen sah, musste Florian lächeln. So ganz hatte sich Marie-Louise also doch nicht von ihnen trennen können.

Florian strich sich über die Stirn. Über den Mann auf dem Foto hatte er von Anna leider nicht viel erfahren. Sauger, Wassereimer und Schrubber hatte er ihr die steile Stiege heraufgetragen, aber nun reichte es ihm. Er würde sich im wahrsten Sinne des Wortes gleich aus dem Staub machen. Florian hüstelte. Er wartete nur darauf, dass Anna aus der hintersten Ecke des Kleiderschrankes wieder auftauchte, um sich zu verabschieden. Als sie mit hochrotem Kopf erschien, hielt sie ein Kästchen in der Hand, das sie ihm unbeholfen mit den Worten entgegenstreckte: »Ich hoffe, es bringt dich weiter.«

20

Max lag in der erst kürzlich sanierten rechtsmedizinischen Abteilung der Uniklinik am Melatengürtel, in unmittelbarer Nähe des Melatenfriedhofs. Immer wieder empfand Florian in der Nähe des Friedhofs, der nach Moder und Verderben roch, einen leichten Schauder, so auch heute, als er auf die dunklen Hecken und hohen Bäume blickte, die das Gelände überragten. In früheren Zeiten waren hier nicht nur Leprakranke beherbergt worden, sondern es hatten auch öffentliche Hinrichtungen stattgefunden. Viele Frauen, die der Hexerei bezichtigt wurden, waren hier unter furchtbaren Qualen gestorben, ebenso unzählige Männer wegen mehr oder weniger schwerer Delikte.

An der Information des rechtsmedizinischen Instituts erfuhr Florian, wo er den zuständigen Mediziner finden würde. Es war bereits nach 17 Uhr, dennoch arbeitete Dr. Clemens Sinzig noch. Der Fahrstuhl entließ Florian in einen langen, von Neonlicht erhellten Flur. Von einem vorbeieilenden Kollegen erhielt er die Auskunft, dass Dr. Sinzig damit beschäftigt sei, eine Leiche zu sezieren. Das fahle Licht des Ganges mit seinen nackten Wänden, auf die sich nicht ein einziger Farbtupfer verirrt hatte, verstärkte Florians Beklemmung. Selbst ein dicker Blutfleck an der Wand wäre ihm willkommen gewesen.

Dr. Sinzig war vielleicht Anfang 50 und sah aus, als ertränke er den Frust täglicher Leichensektion in reichlich Alkohol. Sein Gesicht wirkte im Gegensatz zu seinem Körper, der groß und schlank war, aufgedunsen, die Augen waren blass und gerötet. Dr. Sinzigs bereits ergrauten Haare schienen eine Wäsche dringend nötig zu haben.

Unwillig sah der Mediziner von seiner Arbeit auf. »Was wollen Sie?«

Mit dem gewinnendsten Lächeln, das Florian aufbringen konnte, stellte er sich kurz vor und sagte: »Es wäre nett, wenn Sie mir weiterhelfen würden, es geht um Max Kilian.«

»Max Kilian? Der Redakteur von dieser Fernsehproduktion, der Anfang der Woche hier war und den ich gestern obduzieren durfte? Hätte er sich wohl auch nicht träumen lassen.«

Florian schluckte. Er sagte: »Genau der ist es.«

»Und was wollen sie von mir? Sind Sie ein Angehöriger?«

»Ein Freund und Arbeitskollege.«

»Wer hat Ihnen erlaubt, hier hereinzukommen?«

»Einer Ihrer Kollegen.« Florian log, ohne rot zu werden.

Die Antwort schien Dr. Sinzig halbwegs zu besänftigen, auch wenn es ihm sichtlich nicht passte, dass er bei der Arbeit gestört wurde. Florian hielt genug Abstand, um nicht genau sehen zu müssen, was Dr. Sinzig da gerade aus dem Brustkorb des Toten, der vor ihm auf dem Tisch lag, zutage förderte. Er versuchte, den Geruch einzuordnen, der ihm in die Nase stieg, und stellte fest, dass es nach inneren Organen roch, allerdings nur leicht. Nicht so schlimm, dass ihm von dem Gemisch übel wurde.

»Zuerst hieß es, er sei an Herzversagen gestorben, hervorgerufen durch zu starke körperliche Belastung. Gilt das, nachdem Sie ihn obduziert haben, immer noch?«

»Fest steht, dass das Herz versagt hat«, antwortete Dr. Sinzig knapp.

»Aber Herzversagen kann durch vielerlei Ursachen hervorgerufen werden, nicht wahr?«

»So ist es.« Der Rechtsmediziner sezierte ungerührt weiter.

Florian hakte nach: »Mir ist bekannt, dass sich Spuren eines Glutamatderivats in Max Kilians und Peter Mallmanns Mägen nachweisen ließen.

»So?« Dr. Sinzig hob die rechte Augenbraue, was ihm einen verwegenen Ausdruck gab. »Inzwischen haben wir einen neuen Fall hereinbekommen.« Mit einer Kopfbewegung deutete er auf den vor ihm liegenden Toten, dabei hielt er vorsichtig ein Stück Gewebe zwischen den Zangen eines Instruments geklemmt, das aussah wie eine Pinzette. »Das hier ist ein Stück Dickdarm. Daran kleben Partikel bereits weitgehend verdauter Nahrung, aber kein Glutamatderivat. Allerdings hat der Arme ganz schön einen gebechert, 1,3 Promille.«

»Dann ist es möglich, dass nicht das Glutamatderivat, sondern vor allem Alkohol im Zusammenhang mit den Erkrankungen eine Rolle spielen könnte?«

»Sie haben es erfasst. Aber die Betonung liegt auf *könnte*. Und welche Bedeutung das Glutamatderivat hat, bleibt weiterhin ungeklärt.« Der Arzt war im Zwiespalt. Einerseits hatte er kein Interesse, Florian und damit dem Fernsehen Informationen zu geben, die nicht gesichert waren, außerdem war dafür die Pressestelle im Haus zuständig. Andererseits fand er die bisherige Informationspolitik von Polizei und Krankenhausleitung zumindest diskussionswürdig. Er zögerte einen Moment, fuhr dann aber fort: »Ich muss Sie dennoch enttäuschen. Bislang haben unsere Untersuchungen keinerlei Anhaltspunkte dafür ergeben, dass Alkohol oder ein Glutamatderivat zum Tode führten. Die Toxizität ist in beiden Fällen zu gering. Das trifft auf alle Betroffenen zu. Kreislaufschwäche und Übelkeit sind wahrscheinlich, mehr aber auch nicht. Eine Intoxikation, also Vergiftung, ist übrigens häufig nur schwer nachweisbar. Äußerlich gibt es selten Symptome. Bei einigen Vergiftungen, und das sind die Ausnahmen, haben wir zwar manchmal Hinweise, die Rückschlüsse auf das Gift zulassen, aber sie sind nicht zwingend vorhanden. Beispiel Zyankali.« Dr. Sinzig hielt in seiner Arbeit inne, sah auf und erklärte: »Hier haftet den Leichen oft ein typischer Bittermandelgeruch an. Es kommt aber auch vor, dass der Geruch nicht vorhanden ist. Bei den meisten Kohlenmonoxidvergiftungen hingegen, also Rauchvergiftungen oder Gasvergiftungen, zum Beispiel hervorgerufen durch Autoabgase, beobachten wir kirschrote Leichenflecken.«

Das hatte Florian nicht gewusst.

Dr. Sinzig überlegte, ob er den jungen Mann nicht einfach hinauskomplimentieren sollte, denn er hielt ihn von der Arbeit ab, aber er entschied sich schließlich dagegen, da er ihm sympathisch war. Zudem schien ihm der Tod seines Freundes sehr nahezugehen. Dr. Sinzig sah auf und sagte: »In der Tat scheint mir Max Kilian zu jung für ein plötzliches natürliches Herzversagen, zumal das Herz und alle anderen Organe sehr gesund waren.«

»Tatsächlich?« Florian stockte der Atem.

»Ich habe allerdings nichts gefunden, was auf eine unnatürliche Todesursache hinweist. Das Blut, das ich entnommen habe und untersuchen ließ, also unter anderem Blut aus dem Herzen und peripheres Blut aus der oberen Beinvene, ist absolut unauffällig. Kein Hinweis auf eine Vergiftung. Auch keine Kampfspuren, nichts. Ebenso geben Gewebeproben aus den verschiedenen Körperorganen, der Beinmuskulatur sowie sein Gehirngewebe keinerlei Hinweis auf eine unnatürliche Todesursache.«

Florian fragte sich, ob er sich das wirklich antun müsse, zuzuhören, wie jemand derart unpersönlich über Max' Körper sprach. Gleichzeitig war ihm klar, dass es kein Zurück gab, denn er durfte das Gespräch mit dem Rechtsmediziner noch nicht beenden, wenn er weiterkommen wollte. Mit der Zunge fuhr er sich über die trockenen Lippen und hakte nach: »Könnte eine mit Frischkäse bestrichene Scheibe Brot den Tod meines Freundes ausgelöst haben?«

Überrascht sah der Doktor seinen Zuhörer an und ließ die Hände, in denen er zwei sehr filigrane Instrumente hielt, sinken. »Das ist nach unserem jetzigen Kenntnisstand sehr unwahrscheinlich, auch wenn Max Kilian ungefähr eine Dreiviertelstunde vor seinem Tod eine Scheibe Brot aß, das den mit dem Glutamatderivat versetzten Frischkäse enthielt.«

»Und wenn dem Frischkäse ein Gift hinzugefügt worden wäre? Es gibt doch Gifte, die kaum Geschmack haben, schnell wirksam sind und die sich hervorragend dazu eignen, sie unbemerkt unter Nahrungsmittel zu mischen?«

Dr. Sinzig sah ihn erstaunt an. »Ja, die gibt es.« Er legte das Besteck beiseite, stützte sich mit der einen Hand auf den Sektionstisch und fuhr sich mit dem Rücken der anderen Hand über das Kinn, so, als wolle er juckende Bartstoppeln kratzen. Nachdenklich sagte er: »Botulinumtoxin zum Beispiel. Eine Substanz, die sich bildet, wenn Nahrungsmittel verdorben sind. Sie kennen das bestimmt, hochgewölbte Dosendeckel bei Wurst- oder Fischkonserven, deren Haltbarkeitsdatum längst überschritten ist. Sie sind ein sicherer Indikator dafür, dass Lebensmittel verdorben und bereits hoch giftig sind. Früher kamen die Menschen noch reihenweise deswegen ins Krankenhaus, inzwischen sind die meisten aber weitgehend aufgeklärt, nehmen entsprechende Produktmerkmale ernst und schmeißen die Sachen weg.« Dr. Sinzig hielt einen Augenblick inne, bevor er weiter sprach. »Botulinumtoxin lässt sich selbstverständlich im Labor als isolierte Substanz herstellen. In Pulverform wäre es hervorragend geeignet, unbemerkt auf Nahrungsmittel aufgebracht zu werden, und je nach Konzentration ginge das tödlich aus.«

Florian bemerkte, wie eine Gänsehaut seinen Körper entlang kroch. Er war sich sicher, dass sie nicht durch die kühle Temperatur im Sektionssaal hervorgerufen worden war. In diesem Moment entschied er sich, Dr. Sinzig von dem Unbekannten im Sportstudio zu erzählen, denn nur so würde der seinen Verdacht wirklich ernst nehmen. Also berichtete er dem Rechtsmediziner, was er wusste. Er erzählte ihm von Max' heimlichen Recherchen über Jugendbanden und von seiner Vermutung, dass zwischen den Rechercheergebnissen und den mysteriösen Erkrankungen ein Zusammenhang bestand. Außerdem berichtete er von den dubiosen Telefonanrufen und dem verschwundenen Laptop.

Dr. Sinzig hörte aufmerksam zu.

Nachdem Florian geendet und der Rechtsmediziner einen Moment lang nachgedacht hatte, sagte er: »Also gut, gehen wir davon aus, dass Max Kilian mit einer nur schwer nachweisbaren giftigen Substanz ermordet wurde. In diesem Fall müssten wir, um den Nachweis überhaupt führen zu können, aufwendige toxikologisch-chemische Analysen durchführen lassen. Hier in unserer Klinik sind wir dazu gar nicht in der Lage. Wir müssten Blutproben der Leiche an ein Speziallabor schicken, was dabei herauskommt, ist völlig ungewiss.«

Florian sah ihn fragend an und Dr. Sinzig erklärte weiter: »Manche Gifte wirken bereits in sehr geringer Dosis, sodass die im Körper verteilte Menge im Nanogrammbereich liegen könnte und nur äußerst schwer nachweisbar ist. Was Botulinumtoxin betrifft, so sind

0,1 Mikrogramm für eine tödliche Dosis ausreichend. Andere Gifte werden wiederum im Körper so schnell umgewandelt, dass wir nur noch Abbauprodukte feststellen können.«

»Und ein Giftnachweis ist deshalb nahezu ausgeschlossen?« Florians Gedanken überstürzten sich.

»In jedem Fall äußerst schwierig.« Dr. Sinzig ergänzte: »Aber vielleicht haben wir Glück. Ich nehme Ihren Verdacht ernst und werde entsprechende mikrobiologische Untersuchungen in Auftrag geben, in ein Speziallabor nach Leipzig. Wie gesagt, hier bei uns in der Klinik haben wir nicht die technischen Möglichkeiten.«

Florian atmete auf: »Ich danke Ihnen.«

Dr. Sinzig sprach gedankenversunken weiter: »Bleibt die Tatsache, dass die Toxizität des Glutamatderivates für eine tödliche Vergiftung zu gering ist und wir nicht wissen, ob und welche Rolle der Alkohol spielt. Damit bliebe die Todesursache von Peter Mallmann und dieser Leiche hier weiterhin unklar.« Er deutete auf den vor ihm liegenden Mann: »Schließlich haben die beiden keine gefährlichen Recherchen durchgeführt, oder? Hier würden Sie doch einen Mord ausschließen?«

Die Ironie des Satzes klang in Florians Ohren, und er antwortete augenzwinkernd: »Mit höchster Wahrscheinlichkeit.«

Dr. Sinzig war Florian nicht unsympathisch, aber es störte ihn, dass er so oft den Ausdruck ›Leiche‹ benutzte. In Florians Ohren hörte sich der Begriff kalt an, so als hätten die Menschen mit Eintritt des Todes ihre Persönlichkeit abgelegt, als hätten sie nie eine Persönlichkeit besessen. Warum sprach Sinzig nicht einfach von Toten?

»Wann liegen die Ergebnisse der mikrobiologischen Analyse vor?«, fragte Florian.

»Das kann ein paar Tage dauern, vielleicht Anfang der nächsten Woche.«

»Rufen Sie mich an?«

Dr. Sinzig zögerte merklich. »Also gut, meinetwegen. Aber Sie müssen mir versprechen, dass Sie der Mordkommission all das erzählen, was Sie mir gerade erzählt haben. Ich werde den Staatsanwalt informieren.«

Florian nickte beflissen. »Eine letzte Frage habe ich noch. Wann ist bei Max der Tod eingetreten?«

»Warum wollen Sie das wissen?«

»Ich mache mir Vorwürfe. Wir sind um 20 Uhr verabredet gewesen und ich frage mich, ob ich ihn hätte retten können, wenn ich die Verabredung eingehalten hätte.«

»Sie hätten den Tod wahrscheinlich nicht aufhalten können. Er ist vermutlich innerhalb von 30 Minuten gestorben«, sagte der Arzt mit einer Spur von Mitgefühl in der Stimme.

»Bitte …« Florian sah den Rechtsmediziner an.

Etwas in seinem Blick bewog Dr. Sinzig dazu, nachzugeben. Er legte die Sektionsinstrumente in eine Schale, wusch und desinfizierte sich die Hände und griff zum Hörer des Telefons, das neben dem Waschbecken lag. Florian hörte, wie er jemanden darum bat, den ungefähren Todeszeitpunkt von Max Kilian in dessen Akte nachzuschlagen. Während Dr. Sinzig auf die Information wartete, sagte er: »Danach habe ich wirklich keine Zeit mehr für Sie.«

Florian nickte. Glücklicherweise dauerte es nicht mehr lange und der Doktor erhielt die gewünschte Information. Schwungvoll legte er den Hörer auf. »Vermutlich ist Max Kilian zwischen 20.30 Uhr und 21.30 Uhr gestorben. Zufrieden?«

Florian nickte kaum merklich mit dem Kopf. »Rufen Sie mich an, wenn die Ergebnisse aus Leipzig da sind?« Er reichte ihm seine Visitenkarte, die der Rechtsmediziner in seiner Kitteltasche verschwinden ließ. Wortlos zog er die Fingerhandschuhe aus Kunststoff über, kehrte Florian den Rücken zu und machte sich wieder an die Arbeit.

21

›Heute ab 22 Uhr im Billard Café in der Wilhelm-Mauser-Straße. Garcia M‹

Als Florian die SMS las, machte sein Herz einen kleinen Sprung. Er kannte das Billard Café in Bickendorf zwar nicht, aber er würde es schon finden. Ein rascher Blick auf die Uhr beruhigte ihn, es blieben ihm noch knapp drei Stunden, kein Grund zur Eile. Nach dem Besuch in der Rechtsmedizin empfand er jeden Schritt an der frischen Luft als Wohltat. Obwohl die letzten Sonnenstrahlen längst hinter der Häuserzeile verschwunden waren und er in seiner dünnen Wildlederjacke zu frösteln begann, bereitete ihm die Tatsache, dass er heute früh nicht wie sonst den gefütterten Trenchcoat angezogen hatte, eine heimliche Freude. Die Jacke gab ihm das Gefühl, den Frühling willkommen zu heißen. Während Florian tief und genussvoll die Luft in seine Lungen sog, erfasste ihn plötzlich eine deutliche Sehnsucht nach unbeschwerten Zeiten.

Die kleine Holzkiste, die Anna ihm zugesteckt hatte, hielt er fest an den Körper gepresst. Als sein Handy klingelte, war er unschlüssig, ob er den Anruf überhaupt annehmen sollte. Schließlich angelte er aber doch in den Tiefen seiner Jackentasche nach dem Gerät, das zwischen benutzten Tempotaschentüchern, Kugelschreibern und labberigen Zettelfetzen zum Vorschein kam. Doch der Anrufer hatte bereits aufgelegt. Als er Janas Nummer auf dem Display sah, war er schlagartig wieder ganz bei der Sache. Er setzte die Holzkiste auf einem Metallkasten, der am Bürgersteig stand, ab und rief zurück. Während er auf das Freizeichen wartete, musste Florian schlucken. Ihm war bewusst, dies war das erste Mal, dass er seit dem Kuss wieder mit Jana sprechen würde.

Sie nahm ab und kam ohne Umschweife zur Sache. »Rössner war heute Vormittag mit der Spurensicherung in Max' Wohnung.«

»Das überrascht mich nun nicht«, erwiderte er.

»Aber das heißt, die Ermittlungsmaschinerie läuft auf Hochtouren. Sie haben Gläser, Teller, Flüssigkeiten, Tablettenröhrchen, Medizinflaschen und so weiter sichergestellt, lauter Dinge, die Max kurz vor seinem Tod benutzt hat. Auch seine Bettwäsche und schmutzige Kleidungsstücke haben sie mitgenommen. Fotoapparat, private Unterlagen und seinen PC sowieso. Zwei Beamte kamen zu uns ins Büro und haben Fragen gestellt. Die werden sich bestimmt bald bei dir melden, Regine hat ihnen deine Nummer gegeben.«

Florian stöhnte. »Ich habe überhaupt keine Lust auf ein Gespräch mit der Kripo.«

»Sie suchen jetzt mit Sicherheit nach der unbekannten Stimme vom Anrufbeantworter«, mutmaßte Jana und sagte: »Ich bin leider noch nicht fündig geworden.«

»Du versuchst es doch weiterhin?«

»Klar. Meinst du, du verkraftest die Top-News des Tages?«

»Schieß los.«

»Es gibt einen dritten Toten.«

»Hatte schon das Vergnügen«, sagte Florian nicht ohne Genugtuung.

»Wie bitte?«

»Ja.« Florian musste über Janas entgeisterte Stimme lachen, auch wenn es vielleicht etwas unpassend war. »Ich komme gerade aus der Rechtsmedizin und habe mit dem zuständigen Mediziner, einem gewissen Dr. Sinzig, über Max und Peter Mallmann gesprochen. Er war dabei, ein weiteres Opfer der vermeintlichen Nahrungsvergiftung zu sezieren. Sinzig war so freundlich, mir ein Stückchen Dickdarm vorzuführen und mich über die verschiedensten Symptome bei Vergiftung aufzuklären. Bei diesem Toten war übrigens kein Glutamatderivat nachweisbar, und auch bei anderen Opfern nicht.«

»Merkwürdig.«

»Ich frage mich, welche Rolle der Alkohol spielt. Was haben die Opfer getrunken? Wein? Bier? Schnaps? Tranken sie alle das Gleiche?«

»Ich kümmere mich darum«, seufzte Jana resigniert, doch einen Moment später lachte sie leise auf. »Und? Wann hast du den Fall geklärt?«

»Da fragst du mich was. Immerhin hat Dr. Sinzig sich bereit erklärt, Max' Blut in einem Speziallabor in Leipzig untersuchen zu lassen. Dort soll getestet werden, ob er vergiftet worden ist, mit Botulinumtoxin beispielsweise. Ich habe Sinzig von Max' Recherchen und den Drohanrufen erzählt, und er hat meinen Verdacht, dass seine Recherchen etwas mit seinem plötzlichen Tod zu tun haben könnten, sehr ernst genommen.«

»Gut«, sagte Jana. »Sehr gut. Und ich dachte immer, mit Botox würde man Falten wegspritzen.«

»Das kann man auch, aber wahrscheinlich benötigt man dazu nur eine verschwindend geringe Dosis. Willst du Genaueres wissen? Ich kann Dr. Sinzig gern danach fragen.« Florian grinste.

»Ich spreche dich in zehn Jahren noch mal darauf an.« Jana lachte. »Ich habe übrigens Infos über den letzten Toten, auch wenn die Frage nach Max' Todesumständen dich natürlich momentan weitaus mehr umtreibt. Willst du sie trotzdem hören?«

»Ja.« Florian war etwas verwirrt. Hatte der Kuss Jana kein bisschen verunsichert?

»Er ist 26 Jahre alt, hat in Nippes gewohnt, allein gelebt und an der Uni Medizin studiert.«

»Dann passt er genau in die Gruppe der jungen männlichen Betroffenen mit einem Einkommen unter 2.000 Euro.«

»Sagt dir das inzwischen etwas?«

»Nein. Nicht wirklich.« Florian hielt einen Moment inne. »Zurück zu Peter Mallmann. Sinzig behauptet steif und fest, die Toxizität des Glutamatderivats sei in der bei Peter Mallmann nachgewiesenen Menge zu gering, um ihn getötet zu haben.«

»Vielleicht hat er gelogen.«

»Warum sollte er? Nein, glaube ich nicht. Er machte auf mich einen ehrlichen Eindruck. War ungewöhnlich offen und sagte klipp und klar, dass sie die

Todesursache in keinem der drei Fälle kennen.« Florian nahm das Handy in die andere Hand und beobachtete, wie der Himmel sich verdunkelte. Plötzlich wollte er auf einmal am Liebsten nur eins, so schnell wie möglich nach Hause. Er schluckte den dicken Kloß, der seine Kehle blockierte, hinunter und nestelte an den oberen Knöpfen seiner Jacke, dann ergriff er mit der freien Hand die Holzkiste und setzte sich langsam wieder in Bewegung. Das blaue U-Bahn-Schild am Ende der Straße übte eine unwiderstehliche Anziehungskraft auf ihn aus. Im Gehen, vorsichtig die Kiste in der einen Hand balancierend, in der anderen das Handy am Ohr, fragte er: »Wie hast du eigentlich herausgekriegt, dass die Spurensicherung in Max' Wohnung war?«

»Das war ganz einfach. Ich habe das Passwort eines früheren Kollegen benutzt und mich gegen 13 Uhr ins Datenbanksystem der Kripo eingeloggt. Das ist eine gute Zeit, denn da ist der Kollege entweder in der Polizeikantine oder an der nächsten Frittenbude, sodass es in der Regel nicht zu einem doppelten Log-in kommen kann. Jedenfalls ist dann die Wahrscheinlichkeit nicht besonders hoch, dass der Administrator merkt, dass etwas nicht stimmt. Wenn ein Mitarbeiter, der sonst immer pünktlich nach Hause geht, plötzlich auffallend häufig noch zu später Stunde im System ist, könnte das natürlich Argwohn hervorrufen.«

»Verstehe. Tu mir bitte einen Gefallen, ja?«

»Welchen?«

»Wenn es dir irgendwie unsicher erscheint, bleib bitte hübsch draußen aus dem Netz. Ganz gleich, wie wichtig die Recherche ist.«

»Nanu, macht sich da etwa jemand Sorgen um mich?«, fragte Jana belustigt und fügte hinzu: »Et hät ja noch immer jotjejange.«

Florian lächelte, und nach einer kurzen Pause sagte er: »Meinst du, du findest heraus, wann der Unbekannte bei Max auf den Anrufbeantworter gesprochen hat und von welchem Anschluss er anrief?«

»Versprechen kann ich nichts, aber ich werde heute Abend, hörst du, *heute Abend*, noch mal versuchen, mir die Information über den Zeitpunkt des Anrufs von Mr. X zu verschaffen. Das funktioniert zwar nicht auf dieselbe Art wie bei der Polizei, aber ich werde es schon hinkriegen.«

Florian sah bildlich vor sich, wie sich an ihren Mundwinkeln Grübchen bildeten. Abrupt blieb er stehen. Nur wenige Meter von sich entfernt, nahe der U-Bahn-Station, bemerkte er den jungen Mann mit dem Pferdeschwanz. Das war genau der, der ihm bereits vor dem Kiosk am Institut für Rechtsmedizin aufgefallen war. Obwohl er ihm halb den Rücken zugewandt hatte, konnte er sein Profil erkennen. Es war eindeutig derselbe Mann, er musste ihm gefolgt sein. Florian schätzte ihn auf Anfang 20. Der Pferdeschwanzträger tat so, als würde er die Auslage eines Schaufensters, in dem Secondhand-Babykleidung angeboten wurde, studieren. Gar nicht der Typ für solche Interessen, schoss es Florian durch den Kopf. Kurz entschlossen überquerte er die Straße. Der Jüngere wandte sich plötzlich um, und für einen Moment sahen sie sich in die Augen. Bevor Florian ihn jedoch erreichte, machte er auf dem Absatz kehrt und lief davon. Für den Bruchteil einer Sekunde überlegte er, ob er ihm folgen sollte, entschied sich dann aber dagegen. Die Chance, den Pferdeschwanzträger einzuholen, war zu gering.

»Florian, bist du noch da?« Janas Stimme drang an sein Ohr. Die Kiste drohte, ihm aus der Hand zu rutschen, und aus weiter Ferne hörte Florian sich sagen: »Klar. Hättest du Lust, morgen Abend eine Kleinigkeit bei mir zu essen?«

Kaum war das letzte Wort ausgesprochen, meldete sich sein Backenzahn, und er bereute die Frage sofort. Er hatte sich doch vorgenommen, Jana in Ruhe zu lassen. Florian biss sich auf die Lippen und fluchte innerlich über sich selbst. Doch auf einmal breitete sich, ohne dass er es verhindern konnte, ein strahlendes Lächeln auf seinem Gesicht aus. Er hatte Janas erfreutes Ja vernommen.

22

Er war rund und monströs und gefüllt mit Pasteten und diversen anderen kleinen Schweinereien. Den Henkel des Korbs, der vor Florian Halstaffs Wohnungstür stand, umspannte ein breites rotes Samtband, das zu einer riesigen Schleife gebunden war. Florian stellte Holzkiste und Einkaufstüte auf den Fußboden ab, beugte sich neugierig über den Korb und zog ein längliches weißes Kuvert hervor, das zwischen den Lebensmitteln steckte.

Er drehte und wendete den Umschlag hin und her, so als könne er, je länger und intensiver er ihn begutachtete, einen Anhaltspunkt über den Absender finden. Von seiner Mutter war der Korb ganz offensichtlich nicht, sie verwendete Büttenpapier mit eingraviertem Namen. Dieser Umschlag war jedoch aus schlichtem weißen Papier, eher unauffällig, ein 08/15-Umschlag, wie er in jedem Büro verwendet wurde. Auf der Vorderseite war sein Name zu lesen. Er war jedoch nicht mit der Hand geschrieben, sondern aus verschieden großen Lettern zusammengesetzt, die offensichtlich aus Zeitungen und Zeitschriften ausgeschnitten und dann aufgeklebt worden waren. Wie die Erpresserbriefe im Film, dachte Florian. Ihm ging durch den Kopf, dass es Menschen gab, die gern Briefbomben bastelten. Florian betastete das Papier, aber der Umschlag fühlte sich glatt und eben an. Entschlossen riss er ihn auf und las:

›Und jetzt stellen Sie sich mal vor, Sie müssten in Zukunft vor allem, was Sie essen, so viel Angst haben wie vor diesem Körbchen … Aber keine Sorge. Das hier ist alles sauber. Bon Appétit!‹

Der Text war wie sein Name auf dem Umschlag aus verschiedenen Buchstaben zusammengeklebt. Florian fühlte einen leichten Schwindel. Er lehnte sich einen Augenblick gegen die Wand im Treppenflur und registrierte, wie die Kälte des Gemäuers durch die Jacke in seinen Rücken kroch.

Florian gab sich einen Ruck. Er schloss die Wohnungstür auf und manövrierte Korb, Einkaufstüte und Kiste durch den schlauchartigen Flur in die Küche. Hier warf er achtlos seine Jacke über die Stuhllehne, räumte den Inhalt der Einkaufstüte weg und schenkte sich erst einmal ein Glas Rotwein ein. Im Kühlschrank fand er etwas Käse und Brot. Er deckte gerade den Tisch, als Zicke aus irgendeiner Ecke der Wohnung auf leisen Sohlen in die Küche kam und miauend, mit fordernd erhobenem Kopf, um seine Beine strich. Florian streichelte ihre spitzen Ohren und versorgte zuerst das Tier, bevor er sich an den Tisch setzte und selbst eine Kleinigkeit aß, er spürte jedoch nach jedem Bissen leichte Magenschmerzen. Geradezu zwanghaft musste er immerzu auf den Präsentkorb starren. Max hatte offensichtlich keinen Korb erhalten, oder doch? War er mit einem daraus stammenden Lebensmittel vergiftet worden? In seiner Wohnung war ihm kein Korb aufgefallen. Und er war vor der Polizei dort gewesen. Selbstverständlich würde er von dem Zeug, das hier vor ihm stand, nichts anrühren, obwohl ihm beim Lesen der Etiketten normalerweise das Wasser im Mund zusammenlaufen würde. Normalerweise.

Florian war bewusst, dass nun definitiv der Zeitpunkt gekommen war, die Polizei zu informieren. Seine Beine fühlten sich schwer an, als er vom Tisch aufstand und müde ins Wohnzimmer ging. Sein Lieblingsplatz hier war die Couch. Sie stand nahe am Fenster und ermöglichte ihm einen Rundumblick auf den Hinterhof, wo halbwüchsige Jungs am Wochenende mit Begeisterung kickten. Immerhin war ihr Gejohle allemal besser als Verkehrslärm, den er hier so gut wie überhaupt nicht wahrnahm. Bevor Florian sich auf das Sofa fallen ließ und die Kiste öffnete, schaltete er den CD-Player ein und legte Kammermusik von Schubert auf, das sogenannte Forellenquintett in fünf Sätzen, das er zurzeit besonders gern hörte. Es war ein Klavierquintett mit Viola, Violine, Cello und Kontrabass und hatte eine herrlich beruhigende Wirkung. Er fragte sich, wann er wohl das nächste Mal die Gelegenheit finden würde, wieder in die Philharmonie zu gehen. Und mit wem? Ein kleiner Seufzer kam über seine Lippen. Wie oft hatte er sich in der letzten Zeit gewünscht, dass ihn jemand begleiten möge, aber Max interessierte sich nicht für klassische Musik und so war er meist allein ins Konzert gegangen, seit Katharina sich von ihm getrennt hatte. Florian liebte die klein besetzte Instrumentalmusik, darunter vor allem auch die Kammermusik von Mozart, die er der großen Orchestermusik oft vorzog.

Als Zicke sich schnurrend neben ihm auf der Couch niedergelassen hatte, nahm er noch einen Schluck Rotwein und starrte auf die Kiste, die Anna ihm mitgegeben hatte.

Er fragte sich, ob der Inhalt sein Leben verändern würde. Vielleicht kannte er nach dem Öffnen der Kiste den Namen seines Vaters, vielleicht auch seine Adresse. Sollte sein Vater in Köln wohnen, traf man sich vielleicht einmal zum Kaffee oder zum Abendessen. Was war er für ein Mensch? Florian hatte sich diese Frage schon oft gestellt. Vielleicht hatte seine Mutter, die immer behauptete, Florian könne seinen leiblichen Vater wahrscheinlich nicht ausstehen, sogar recht. Aber war sein Vater tatsächlich so verantwortungslos, wie sie ihn schilderte? Wusste er überhaupt von ihm? Marie-Louise hatte immer ausweichend geantwortet. Vielleicht hatte sein Vater nie von ihm erfahren.

Das kleine messingfarbene Schloss war nur mit einem Haken gesichert. Florian drückte ihn langsam hoch, hob vorsichtig den Deckel an und blickte auf den Inhalt. Vor ihm lag ein Brief. Er nahm ihn heraus und war erstaunt, als er entdeckte, dass er Briefmarken aus Kanada trug, abgestempelt in Montreal. Das Datum des Poststempels konnte er nicht entziffern.

Bevor er den Brief las, sah er etwas auf dem Boden der Kiste liegen. Ein Foto. Als Florian es in der Hand hielt und genauer betrachtete, glaubte er, darauf denselben Mann wie auf dem Foto aus Max' Wohnung zu erkennen. Schnell stand er auf, holte es und verglich die beiden Aufnahmen miteinander. Im Gegensatz zu dem Foto aus Max' Wohnung hielten der Mann und seine Mutter auf diesem Foto Abstand. Sein Blick fiel auf den rechten unteren Bildrand, irgendjemand hatte dort etwas handschriftlich vermerkt: ›Chapelle de Notre-Dame de Bonsecours, Montréal, octobre 1972‹. Florian begann mit geschlossenen Augen zu rechnen. Dem Datum nach zu urteilen, wäre sie im dritten oder vierten Monat gewesen. Florian sah sich den Mann noch einmal genauer an. Er war attraktiv, ohne Zweifel.

Bevor Florian sich dem Brief zuwandte, nahm er vorsichtig einen weiteren, letzten Gegenstand aus der Kiste, ein gefaltetes Stück Papier, das die bräunlich vergilbten Spuren vieler Jahre trug. Er klappte es auseinander und traute seinen Augen nicht, er hielt eine Geburtsurkunde in der Hand. Dort stand es schwarz auf weiß:

›Florian Halstaff, né le 28. avril 1973, le matin sept heures et dix minutes à Montréal, Québec, Canada. Père: inconnu.‹

Das bedeutete: ›Vater unbekannt‹.

Florian verspürte eine leichte Übelkeit und den heftigen Drang, sich zu bewegen. Er erhob sich abrupt. In der Küche schenkte er sich ein Glas Leitungswasser ein, das er in einem Zug leerte. Dann lehnte er sich an die Arbeitsplatte seiner Küchenzeile und dachte nach. Er besaß einen deutschen Pass, in dem als Geburtsort Köln eingetragen war. Die kanadische Geburtsurkunde hatte er bisher nicht gesehen. War er nicht in Köln, sondern in Montreal geboren worden? Dann besäße er vermutlich auch die kanadische Staatsangehörigkeit. Florian fragte sich, welchen Grund seine Mutter wohl gehabt haben mochte, ihm dies zu verschweigen.

Die Übelkeit verstärkte sich.

Florian öffnete das Küchenfenster und sog die kalt einströmende Luft tief in seine Lungen. Als er sich nach einigen Minuten etwas besser fühlte, ging er langsam zurück ins Wohnzimmer und widmete sich dem Brief, der glücklicherweise nicht auf Französisch, sondern auf Englisch verfasst worden war und von einer gewissen Alexandra Poivrier stammte. Der Name war ihm völlig unbekannt. Ein Gedanke ließ ihn nicht los. Er fragte sich, wo Marie-Louise damals in Montreal übernachtet hatte, bei Alexandra oder bei *ihm*?

Alexandra erkundigte sich nach Marie-Louises Zustand und gab ihr gut gemeinte Ratschläge für den Umgang mit dem Baby. Alles in allem ein belangloser, freundschaftlicher Brief, der nicht die geringste Andeutung über den Vater des Kindes enthielt. Keine namentliche Erwähnung eines Mannes.

Vielleicht würde Florian irgendwann einmal versuchen, Alexandra Poivrier zu kontaktieren. Vielleicht aber auch nicht. Er ließ seinen Kopf auf die Sofalehne sinken und stellte fest, dass er plötzlich gar nicht mehr so sicher war, ob er der Vergangenheit wirklich nachspüren sollte. Wahrscheinlich wäre, was er in Erfahrung bringen würde, eine einzige riesengroße Enttäuschung, und der reale Vater würde dem Bild, das er sich jahrelang von ihm gemacht hatte, gleichen wie David dem Goliath. Florian beschloss, die Vergangenheit einfach ruhen lassen. Zumindest vorerst.

23

Florian entdeckte Garcia auf einem Barhocker in der Nähe eines Billardtisches, umgeben von zwei seiner Kumpels. Ein Halbwüchsiger hatte auf seine Frage, wer Garcia sei, wortlos mit dem Finger in den hinteren Teil des Billard Cafés gedeutet, und Florian hatte ihn sofort erkannt. Garcia strahlte Stärke aus. Seine Körperhaltung und die dunklen Augen zeugten von einem Selbstbewusstsein, wie Florian es zuvor noch nie bei einem Jugendlichen bemerkt hatte. Die zwei Jungs an Garcias Seite lachten grölend. Während Florian auf die Gruppe zuging, spürte er, wie skeptische Blicke sich in seinen Rücken bohrten. Er war ein Fremdkörper hier, daran war nicht zu zweifeln. Die Besucher waren allesamt jünger, und er ärgerte sich, dass er nicht wenigstens seine alte Jeans und ein ausgewaschenes T-Shirt angezogen hatte, um sich nicht zu sehr von den Jugendlichen zu unterscheiden. Mit einem Lächeln im Gesicht ging er auf Garcia zu, und dieser hörte mitten im Satz auf zu reden. Als Zeichen dafür, dass er verstanden hatte, wer Florian sei, bedeutete er seinen Kumpeln mit einer knappen Handbewegung, zu verschwinden. Wie selbstverständlich entfernten sie sich, allerdings nur bis zum nächsten Stehtisch. Florian registrierte, dass sie ihn nicht aus den Augen ließen, dennoch beschloss er, sofort zur Sache zu kommen.

»Max Kilian ist tot. Der Journalist, zu dem du Kontakt hattest.«

Garcia runzelte die Stirn.

»Ich dachte, du wüsstest vielleicht, warum«, sagte Florian.

Garcia musterte ihn eingehend. »Wieso sollte ich?«

»Weil du ihn umgebracht hast?« Diese Frage war ein so offensichtlicher Affront, dass Florian es nicht wagte, Garcia aus den Augen zu lassen. Seine Hand, die scheinbar lässig in der Jackentasche ruhte, umklammerte eine kleine Flasche mit Reizgas. Vorsichtshalber hatte er sie gekauft.

»Sonst noch was?« Garcia funkelte ihn an. Das Klakken der Billardkugeln dröhnte in Florians Ohren.

»Wieso bist du nicht in die Sendung gekommen?«

»Ich hatte was Besseres vor.« Garcia zog ein Päckchen Tabak aus seiner Jackentasche und begann, sich eine Zigarette zu drehen. Seine hektischen Bewegungen verrieten Florian, wie aufgebracht er war.

»Ein Drogendeal?«

»Pass mal lieber auf, was du sagst.«

Florian blinzelte und atmete tief ein. »Falls es dir nicht klar ist, Max Kilian und ich haben zusammen für Diens-Talk gearbeitet. Wir waren befreundet. Er hat mir von dir und deinen Informationen über einen Drogendeal erzählt.« Florian fand es angebracht, gleich noch eine kleine Unwahrheit obenauf zu setzen. »Max war übrigens der Ansicht, du seiest absolut vertrauenswürdig.«

»So.« Garcia zündete sich die gedrehte Zigarette an und nahm einen tiefen Zug.

»Hattest du Grund zu befürchten, dass Max dir die Polizei auf den Hals hetzt?«

»Quatsch.« Garcia blies seinem Gegenüber Rauch ins Gesicht.

Florian wandte den Kopf ab, kommentierte diese Unverschämtheit sicherheitshalber aber nicht. »Warum hast du Max von dem Deal erzählt?«

Garcia straffte die Schultern. »Ganz einfach. Weil der Alex und seine Bickendorfer Freaks 'ne Abreibung mal ganz gut gebrauchen könnten.«

»Bickendorfer Freaks?« Florian horchte auf.

»Die wollen sich hier breitmachen. Aber Bickendorf ist *mein* Revier.« Garcia starrte Florian an.

Alex Weyer, das war doch der, dessen Name Peter Mallmann in seiner Mail an Max genannt hatte, überlegte er. Die Anspannung war inzwischen aus Garcias Schultern gewichen, was Florian mit Erleichterung registrierte. »Weißt du, ob Max Kontakt zu Alex Weyer hatte?«

»Kann gut sein.«

»Was hältst du davon, wenn du mir erzählst, wo ich diesen Alex finde?«

Garcia lachte verächtlich. »Der ist verreist. Er kommt erst in ein paar Tagen zurück nach Köln, wenn er die Lieferung in Empfang nimmt.«

»Heroin?«

»Ecstasy und Kokain. Keine Riesenmenge, aber um von den Bullen für eine Weile aus dem Verkehr gezogen zu werden, dürfte es reichen. An deiner Stelle würde ich übrigens die Finger von Alex lassen. Der dreht schnell durch. Überlass das lieber den Bullen.«

»Mit wem macht Alex den Deal?«, fragte Florian scheinbar unbeeindruckt.

Garcia zuckte mit den Schultern. »Alles muss ich dir wohl nicht erzählen.«

»Beliefert er dich auch?«

»Mit dieser Art von Geschäften hab ich nichts zu tun.«

Das ist auch besser so, dachte Florian und setzte sich langsam auf einen der freien Barhocker. »Warum hast du das alles eigentlich Max Kilian erzählt?«, wagte er sich vor.

Garcia spuckte einen Krümel Tabak aus. »Max wollte, dass ich in eure Sendung komme und ein bisschen quatsche, und so haben wir unseren ganz eigenen Deal gemacht. Kurzer Auftritt hinter einer Schattenwand für gute Bezahlung und gegen einen kleinen Tipp bei der Polizei.«

Florian strich sich über die Schläfen. »Max sollte also dafür sorgen, dass Alex Weyer auf frischer Tat von der Polizei ertappt wird und in den Jugendknast geht.« Es war mehr eine Feststellung denn eine Frage.

»Ja. Aber ich bin nicht sicher, ob es dazu noch gekommen ist. Wann hat er ins Gras gebissen, sagst du?« Garcia grinste ihn an und Florian musste an sich halten, um ihm seine Faust nicht mitten ins Gesicht zu schlagen.

»Vor zwei Tagen. Aber wenn dir so viel daran liegt,

dass der Alex geschnappt wird, ruf doch selbst bei der Polizei an.«

»Damit die Bullen mir Stress machen? Nee, danke. So schnell kann ich gar nicht gucken, wie die mir was anhängen.«

»So ein Anruf lässt sich doch auch anonym erledigen.« Garcia schwieg. Nach einiger Zeit sagte Florian: »Also gut, ich mache dir einen Vorschlag. Du sagst mir, wann und wo die Übergabe laufen soll und ich kümmere mich darum, dass die Polizei davon erfährt.«

Garcia drückte die Zigarette aus. »Und wer garantiert mir, dass du den Bullen nicht verrätst, woher du den Tipp hast?«

»Ich gebe dir mein Ehrenwort.«

Garcia starrte Florian an, doch die Angelegenheit schien ihm wichtig genug zu sein, um zu sagen: »O. k. Ruf mich in zwei Tagen noch mal an.«

24

Florian war auf der Suche nach der Hausnummer 15. Es musste ganz in der Nähe sein. Seine Gedanken waren in der zurückliegenden, kurzen Nacht Karussell gefahren. Garcia. Der Präsentkorb. Die Kranken und die Toten. Alex Weyer und der Drogendeal. Der Einbruch in Max' Wohnung.

Gegen 6 Uhr in der Früh war Florian aus dem Bett geflüchtet, in seine Joggingkleidung und die nagelneuen Joggingschuhe geschlüpft und hatte sich auf den Weg zum Rheinufer gemacht. Hier hatte er den symbolischen Startschuss zur ersten Joggingrunde seines Lebens gegeben. Je länger er am Rhein entlang Richtung Rodenkirchen unterwegs gewesen war, desto mehr Freude hatte er an der ungewohnten Bewegung gefunden. Der Rhein hatte ruhig und glatt in der nebeligen Morgenluft dagelegen. Je schneller sein Puls ging, desto ruhiger war Florian innerlich geworden. Die morgendliche Kühle hatte sich wohltuend auf die erhitzte Haut gelegt, und es war ihm so vorgekommen, als ob er mit jedem Schritt freier atmete. Die Ruhe und Friedlichkeit des Morgens waren ihm wie ein Geschenk erschienen. Außer einigen wenigen Joggern, die wie er die Stunde zum Frühsport genutzt hatten, und einigen Spaziergängern, die ihre noch traumtaumeligen Hunde hinaus in den Morgennebel geführt hatten, war niemand unterwegs gewesen an der sonst so übervölkerten Rheinuferpromenade. Die Alte Liebe, Kölns bekanntestes Bootshaus, das mehrfach abgebrannt, aber immer wieder aufgebaut worden war, hatte rot-weiß gestreift und ruhig neben ihm im Wasser gelegen. Der Anblick gab ihm ein seltsames Gefühl von Sicherheit, das sich sonst nur in Anwesenheit guter Freunde einstellte. Florian war während seines Laufs zu dem Entschluss gekommen, dass Garcia Max nicht umgebracht hatte. Garcias Verhalten und seine Äußerungen am Abend zuvor sprachen eindeutig dagegen.

Nachdem Florian zu Hause geduscht und gefrühstückt hatte, hatte er Ben Blumenthal angerufen und ihn erneut über Aussehen und irgendwelche Auffälligkeiten des Unbekannten befragt. Und tatsächlich, Blumenthal hatte Florian während des Telefonats einen neuen Anhaltspunkt geliefert. Er hatte erwähnt, dass der Mann Deutsch mit ausländischem Akzent gesprochen habe. Damit schied Garcia als Verdächtiger aus. Erstens war er zu jung und zweitens sprach er ein absolut akzentfreies Deutsch. Der Pferdeschwanzträger kam auch nicht in Betracht, denn der Unbekannte hatte laut Blumenthal kurz geschorenes, dunkles Haar.

Florian hatte nach dem Gespräch mit Ben Blumenthal versucht, Kriminalhauptkommissar Marco Rössner telefonisch zu erreichen. Rössner war jedoch in einer Besprechung gewesen, und Florian hatte ihm daher nur eine Nachricht hinterlassen.

Jetzt, auf dem harten Pflaster der Takustraße, fiel Florians Blick auf ein beigegraues Haus nur wenige Meter vor ihm. Wie manche Mietshäuser hier machte es einen etwas heruntergekommenen Eindruck. Die Farbe der Fensterrahmen war an vielen Stellen abgeplatzt, und auch die Haustür schien einen Anstrich bitter nötig zu haben. Ein Blick auf die Hausnummer bestätigte ihm, dass er richtig war. Hier wohnte Yvonne Kosuczek, die ehemalige Freundin von Peter Mallmann. Der Stadtteil Ehrenfeld war besonders bei Studenten beliebt, die Mieten blieben überschaubar, und es gab eine sehr lebendige und vielfältige Kultur- und Kneipenszene, nicht zuletzt bedingt durch den hohen Migrantenanteil. An jeder Ecke sah man türkische Döner-Buden, asiatische Imbisse oder italienische Restaurants und Weinläden.

Florian Halstaff drückte die schwere Eingangstür auf und fand sich wieder in einem schmalen Hausflur. Es roch nach altem Mauerwerk und abgestandenem Essen. Mit schnellen Schritten ging er auf die Tür am Ende des Flurs zu, die hinaus auf den Hinterhof führte. Er überquerte den Hof, blieb vor dem Hinterhaus zu seiner Rechten stehen und studierte die Klingelschilder, Yvonne Kosuczek wohnte im vierten Stock. Florian klingelte. Nachdem er einen Moment gewartet und es noch einmal probiert hatte, wurde endlich auf den Summer gedrückt. Als er außer Atem die letzten Treppenstufen erklomm, erwartete sie ihn bereits in der geöffneten Wohnungstür. Yvonne Kosuczek war rothaarig und grazil. Florian schätzte sie auf Mitte bis Ende 20.

»Was wollen Sie von mir?« Ihre Stimme klang unsicher.

»Ich brauche Ihre Hilfe,«, sagte er rasch. Mit einem entwaffnenden Lächeln streckte Florian Yvonne Kosuczek seine Hand entgegen und stellte sich kurz vor. Zögernd erwiderte sie den Händedruck. Florian hatte Angst, dass sie ihm gleich die Tür vor der Nase zuschlug.

»Ich fürchte, dass Ihr Freund und mein Freund Opfer eines tödlichen Nahrungsmittels geworden sind. Sie haben doch sicher in der Presse von den dubiosen Krankheitsfällen gelesen?«

»Ja. Die Polizei war bei mir und hat allerhand Fragen gestellt. Woher haben Sie meine Adresse?«

»Von Eddie Klump.«

Yvonne Kosuczek seufzte hörbar.

»Wir sind befreundete Kollegen, allerdings arbeite ich für das Fernsehen und nicht für den Kölner Blick.«

»Mit dem Fernsehen will ich nichts zu tun haben.« Yvonne machte einen Schritt zurück in die Wohnung.

»Warten Sie.« Florians Stimme klang eindringlich. »Es ist wichtig, dass wir miteinander reden, bitte glauben Sie mir.«

Sie zögerte. »Sie sind ein Freund von Eddie, sagen Sie?«

»Ja.« Florian antwortete ohne nachzudenken.

»Also gut, kommen Sie herein.« Sie öffnete die Tür und Florian trat ein. Er folgte ihr durch den Flur in die Küche, in der es aussah, als ob hier gern und viel gekocht wurde. Über der Spüle waren Metallleisten befestigt, an denen diverses Küchengerät hing, und an der Wand stand ein Regal gefüllt mit unterschiedlichsten Gewürzen. Sie bot ihm am Küchentisch Platz an, und Florian setzte sich in einen der Korbsessel, der unter seinem Gewicht ächzte.

Yvonne Kosuczek sah ihn unsicher an. »Thomas, mein neuer Freund, sitzt noch in Untersuchungshaft, aber sein Anwalt meint, er käme bald raus. Der Verdacht, er habe Peter bei der Schlägerei getötet, ist vermutlich unbegründet. Medizinisch lässt sich das sicher bald belegen.«

»Hoffentlich haben Sie und der Anwalt recht.«

»Ich kann mir beim besten Willen nicht vorstellen, dass Thomas Peter umgebracht hat. Außerdem hat Peter angefangen.«

»Eddie hat mir davon erzählt«, sagte Florian.

Yvonne Kosuczek hob kurz die Augen, betrachtete dann aber wieder ihre Hände, die still in ihrem Schoß lagen. »Wie heißt ihr toter Freund, kenne ich ihn?«

»Max Kilian.«

»Nie gehört.« Sie griff nach einer Zigarette und zündete sie an. Über das Zündholz hinweg fragte sie: »Sie glauben also, dass er und Peter sterben mussten, weil sie etwas Falsches aßen oder tranken?«

»Es gibt hierfür verschiedene Anhaltspunkte.« Von dem Verdacht, dass Max ebenso gut umgebracht worden sein konnte, erwähnte Florian nichts. Er fand, das führte an dieser Stelle eindeutig zu weit, und deshalb sagte er: »Der wichtigste Anhaltspunkt ist, dass im rechtsmedizinischen Institut der Uniklinik inzwischen drei Leichen daraufhin untersucht werden, ob eine Nahrungsmittelvergiftung vorliegt. Nicht nur die Ihres früheren Freundes.«

Yvonne Kosuczek sah ihn mit großen Augen an.

»Alle Toten haben Alkohol im Blut, bei Peter Mallmann und Max Kilian fand man außerdem Frischkäse im Magen. Alkoholika stehen jedoch bei der Kripo bislang nicht auf der roten Liste.«

Yvonne Kosuczek lehnte sich in ihren Sessel zurück. Außer dem Knistern des Weidenrohrs, das durch ihre Bewegung verursacht wurde, war kein Laut zu hören. Florian hatte den Eindruck, als sähe sie etwas blasser aus als noch vor fünf Minuten und als hätten sich die Schatten unter ihren Augen verdunkelt.

»Woher wissen Sie das alles?«

»Aus sicheren Quellen.« Nach einer kurzen Phase des Schweigens fragte Florian: »Ist Ihnen an dem Abend, an dem Peter starb, etwas Besonderes aufgefallen?«

»Er war total schlecht drauf.«

»Inwiefern?«

»Eifersüchtig. Ich habe ernsthaft geglaubt, er würde Thomas umbringen.«

Sie streifte die Asche am Rand des Aschenbechers, der auf dem Tisch stand, ab und erhob sich abrupt. Die Füße des Korbstuhls schabten über den Küchenfußboden und verursachten ein hässliches Geräusch. Florian sah ihr dabei zu, wie sie sich auf die Fußspitzen stellte und eine halb volle Flasche Rotwein und zwei Weingläser aus dem Küchenregal angelte und alles auf den Tisch stellte.

»Auch etwas?« Sie sah ihn fragend an.

Florian zögerte. Um diese frühe Stunde Alkohol zu trinken, gehörte normalerweise nicht zu seinen Gepflogenheiten, und mit Alkohol, den er nicht kannte, war er momentan etwas wählerisch. Er fragte sich, ob Yvonne Kosuczek öfter so früh am Morgen zum Glas griff oder ob dies eine Ausnahme war.

Als hätte sie seine Gedanken gelesen, sagte sie: »Keine Angst, der ist weder giftig noch bin ich Alkoholikerin. Aber das brauche ich jetzt.«

Florian nickte mitfühlend. Um das Bewusstsein gegenseitigen Einvernehmens zu schaffen, schien es ihm angebracht zu sagen: »Ich glaube, ich könnte auch ein wenig vertragen.«

Ein Lächeln glitt über Yvonne Kosuczeks Gesicht. Sie schenkte ein, und Florian betrachtete versonnen die auffallend intensiv rubinrote Farbe des Weins, schweigend nahmen beide einen Schluck. Der Wein schmeckte hervorragend, Florian registrierte einen satten Ton von reifen Brombeeren und Kirscharomen. Nachdem sie sich wieder gesetzt hatte, sagte sie: »Ich habe, ehrlich gesagt, gar nicht damit gerechnet, dass Peter auf die Party kommen würde. Ich hatte ihn auch nicht eingeladen, aber irgendwie muss er davon erfahren haben. Er kam gegen elf.« Nach einer kurzen Pause ergänzte sie: »Und er war stockbetrunken.«

Florian betrachtete ihr Gesicht, das einen resignierten und traurigen Ausdruck hatte, und fragte: »Schon, als er kam?«

»Ich glaube. Er unterhielt sich mit einer Studienkollegin. Sie hat mir später erzählt, dass er Kreislaufprobleme hatte, Schweißausbrüche, Schwindel und so weiter. Irgendwann ist er Richtung Balkon verschwunden, um frische Luft zu schnappen. Auf dem Weg dorthin muss er mich dabei beobachtet haben, wie ich mit Thomas tanzte. Da ist er dann wohl ausgeflippt. Soviel ich weiß, hat er vorher aber etwas gegessen.«

»Könnte ihm nicht davon schlecht geworden sein?«

»Nein, das glaube ich nicht. Ihm war ja offenbar schon schlecht, als er kam. Aber vielleicht hat es ihm den Rest gegeben. Außerdem hätte es in diesem Fall mehrere meiner Gäste erwischen müssen.«

Florian nickte. Beide nahmen noch einen Schluck Wein und sahen sich über den Gläserrand hinweg an.

»Wie kam es nun eigentlich zu dem Streit, das habe ich nach wie vor nicht so ganz verstanden«, hakte er nach und strich eine Strähne seines Haars, die ihm über das Ohr gerutscht war, zurück.

Yvonne Kosuzcek sagte leise: »Vielleicht habe ich mich beim Tanzen zu provokant bewegt. Jedenfalls hat er Thomas unvermittelt, ohne Vorwarnung, eine Bierflasche übers Gesicht gezogen. Die Wunde musste in derselben Nacht genäht werden.«

Florian hörte aufmerksam zu.

»Vielleicht hätte ich das alles verhindern können. Vielleicht wäre das alles nicht passiert, wenn ich an dem Abend mehr Rücksicht auf Peter genommen hätte. Wenn ich nicht so aufreizend mit Thomas getanzt hätte. Vielleicht wäre er dann noch am Leben.«

Yvonne Kosuczek biss sich auf die Lippen und Florian sagte: »Das glaube ich nicht. Ich bin sicher, Sie trifft keine Schuld. Es gibt andere Ursachen für Peters Tod.«

»Meinen Sie?«

»Ja, alles, was ich weiß, spricht dafür.«

»Wie lange waren Sie eigentlich zusammen, wenn ich fragen darf?« Die Frage hatte zwar keine Relevanz hinsichtlich der Informationen, die er zu erhalten hoffte, um in seiner ganz persönlichen Ermittlungsarbeit weiterzukommen, das war Florian klar, aber ihn hatte ein plötzliches Interesse an Yvonne Kosuczek und ihrer Beziehung zu Peter Mallmann gepackt.

Sie schwieg einen Moment und sagte dann leise: »Wir waren sechs Jahre zusammen, sechs lange Jahre.«

»Eine kleine Ewigkeit«, bemerkte Florian nachdenklich.

»Ja.« Yvonne Kosuczeks Augen begannen zu schimmern. Sie griff nach einem Taschentuch, das sie aus der Hose zog und schnäuzte hinein.

»Und warum habt ihr euch getrennt?« Unversehens war er in die Duzform gerutscht.

»Es hat einfach nicht mehr funktioniert. Ich war nicht mehr glücklich. Peter hat sich nur noch für seinen Sport interessiert.«

»Aber das ist doch kein Trennungsgrund«, sagte Florian. »Darüber kann man doch reden.«

Yvonne Kosuczek sah ihn geradeheraus an. »Sie haben recht. Das Problem war, dass Peter immer mehr trank. Im letzten Jahr war er fast jeden zweiten Tag betrunken, und das konnte ich nicht mehr aushalten.«

Florian wurde hellhörig. »Hatte er Probleme?«

»Peter hatte zum Schluss Stress im Studium. Er hat das mit seiner Diplomarbeit nicht auf die Reihe gekriegt.«

»Was hat er studiert?«

»Sport.«

»Davon, dass Alkohol gut für die Kondition sein soll, habe ich noch nichts gehört.« Als Florian die Bemerkung ausgesprochen hatte, kam sie ihm plötzlich sehr spitz und bösartig vor. Sie sah ihn mit leeren Augen an.

»Entschuldigung, ich habe es nicht so gemeint.« Er schluckte.

»Ist schon o. k.«, sie nickte und schob ihr Glas, das noch fast voll war, zur Mitte des Tisches.

Vorsichtig fragte Florian nach. »Was hat Peter getrunken, wenn er getrunken hat?«

Sie schien einen Augenblick zu überlegen. »Wein. Hin und wieder auch mal einen Gin Tonic oder Campari. Aber in der Regel war es Wein.«

»Solchen wie diesen hier?« Florian nahm interessiert die Flasche zur Hand, sie war unetikettiert.

»Zum Beispiel«, Yvonne Kosuczek nickte. »Aber davon hatte er nur ein paar Flaschen. Sie waren ein Geschenk.«

»Von wem?«

»Keine Ahnung.«

»Wissen Sie, was für ein Wein das ist? Franzose, Deutscher, Italiener?«

»Ich glaube, er stammt von der Ahr, mehr weiß ich nicht. Keine Ahnung.«

»Es ist jedenfalls ein ziemlich guter Wein«, sagte Florian. »Und von außergewöhnlicher Farbintensität.« Er stellte die Flasche vorsichtig zurück auf den Tisch, zog einen Kugelschreiber aus seiner Jackentasche und machte sich Notizen.

»Wie viel Flaschen hat Peter denn am Tag so getrunken?«

»Ein bis zwei zum Abendessen waren Standard, die hat er fast allein geschafft. Oft hat er aber auch mittags schon angefangen. Wenn er keine Trainerstunden gegeben hat. Denn an diesen Tagen war er immer diszipliniert und nüchtern.«

»Na immerhin.« Florian spürte, wie sich erneut Mitleid in ihm regte. »Konnte er sich das denn leisten?«

»Tennis-Trainerstunden sind gut bezahlt. Aber einen Premier Cru konnte er sich davon auch nicht jeden Tag kaufen.« Yvonne Kosuczek schnäuzte wieder in ihr Taschentuch. »Obwohl ich mich von ihm getrennt habe, hat er mir zum Abschied sogar den hier noch geschenkt.« Sie deutete auf den Küchentisch.

Florian zog erstaunt die Augenbrauen hoch. »Normalerweise streitet man sich bei Trennungen doch eher um den Hausrat, als dass man sich Abschiedsgeschenke macht?«

»Großzügigkeit war eine seiner bemerkenswertesten Charaktereigenschaften. Bevor ich mich endgültig von ihm trennte, ließ er den Tisch für mich bauen. Birkenholz.«

»Er ist schön geworden.« Nach einem Moment des Schweigens sagte er: »Er muss Sie wirklich sehr geliebt haben.« Sein Blick fiel auf ihre schmalen Hände, die wieder ruhig in ihrem Schoß lagen.

»Ja«, antwortete sie und sah zum wiederholten Mal aus dem Fenster, das hinaus auf den Hinterhof führte. Kinderstimmen klangen nach oben.

»Den Tisch hat ein Schreiner aus Dernau angefertigt«, erklärte Yvonne. Sie deutete auf die Weinflasche. »Ach ja, da fällt es mir auch wieder ein. Ich glaube, der Schreiner hat Peter den Wein geschenkt.«

Florian sah überrascht auf. »Haben sie seinen Namen und die Adresse?«

»Ich sehe mal nach.« Sie erhob sich, verließ den Raum und kam kurz darauf mit einem Zettel in der Hand zurück. »Ich habe immer überlegt, ob ich mir von ihm nicht auch noch ein Regal bauen lasse, deswegen habe ich die Adresse aufgehoben.« Florian nahm den Zettel entgegen.

»Peter hat den Schreiner übrigens auf dem Nippeser Markt kennengelernt, wo er seine Möbel verkauft. Vielleicht brauchen Sie ja auch mal etwas Individuelles.« Sie lächelte ihn an.

Florian lächelte ebenfalls und fragte: »Hatte Peter irgendwelche andere Vorlieben? Gab es etwas, was er besonders gern aß?«

»Er trank für sein Leben gern Milch.«

Noch einer, dachte er und fragte: »Sonst noch etwas?«

»Fällt mir jetzt nichts ein.«

»Schokolade?«, hakte Florian nach.

»Eher nicht. Peter hat immer auf seine Figur geachtet.«

Es wäre ja auch zu schön gewesen, wenn er hier eine Spur gefunden hätte, dachte er. »Hatte er ein Faible für Frischkäse?«

»Nicht dass ich wüsste. Quark hat er hin und wieder gern gegessen, Frischkäse jedoch selten, der hatte ihm zu viel Fett.«

»Gab es auf der Party eigentlich Frischkäse auf dem Buffet?«

»Nein, ist ja wohl auch eher was für das Frühstück«, erwiderte Yvonne Kosuczek trocken.

»Auch wahr.« Florian erhob sich. »Falls ich noch eine Frage habe, darf ich Sie dann anrufen?«

Sie richtete ihre blauen Augen auf ihn und sagte lächelnd: »Sie können auch gern vorbeikommen.«

25

Burkhard Weidner stützte den Kopf in die Hände. Er war froh, endlich allein zu sein. Für den Referatsleiter im Mainzer Wirtschafts- und Landwirtschaftsministerium war ein voller Terminkalender zwar nichts Ungewöhnliches, aber die letzten Tage waren mehr als anstrengend gewesen, zumal Weidner fürchtete, dass ihr Wein die Krankheitsfälle auslöste. Inzwischen waren weitere Fälle bekannt geworden. Sie lagen außerhalb der Grenzen von Nordrhein-Westfalen an der Ahr und fielen somit in seinen Verantwortungsbereich. Tim selbst hatte ihn ja darauf aufmerksam gemacht, dass vielleicht mit der Neuentwicklung etwas nicht stimmte. Wenigstens hatte er ihm hoch und heilig versichert, nichts mehr davon an Freunde oder Bekannte weiterzugeben. Burkhard Weidner hoffte, dass sein Sohn sich daran hielt. Vormittags hatte er bereits an zwei Konferenzen teilgenommen. Beide waren kurzfristig anberaumt worden und hatten verhältnismäßig lang gedauert.

In der ersten Konferenz war vom Staatssekretär mitgeteilt worden, dass die 45 Krankheitsfälle, die in Köln und Umgebung einschließlich Rheinland-Pfalz aufgetreten waren, möglicherweise auf den Konsum eines nicht näher bekannten Nahrungsmittels oder einer nicht identifizierten Alkoholsorte zurückgeführt werden konnten. Es bestand der Verdacht, dass der Genuss des unbekannten Lebensmittels darüber hinaus bereits drei Todesopfer gefordert habe. Eine Virusinfektion sei definitiv nicht nachweisbar. Burkhard Weidner spürte, wie sich in Gedanken daran sein Magen zusammenzog. Einen Augenblick lang hielt er die Luft an. Als sein Magen sich wieder entkrampfte, atmete er vorsichtig durch.

Es gab allerdings keinerlei Hinweise darauf, dass das Nahrungsmittel oder der Alkohol bewusst vergiftet worden war, beispielsweise von jemandem, der vom Hersteller eine beträchtliche Geldsumme erpressen wollte.

Da das Ministerium in alle öffentlichen Aktionen wie Pressekonferenzen, die mit den Vorkommnissen in Verbindung standen, involviert war, liefen in den betroffenen Abteilungen die Telefone, Faxe und Computer schon seit Tagen heiß.

Am Ende der Konferenz war in Abstimmung mit den Kollegen aus Nordrhein-Westfalen schließlich die Entscheidung gefallen, dass die Öffentlichkeit von den drei Todesfällen erfahren musste. Die Pressekonferenz war für morgen, Freitag, parallel in Köln und Mainz angesetzt worden. Burkhard Weidners Mitarbeiter bereiteten bereits die Informationen für die Journalisten vor und hatten alle Hände voll mit der Organisation der Veranstaltung zu tun.

Burkhard Weidner ließ das Meeting, das hinter ihm lag, Revue passieren. Bislang waren die meisten Erkrankungen hauptsächlich in Köln aufgetreten, einige wenige im Kölner Umkreis von maximal 40 Kilometern und nun erste Fälle an der Ahr. Im restlichen Teil der Republik war nichts Ungewöhnliches vorgefallen. Noch nicht.

Er ging in Gedanken die zweite Konferenz durch, die ebenso wie die erste fast zwei Stunden gedauert hatte. Es war um den Entwurf eines Papiers gegangen, in dem gefordert wurde, den Anbau gentechnisch veränderter Pflanzen zur Ländersache zu machen. Hintergrund war, dass die EU-Kommission die europaweit geltenden Verordnungen für den Anbau, den Im- und Export gentechnisch veränderter Nahrungsmittel lockern wollte. Die Bayern setzten sich bereits dafür ein, dass Gentechnologie zur Länderangelegenheit wurde, aber interessanterweise proklamierten sie bislang als einziges Bundesland eine gentechnikfreie Landwirtschaft.

Das Papier, das er verfassen sollte, beschäftigte Burkhard Weidner schon seit Wochen. Er starrte in die Luft und sagte sich, dass das Nebeneinander einer Landwirtschaft mit und ohne Gentechnik in der Praxis durchaus funktionieren könnte. Gentechnologie-Gegner gingen zwar davon aus, dass sich die Pollen von gentechnisch veränderten Pflanzen langfristig nicht von Wildpflanzen oder unmanipulierten Kulturen fernhalten ließen. Aber wäre das wirklich so schlimm? Und konnte Deutschland es sich mit Blick auf den internationalen Wettbewerb wirklich leisten, langfristig auf die neue Technologie zu verzichten? Ganz gleich, ob in Medizin, Pharmazeutik, bei Industrieprozessen oder in der Landwirtschaft? Ließe sich nicht auch die Hungersnot in der Dritten Welt mithilfe der Gentechnologie wirksam bekämpfen?

Burkhard Weidner seufzte, legte seine Hände flach nebeneinander auf den Tisch, betrachtete sie, ohne sie wirklich wahrzunehmen und ballte sie dann zu Fäusten. Manchmal wünschte er sich, schon in Rente zu sein, und in letzter Zeit traten diese Momente sehr häufig auf. Seine Aufgabe als Referatsleiter im Ministerium kam ihm immer öfter wie ein Fass ohne Boden vor. Innerhalb der nächsten zwei Wochen sollte er eine Expertise mit abschließender Stellungnahme verfassen, die unter anderem als Grundlage für die Entscheidung dienen würde, ob die Gentechnik auch in Rheinland-Pfalz Einzug halten würde oder nicht. Je nachdem wie die Expertise ausfiel, könnte das sehr lukrativ für ihn werden. Das amerikanische Unternehmen, für das seine Frau beratend tätig war und das über Barbara vor fünf Jahren an ihn herangetreten war, würde sich sehr spendabel zeigen, wenn er weiterhin dazu beitrug, der Gentechnologie den Weg zu ebnen. Weidner zuckte zusammen. Wieder nahm ihm der schneidende Schmerz im Magen die Luft. Er traf ihn so unvorbereitet wie die morgendlichen Attacken seiner Frau, die ihm vorwarf, sich nicht genug um Tim zu kümmern. Mit einem Griff in die Jacketttasche zog er einen Silberstreifen Magentabletten hervor, presste eine Tablette aus der Kunststoffhülle, steckte sie schnell in den Mund und kaute so lange auf ihr herum, bis nur noch ein fahler Geschmack zurückblieb. Burkhard Weidner entspannte sich vorsichtig, denn er wusste, dass es nicht lange dauern würde, bis das Medikament seine Wirkung entfaltete.

Er blätterte in dem Stoß Unterlagen aus Frankreich, die schon seit geraumer Zeit auf seinem Schreibtisch lagen. Französische Forscher hatten entdeckt, dass der an Ratten verfütterte, genmanipulierte Mais eines US-amerikanischen Herstellers zu anomalen Blutwerten und Nierenbeschwerden geführt hatte. Immerhin plante die deutsche Landwirtschaftsministerin ein bundesweites Verbot für den Anbau genau dieser Maissorte.

Am besten nahm er Kontakt zu den Franzosen auf und forderte weiterführende Informationen an. Inwiefern er sie dann verwenden würde, müsse man abwarten. Vielleicht waren die Erkenntnisse wissenschaftlich gar nicht haltbar. Er dachte darüber nach, wie er es anstellen sollte, dass die Expertise alle aktuell verfügbaren Fakten zu transgenen Nahrungsmitteln weltweit enthielt und dennoch zu einem positiven Ergebnis kam, und sah einen Berg Arbeit vor sich.

Burkhard Weidner presste die Lippen zusammen. Was den Verkauf gentechnisch veränderter Nahrungsmittel betraf, so nahm er sich vor, in seiner Expertise für die Kennzeichnungspflicht zu plädieren, auch wenn das Ärger mit den Amerikanern bedeuten konnte. Der Verbraucher sollte selbst entscheiden können, ob er sich von genmanipulierten Nahrungsmitteln ernähren wollte oder nicht.

Seufzend rückte er seinen Schreibtischstuhl zurecht und schaltete den Computer ein. Solange es keine international anerkannten, europaweit gültigen Forschungsergebnisse gab, die dazu führten, dass der Einsatz gentechnisch veränderter Pflanzen wegen gesundheitlicher Risiken zwingend untersagt werden musste, bräuchte er selbst keine Skrupel zu haben, wenn er die Gentechnologie befürwortete. Sein Finanzberater und seine Familie würden es in jedem Fall zu schätzen wissen.

Sein Blick schweifte über den Schreibtisch, der beladen war mit Aktenordnern und Klarsichthüllen, in denen dicke Stapel Papier darauf warteten, bearbeitet zu werden. Er konnte sich noch nicht dazu durchringen, obwohl der Computer das Softwareprogramm inzwischen vollständig hochgefahren hatte. Stattdessen sah er aus dem Fenster in einen blassblauen, wolkenlosen Himmel, und ließ seinen Gedanken, die zur ersten Konferenz zurückwanderten, freien Lauf.

Insgesamt 45 Erkrankungen gingen auf die dubiose Krankheit zurück, die Ministerien in NRW und Rheinland-Pfalz standen unter enormem Druck. Burkhard Weidner beugte sich über den Tisch, griff nach einem grün-schwarz gestreiften Kugelschreiber und drehte ihn versonnen hin und her. Ein Weihnachtsgeschenk von Tim. Er musste ihn unbedingt treffen. Schon während er dies dachte, merkte er, dass er keine rechte Lust dazu verspürte. Es war wie immer. Jeder Gedanke an seinen Sohn verursachte ihm Magenschmerzen. Tim hatte das Abitur nicht geschafft und bis heute keine Lehrstelle gefunden. Mit Gelegenheitsjobs versuchte er seither, sich über Wasser zu halten, aber finanziell reichte es natürlich hinten und vorne nicht. Ob er immer noch dealte? Er war der festen Überzeugung, genauso wie er glaubte, dass sein Sohn nie ernsthaft versucht hatte, eine Lehrstelle oder zumindest eine feste Anstellung zu finden. Er hatte sich in den letzten Jahren, ganz gleich, wo er aushalf, immer wieder mit seiner Besserwisserei und Überheblichkeit unbeliebt gemacht, hatte während der Arbeitszeit private Telefonate geführt und in den Pausen heimlich Joints geraucht. Meistens war ihm spätestens nach zwei Monaten gekündigt worden. Ihm war völlig klar, dass Tim erst dann ein geregeltes Leben führen würde, wenn er von den Drogen loskäme. Mit geschlossenen Augen atmete er dreimal tief durch die Nase ein und laut durch den Mund wieder aus, sodass es sich anhörte, als sei eine Lokomotive mit Volldampf im Begriff, sich unter allergrößter Anstrengung einen steilen Berg hinauf zu winden. Eine Atemtechnik, die er von seiner Kinesiologin, die er einmal im Monat aufsuchte, zur Stressbewältigung gelernt hatte und die er nur anwandte, wenn er sich absolut allein und unbeobachtet wusste.

Weidner öffnete die Augen, atmete gleichmäßig weiter und begann, kryptische Figuren auf seine Schreibtischunterlage zu malen. Er überlegte, ob die Minister sowie die Polizeipräsidenten beider Bundesländer recht hatten, wenn sie den Ausbruch einer Massenhysterie befürchteten, die vermutlich großen wirtschaftlichen Schaden verursachen würde. Die Firmen Chocolat Royal Suisse und Fresko hatten bereits mit Schadensersatzforderungen in Millionenhöhe gedroht, falls in den Medien ohne stichhaltige Beweise vor dem Kauf ihrer ins Visier geratenen Nahrungsmittel gewarnt würde. Sie befürchteten enorme Umsatzeinbußen. Die Entscheidung des Ministers, bislang nichts von den in Verdacht geratenen Produkten verlauten zu lassen, erschien Burkhard Weidner richtig. Bei dem Frischkäse und der Vollmilchschokolade gab es bisher keine stichhaltigen Beweise dafür, dass die Derivate Übelkeit, Erbrechen oder Kreislaufbeschwerden auslösten. Im Gegenteil, die neuesten Meldungen aus der Rechtsmedizin und den Laboren der betroffenen Unternehmen ließen den Schluss zu, dass die Derivate nicht in Zusammenhang mit den Todesfällen standen.

Aber: Alle Opfer hatten Alkohol im Blut gehabt. Burkhard Weidner presste die linke Hand auf den Magen und befahl sich, nicht mehr daran zu denken.

26

»Einer schönen Frau widerspreche ich grundsätzlich nicht!« Mit dem charmantesten Lächeln, das er zu bieten hatte, öffnete Jörn Carlo Regine Liebermann die Redaktionsbürotür.

»Solche Übertreibungen dienen nicht dazu, deinen Marktwert zu erhöhen, auch wenn ich sie hin und wieder ganz gern höre«, erwiderte Regine Liebermann gut gelaunt. Beide waren gerade im Begriff, das Büro zu verlassen und prallten auf Florian, der soeben zur Tür hereinkam.

»Dich habe ich schon gesucht!«, rief Regine, »Komm doch bitte heute Nachmittag in mein Büro, so gegen 16 Uhr.«

»Gern«, antwortete Florian und drückte hinter Regine Liebermann und Jörn Carlo, die die Stufen hinunter auf den Hansaring nahmen, die Tür ins Schloss. Die Art und Weise, wie seine Chefin Carlo angestrahlt hatte, hatte ihm gezeigt, dass er ihr zuvor schon mehrere Komplimente gemacht haben musste, was dafür sprach, dass er Regine das ihm aufgenötigte Moderationstraining mittlerweile verziehen hatte. Florian freute sich darüber, denn wenn die beiden gut drauf waren, bedeutete das auch, dass die Stimmung in der gesamten Redaktion gut war.

Wie immer ging Florian auch heute zuerst in die Redaktionsküche, bevor er sein eigenes Büro aufsuchte. Er überlegte, dass er mit etwas Glück Jana dort antreffen würde und strich sich unwillkürlich übers Haar, aber von Jana gab es weit und breit keine Spur. Enttäuscht nahm er Kurs auf die am Tag zuvor gelieferte, moderne Espressomaschine.

Florian hörte ein Geräusch und blickte sich um. Theo hatte nach ihm die Küche betreten, ging an ihm vorbei, schmetterte ihm ein fröhliches »Guten Morgen« entgegen, öffnete die Schranktür, nahm die Espressodose in die Hand und füllte schwungvoll die Kaffeebohnen ein. »Ein Löffelchen für Fridolin, eins für Curt, eins für Florian …«

»Gut gelaunt heute?«, fragte Florian mürrisch.

»Ja, sehr.« Theo strahlte.

»Regine und Jörn Carlo sind mir gerade begegnet, die waren vor guter Laune auch nicht zu bremsen.«

»Kein Wunder. Barrick hat Regine den Auftrag für zwei neue Studioproduktionen erteilt«, flötete Theo. »Sind noch ganz frisch, die News, ich habe es eben von Katja erfahren.«

»Dann wird es wohl stimmen. Weißt du, was es für Produktionen sind?« Florian spürte, wie seine Laune sich ein wenig besserte.

»Zwei Event-Shows. Eine anlässlich von Halloween und eine zum Valentinstag.«

»Klasse. Für uns und für Regine.«

»Vielleicht wandelt Regine mein Praktikum im Herbst in einen Ausbildungsplatz um«, sagte Theo hoffnungsvoll.

Florian sah überrascht auf. »Vielleicht. Deine Chancen stehen nicht schlecht, würde ich meinen.«

Theo füllte Wasser in die Maschine. »An der Show zum Valentinstag würde ich gern mitarbeiten. Kannst du nicht bei Regine ein gutes Wort für mich einlegen? Ich als Experte in Liebesdingen wäre doch eine echte Hilfe.«

»Mal sehen, was sich machen lässt.« Florian bemerkte Theos erwartungsvollen Blick und hatte den Eindruck, noch etwas sagen zu müssen. »Versprochen, ich kümmere mich darum.«

»Danke.« Theo war erleichtert.

Florian lächelte. »Hat der Experte in der Liebe heute so gute Laune, weil er einen netten Typen kennengelernt hat oder ist es die alte Liebe, die nicht rostet?«

Theo lehnte sich an die Küchenzeile, verschränkte Arme und Beine und sah auf einmal sehr verschmitzt aus.

»Rate mal.«

»Die alte Liebe ist's, die dich verzaubert.« Florian machte es Spaß, mit Theo herumzualbern. Wie viele homosexuelle Männer, die er kannte, war auch Theo sehr gefühlsbetont und gern für ironische Albernheiten zu haben.

»Volltreffer.« Theo strahlte ihn anerkennend an. »Es geht doch nichts über einen erfahrenen Kollegen. Du bist doch nicht etwa auch Experte?«

»Eher ein Mittdreißiger, der nicht mehr weiß, wie man die Wörter Sex und Liebe überhaupt buchstabiert«, antwortete Florian. »Wenn das so weitergeht, verdiene ich bald den Titel emotionaler Autist.«

»Keine Gelegenheit?«, fragte Theo mitleidig und sagte, ohne eine Antwort abzuwarten: »Ich will dir ja nicht zu nahetreten, aber wenn du willst, lade ich dich mal auf eine unserer Partys ein. Vielleicht tut dir ein bisschen Abwechslung ganz gut?« Theos Grinsen zog sich über sein ganzes Gesicht.

»Ist nett gemeint, aber danke, nein«, sagte Florian. Er hatte plötzlich von dem Thema die Nase voll und nahm sich die oberste Zeitung vom üblichen Stapel, der auf einem der runden Tische lag. Es war der Kölner Blick. Rasch blätterte er durch und las hier und da etwas quer, aber es gab nichts Neues über die Erkrankungen. Er legte den Kölner Blick beiseite und nahm sich nacheinander die anderen Tageszeitungen vor, doch auch hier gab es keine neuen Hinweise.

Ein röchelndes Geräusch, das aus der Espressomaschine kam, ließ ihn aufblicken. Florian seufzte resigniert und drückte auf den Startknopf, doch seine Tasse blieb bis auf eine kleine hellbraune Pfütze leer, und das, obwohl der Wassertank randvoll war. Da war das Ding nun nagelneu und taugte doch nichts. Er stellte sich darauf ein, an diesem Tag noch weitere unangenehme Überraschungen zu erleben, und machte sich auf den Weg in sein Büro. Er hoffte, dass es heute nicht allzu spät werden würde, denn er wollte in aller Ruhe für Jana und sich das Abendessen zubereiten.

Als er sich am Morgen gewogen hatte, hatte er festgestellt, dass die Trauer und Anstrengung der letzten Tage auch ein Gutes gehabt hatten, er hatte zweieinhalb Kilo abgenommen. Eine kleine Sünde am Abend könnte also nicht schaden. Bei dem Gedanken an das Essen bekam er zum ersten Mal seit Max' Tod wieder eine Ahnung davon, was das Wort Appetit bedeuten konnte.

Als Florian an Max' Bürotür vorbeikam, fiel sein Blick auf das kleine, neben der Tür angebrachte Schild mit dem Hinweis ›Redaktionsleitung‹. Stirnrunzelnd bemerkte er, dass der bisher darunter stehende Name Max Kilian bereits durch den Namen Curt Kasten ersetzt worden war.

Er spürte Ärger in sich aufsteigen, denn er meinte zu erkennen, dass die Buchstaben von Curts Namen größer und auch fetter auf dem Papierstreifen in dem kleinen Schildchen prangten als die Buchstaben von Max' Namen dies jemals getan hatten.

Die Tür war nur angelehnt. Einem ersten Impuls folgend, stieß Florian sie auf, trat ein und sah sich um. Das Büro wirkte auf einmal sehr kühl und befremdlich auf ihn. Es gab keine Spuren, die vom persönlichen Charisma des neuen Inhabers gesprochen hätten. Keine Pflanze auf dem Fensterbrett, kein Foto auf dem Schreibtisch, nicht mal eine Jacke hing über der Stuhllehne. Nichts erinnerte mehr an Max. Sein Chaos war einer strengen Ordnung gewichen. Nirgendwo lagen Papierstöße, Zettel, alte Briefumschläge, Kaugummipapier oder gar Plastiktüten herum, die Max' anstelle einer Aktentasche gern für den Transport von Bürounterlagen benutzt hatte. Alles war picobello aufgeräumt, es war, als hätte Curt den Schreibtisch exakt vermessen und mit unsichtbaren Linien in kleine Felder eingeteilt, in die er dann systematisch seine Papiere geschichtet hatte. Florian korrigierte diesen Gedanken sofort. Von geschichtet konnte keine Rede sein, es waren maximal zwei, drei Zettel, die korrekt übereinander lagen und auf drei Schreibtischfelder verteilt waren. Curt hatte immer schon zu denjenigen gehört, die es hassten, mehr Papier als nötig vor sich zu haben. Er war der moderne Managertyp, und der liebte es überschaubar.

Als sein Blick über die Wände glitt, stellte er fest, dass auch die Fotografien von Ansel Adams verschwunden waren. Max hatte sie sehr geliebt, und Florian fragte sich, wo sie hingekommen sein konnten. Ein Blick auf die Uhr sagte ihm, dass Curt wahrscheinlich in der nächsten Stunde nicht zurückkommen würde. Es war eine weitere Redaktionssitzung anberaumt worden, und sie dauerte mit Sicherheit mindestens bis 15 Uhr. Vermutlich besprachen Curt und Katja in diesem Augenblick gerade die nächste Sendung, die die neuesten Behandlungserfolge bei Brustkrebs zum Thema hatte. Er war froh darüber, dass er momentan noch nicht mit Curt zusammenarbeiten musste, da Regine ihn glücklicherweise verschont hatte. Allerdings war er sehr gespannt darauf, wie Curt seine Kompetenz als Redaktionsleiter unter Beweis stellen würde.

Florian kam die Idee, dass Curt die Drucke von Ansel Adams in seinem Schrank verstaut haben könnte und schaute nach, doch er fand nichts. Als er die Schranktür wieder schloss, blieb sein Blick in der Nische zwischen Schrank und Wand hängen, denn dort stand ein Laptop. Normalerweise wäre das nichts Ungewöhnliches gewesen, aber dieser Laptop sah aus wie Max' Laptop. Florian zog ihn hervor und begutachtete ihn genauer. Es war Max' Laptop, daran bestand kein Zweifel. Er erkannte ihn sofort an dem dicken Kratzer auf dem Deckel.

Er stellte das Gerät auf den Schreibtisch und startete es. Schnell entschlossen kopierte Florian einige Dateien auf seinen USB-Stick, den er wie immer am Schlüsselbund bei sich trug. Überrascht stellte er fest, dass der Inhalt zweier Dateien unmittelbar einen Tag nach Max' Tod gelöscht worden war. Er versuchte, sie wieder herzustellen, was ihm erst nach mehreren Versuchen gelang. Die eine Datei beinhaltete Adressen der Krankheitsopfer und auch die Adresse Yvonne Kosuczeks. Die andere enthielt Informationen über Weinbau an der Ahr, schwerpunktmäßig in Dernau. Florian biss sich unbewusst auf die Lippen. Dernau. Das war der Ort, aus dem der Wein stammte, den er heute Morgen erst getrunken hatte.

Ihm war klar, dass er sich beeilen musste, wenn er nicht Gefahr laufen wollte, von Curt überrascht zu werden. Während er die beiden letzten Dateien kopierte, dachte er nach. Er war sicher, dass der Laptop sich gestern nicht in Max' Büro befunden hatte. Curt musste ihn an sich genommen haben, kurz nachdem bekannt geworden war, dass Max tot war. Aber warum? Was hatte er für ein Interesse daran, in Max' Computer herumzuschnüffeln? War es ein rein berufliches Interesse, da er sich Vorteile von Max' Rechercheergebnissen erhoffte, oder hatte Curt ein privates Interesse daran, herauszufinden, was Max über die Krankheitsfälle in Erfahrung gebracht hatte?

Florian verließ Curts Büro so schnell wie möglich und übergab den Laptop Patricia, der Redaktionssekretärin. Fragend zog sie die Augenbrauen hoch, als er ihr das Gerät mitten auf ihren Schreibtisch stellte.

»Ist das nicht Max' Laptop?«

Florian nickte.

»Wo war er denn?«

»In Curts Büro, er stand hinterm Schrank.«

»Dann ist ja alles in Butter. Die Kripo hat auch schon danach gefragt.«

»Kannst ihn direkt weiterleiten.«

Stimmen wurden laut und neben Patricias Schreibtisch öffnete sich die Tür, hinter der sich der Besprechungsraum für die internen Konferenzen befand. Er war weniger teuer und geschmackvoll möbliert als der Konferenzraum, den sie immer dann benutzten, wenn offizielle Gäste wie Barrick erwartet wurden. Durch die Tür traten Regine, Curt, Katja und Theo, der heute offenbar auch einmal an der Sitzung hatte teilnehmen dürfen. Regine nickte Florian kurz zu und rauschte eilig an ihm vorbei hinaus auf den Flur.

Curt sah erstaunt auf den Laptop.

»Er war bei dir im Büro, hinterm Schrank!«, platzte Patricia heraus. Florian bemerkte, dass Curt nervös mit den Augenlidern zuckte.

»Sah aus, als ob ihn dort jemand versteckt hat«, warf

Florian ein und erklärte: »Zwei Dateien sind gelöscht worden. Einen Tag, nachdem Max' Tod bekannt wurde. Ist doch seltsam, oder?«

Curt kniff die Augen zusammen. »Was hast du eigentlich in meinem Büro zu suchen?«

»Nichts. Bis auf den Laptop. Und den habe ich ja schließlich auch gefunden.«

»Und, hast du noch weitere wichtige Dinge entdeckt?«

»Nichts von Bedeutung«, antwortete Florian knapp. »Das weißt du doch selbst.«

Curt reagierte nicht, sondern drehte sich zu Patricia um: »Es wäre gut, wenn du alle Daten sicherst. Danach kannst du den Laptop meinetwegen der Kripo aushändigen.« Ausdruckslos blickte er in die Runde.

»Hast du die Datensicherung nicht längst übernommen?« Florian und Curt starrten sich einen Augenblick an, dann wandte Florian sich zur Tür. Plötzlich drehte er sich noch einmal um. »Ich hätte übrigens gern die Ansel Adams Fotos, die in Max' Büro an der Wand hingen.«

»Sie sind im Altpapier«, antwortete Curt trocken.

»Das ist nicht dein Ernst.« Florian spürte, wie die nackte Wut in ihm aufkam, und nur mit Mühe gelang es ihm, sich zu beherrschen. Am liebsten hätte er Curt derartig an die Wand geknallt, dass er nicht mehr wusste, welche Schuhgröße er trug.

27

Florian warf die Bürotür mit einem lauten Knall hinter sich zu. Auf seinem Schreibtisch fand er eine Notiz, dass Freitag um 14 Uhr, also morgen, erneut eine Pressekonferenz zum Thema Krankheitsfälle stattfinden würde. Florian notierte Ort und Uhrzeit, dann schob er den Stick mit Max' Dateien in den PC und öffnete die Datei mit der Bezeichnung ›Ahr.Weinbau.doc‹, um sie noch einmal in Ruhe zu lesen.

Es waren Rebsorten, klimatische Bedingungen und Bodenbeschaffenheiten aufgeführt, Kriterien, die über die Güte des Weines entschieden und Max wichtig erschienen waren. Außerdem die Namen von Winzern aus Dernau, darunter der Name Horst Schäfer mit dem Vermerk Nebenerwerbswinzer. Florian entdeckte auch den Namen Fletters, versehen mit drei dicken Ausrufungszeichen. Daniel Fletters, der Schreiner aus Dernau, der Yvonne Kosuczeks Küchentisch gebaut hatte. Er überlegte. Es musste demnach eine Verbindung zwischen den Krankheitsfällen, Dernau und Fletters bestehen. Dernau, das direkt an der oberen Ahrregion zwischen Altenahr und Marienthal lag, kannte er ganz gut. Dort hatten er und Max sich oft im Herbst, wenn die Winzerfeste stattfanden, den einen oder anderen Schoppen gegönnt. Manchmal auch in Rech oder Mayschoß. Besonders schön waren ihre Wanderungen zwischen den Weinbergen auf dem Rotweinwanderweg gewesen, die wärmende Sonne im Rücken, den Blick hinunter ins Tal. Angebaut wurde hier vor allem Spätburgunder, aber auch Portugieser, Frühburgunder und Dornfelder. An weißen Rebsorten pflanzten die Winzer vor allem Riesling, nur wenig Müller-Thurgau. Florian ließ sich im Internet darüber belehren, dass in Dernau auf etwa 95 Hektar Rotwein angebaut wurde, und nur auf 15 Hektar Weißwein. Besonders gut schien die Lage Dernauer Pfarrkloster zu sein, die hervorragende Burgunder lieferte, auf einem von Grauwackenverwitterungen geprägten Boden und steinigem, sandigen Hanglehm.

Florian nahm Max' Terminkalender zur Hand. Er blätterte wieder zum Eintrag von Montag vor einer Woche zurück. ›D. S.‹ hatte Max dort notiert. Stand das D für Dernau? Und S für Schäfer?

Kurz entschlossen griff er zum Telefonhörer und rief Angehörige der Erkrankten an. Nach einer halben Stunde fand er bestätigt, was er bereits vermutet hatte. Alle Opfer hatten Wein getrunken. Rotwein. Einige waren sich sicher, dass er von der Ahr stammte. Florian wählte die Nummer des rechtsmedizinischen Instituts. Die Sekretärin nahm ab, sie war unfreundlich und verband ihn erst mit Dr. Sinzig, nachdem er sich als Mitarbeiter von Profi Entertainment zu erkennen gegeben hatte.

Sinzigs Stimme klang, als hätte er wenig Zeit. Florian konnte durch den Hörer wahrnehmen, wie er hektisch Rauch inhalierte. Vermutlich nutzte er jede Gelegenheit fernab von Toten und Seziertischen, um seiner Sucht zu frönen.

Florian nannte seinen Namen und kam sofort zur Sache. »Warum haben Sie mir nicht gesagt, dass alle Opfer Rotwein tranken?« Florian hörte, wie Dr. Sinzig am anderen Ende der Leitung nach Luft schnappte.

»Es gibt mehrere Gründe. Der wichtigste ist, dass Sie das nun wirklich nichts angeht. Die Polizei ja, Sie nicht. Wenn ich mich jetzt dazu äußere, dann nur, weil es morgen sowieso auf der Pressekonferenz bekannt gegeben wird und ich davon ausgehe, dass es irgendeinen Zusammenhang geben muss. Welchen, wissen wir übrigens nach wie vor nicht.«

»Verstehe.« Florian räusperte sich. »Wie steht es eigentlich mit den Glutamatderivaten in der Schokolade und im Frischkäse?«

»Jeglicher Verdacht ist ausgeräumt. Die Schokolade ist absolut einwandfrei. Beim Frischkäse sieht es so aus: Man müsste mindestens fünf Packungen à 200 Gramm auf einmal konsumieren, dann würde er eine allergische Hautreaktion, einen Juckreiz sowie Durchfall auslösen. Soweit ich feststellen konnte, hat allerdings keiner der Betroffenen auch nur im Ansatz so viel davon verspeist.«

»Trotzdem wird Fresko das Produkt wohl vom Markt nehmen, um eine Verbraucherverunsicherung und damit einhergehend ein Negativ-Image für das Unternehmen zu vermeiden«, mutmaßte Florian.

»Davon kann man ausgehen«, pflichtete Dr. Sinzig ihm bei.

Florian spürte keinerlei Mitleid mit dem Unternehmen. »Wie geht es jetzt weiter?«

»Meine Kollegen und ich fangen wieder von vorne an. Wir finden heraus, was wir übersehen haben. Wir checken alles noch mal durch, wieder und wieder, bis wir endlich in Ruhe schlafen können.«

Florian seufzte. »Liegen inzwischen eigentlich schon die Untersuchungsergebnisse aus Leipzig vor? Ich meine, von der Blutuntersuchung meines Freundes?«

»Das Referenzlabor hat sich bisher nicht gemeldet, tut mir leid. Sie müssen sich wohl etwas gedulden.«

»Schade. Ich hatte gehofft …«

»Gibt es sonst noch etwas?« Dr. Sinzigs Stimme klang ungeduldig.

»Nein.« Florian war klar, dass er nichts Bedeutsames mehr von dem Rechtsmediziner erfahren würde und verabschiedete sich.

Nachdem er aufgelegt hatte, starrte er auf seine Aufzeichnungen. Wenn sich die Liste mit den Namen der Opfer auch in Curts Händen befand, würde Curt mit Sicherheit bald dahinterkommen, dass Jana die Daten für Max organisiert hatte.

Ihm war gar nicht wohl bei dieser Überlegung. Er traute Curt nicht über den Weg. So, wie er ihn einschätzte, kannte dieser keine Solidarität mit Kollegen. Wahrscheinlich würde er Jana von dem Augenblick an, wenn er herausgefunden hatte, dass sie Daten auf illegalem Weg recherchierte, auch für seine Zwecke einspannen wollen. Florian fasste sich an die Wange, sein Zahn meldete sich wieder. Alles, was Jana für ihn tat, war also in doppeltem Sinn hochgefährlich. Wenn es aufflog, könnte es sie mindestens den Job kosten, und wenn Curt sie verriet, musste sie dafür vielleicht sogar vor Gericht.

Es klopfte. Zu Florians Überraschung steckte Jana den Kopf zur Tür herein.

»Habe gerade an dich gedacht«, sagte er.

»Hast du einen Moment Zeit?« Jana lächelte.

»Für dich immer.«

Sie schloss die Tür hinter sich und nahm auf dem Stuhl vor dem Schreibtisch Platz. Sie legte ihm einige Blätter hin. »Hier. Die Liste der Anrufe von Max' Handy und die Anrufliste zu seinem Festnetzanschluss.«

Florian warf einen Blick auf das Papier. »Du bist ein Schatz.«

»Ich glaube, die bei der Telekom haben etwas gemerkt.«

»Nein!«

»Doch, aber es ist ja nichts passiert. Ich habe mich schnell genug wieder ausgeloggt.«

Florian lehnte sich in seinem Schreibtischstuhl zurück und strich sich über die Haare. »Das heißt, demnächst bitte keine Ausflüge mehr in fremde Datenbanken.«

»Ich kann mich in den nächsten Tagen ja ein wenig zurückhalten.« Jana schmunzelte, was bei Florian den Eindruck erweckte, dass sie das Gegenteil plante.

»Stell dir vor, der Laptop ist wieder da. Er war in Curts Büro. Ich habe mich deswegen schon mit ihm angelegt.«

»Was hat er damit vorgehabt?«

»Ich vermute, dass Informationen auf der Festplatte

waren, die ihn interessieren. Pass bitte auf, dass Curt nichts von deinen Aktivitäten mitbekommt, ja? Ich traue ihm nicht.«

Jana stutzte, sagte aber nur: »Ich muss wieder los. Curt wartet auf Informationen über die Brustkrebspatientinnen.«

»Könntest du mir noch einen Gefallen tun? Du brauchst dafür auch nicht in fremden Netzen herumzustöbern.«

»Worum geht's?«

»Könntest du versuchen herauszufinden, ob es eine Verbindung zwischen jemandem aus unserer Redaktion und Fresko oder Chocolat Royal Suisse gibt?«

»Mache ich. Du denkst doch dabei vor allem an Curt, oder täusche ich mich?«

Florian nickte.

»Soll ich heute Abend etwas mitbringen?«

Er lächelte. »Nur dich!«

28

Florian saß im Restaurant Maybach, starrte in seine Kaffeetasse und wartete auf Eddie. Er war etwas zu spät dran, denn die Besprechung mit Regine hatte länger gedauert als erwartet. Florian hatte sie über den Stand der Dinge, auch über die mysteriösen Anrufe und den Präsentkorb informiert und ihr davon erzählt, dass er sich am Freitag mal etwas genauer in Dernau umsehen wolle, weil er hoffte, in dem Ort einen Hinweis zu finden. Von der Tatsache, dass Curt sich heimlich Max' Laptop unter den Nagel gerissen hatte, hatte er nichts erwähnt. Regine und er waren so verblieben, dass er sie spätestens am Sonntag anrufen und über seine aktuellen Rechercheergebnisse informieren würde. Sie war seinen Ausführungen hochinteressiert gefolgt und spielte mit dem Gedanken, die Sendung über die Behandlungserfolge bei Brustkrebs um eine Woche zu verschieben und stattdessen schon am kommenden Dienstag die Sendung über die aktuellen, dubiosen Krankheitsfälle zu bringen. Vorausgesetzt, es gab genug Neuigkeiten.

Florian hob den Blick und sah sich um. Bis auf zwei Tische im Eingangsbereich, an denen einige Gäste saßen, war alles leer. Solange Eddie noch nicht da war, hatte er Gelegenheit, Janas Listen durchzusehen.

Sie hatte ganze Arbeit geleistet und nicht nur die Rufnummern, sondern auch die Namen der Anrufer recherchiert sowie die Rufnummern und Namen derjenigen, die Max selbst angerufen hatte.

Einige Namen kannte er, andere nicht. Er würde die Anrufer in jedem Fall kontaktieren und überlegte, ob Eddie ihn unterstützen würde. Marianne, Max' Mutter, war am häufigsten auf der Liste vertreten und es wunderte ihn nicht, dass auch Janas Nummer mehrfach auftauchte.

Eine Gruppe lärmender Schauspieler ließ sich gut gelaunt am Nachbartisch nieder. Florian sah auf. Während er gedankenverloren auf ihr freundliches »Hallo« ebenfalls mit einem »Hallo« reagierte, glitten seine Gedanken ab. Er fragte sich, wie sehr Jana Max wohl vermisste. Was wusste er eigentlich von ihr? Nicht viel. In der Redaktion hielt sie sich meistens im Hintergrund. Gut, von Max hatte er erfahren, dass sie noch vor Kurzem in der EDV-Truppe der Kölner Polizei gearbeitet hatte, und irgendjemand hatte erzählt, dass sie ein Musikinstrument spielte. Aber das war es auch schon, mehr Informationen hatte er nicht. Lebte sie allein? War sie liiert? Florian überlegte, ob sie in Köln aufgewachsen war, denn sie konnte typisch Kölsch, auch wenn sie in der Regel Hochdeutsch sprach. Er wandte sich wieder der Liste zu, die vor ihm auf dem Tisch lag. Plötzlich stutzte er. Er hatte den Namen Daniel Fletters gelesen. Max hatte mehrfach telefonischen Kontakt mit ihm gehabt. Fletters hatte sowohl auf dem Festnetz in Max' Wohnung angerufen als auch zweimal auf seinem Handy.

Er war so in Gedanken versunken, dass er zusammenzuckte, als sich eine Hand schwer auf seine Schulter legte.

»Ich bin's nur.«

Florian sah in Eddies Gesicht, das sich freundlich zu ihm herunterneigte. Florian lächelte. Er freute sich, ihn zu sehen.

Nachdem er einen Stuhl herangezogen und sich ihm gegenüber an den Tisch gesetzt hatte, sagte er: »Es gibt Neuigkeiten. Der Freund von Yvonne Kosuczek wird morgen Vormittag aus der U-Haft entlassen. Der Verdacht, dass er Peter Mallmann umgebracht hat, ist damit definitiv ausgeräumt.«

»Sehr schön.« Florian freute sich für Yvonne Kosuczek. »Da hat doch der Kölner Blick sicher schon die Finger drauf?«

»Ja, was denkst du denn? Gibt eine nette kleine Story.« Florian und Eddie lachten einvernehmlich.

Kurz darauf vermittelte Florian seinem Freund den neuesten Stand der Kenntnisse. Er berichtete auch von dem wieder aufgetauchten Laptop, was Eddie mit den Worten kommentierte: »Darauf, dass da etwas faul ist, würde ich meinen Kopf wetten.«

»Ich auch.« Florian warf Eddie einen prüfenden Blick zu. »Was sagen die Kranken, mit denen du telefoniert hast?«

»Die hatten auch alle Rotwein intus. Einige hatten zusätzlich aber auch noch etwas anderes getrunken, Schnaps zum Beispiel. Du kennst das ja. Je später der Abend, desto hochprozentiger die Getränke.

Ungefähr die Hälfte von denen hat durcheinandergetrunken.«

»Ich könnte mir vorstellen, dass ein Ahrwein dahintersteckt. Wahrscheinlich habe ich auch schon davon getrunken und mir ist nichts passiert, aber ich würde es gern überprüfen«, sagte Florian.

»Brauchst du meine Hilfe?«

Florian nickte und zeigte ihm die Anrufliste. »Ich kümmere mich um die Anrufe auf Max' Festnetzanschluss, übernimmst du die Anrufe auf seinem Handy? Es geht darum zu checken, ob wir mehr über den Wein in Erfahrung bringen können. Stammt er aus Dernau, wie ich vermute? Doch die wichtigste Frage in diesem Zusammenhang lautet: Welcher Winzer hat ihn produziert?«

»Klar Chef.« Eddie grinste ihn an und steckte das Papier ein. »Noch mal etwas von dem Irren gehört?«

Florian wusste sofort, wen er meinte, wollte Eddie aber nicht in alles einweihen. Der Präsentkorb blieb für Eddie tabu. Außerdem hatte er es eilig. Er wollte so schnell wie möglich zurück in die Redaktion, um ein paar Erkrankte anzurufen und dann für das Abendessen mit Jana einkaufen. Als ihm bewusst wurde, dass Eddie ihn nach wie vor erwartungsvoll ansah, sagte er: »Entschuldige, ich war in Gedanken. Nein. Der Verrückte hat nicht mehr angerufen.«

Eddie sah ihn aufmerksam an. »Na, wenigstens etwas. Aber du solltest mal wieder eine Nacht durchschlafen.«

Statt in irgendeiner Form auf die Bemerkung einzugehen, sagte Florian: »Chocolat Royal Suisse ist übrigens von jedem Verdacht befreit, und Freskos Frischkäse ist im Grunde genommen harmlos.«

»Das heißt?«

»Du musst zwei Pfund von dem Zeug in dich reinstopfen, um eine Allergie zu kriegen. Aber nach zwei Pfund Frischkäsekonsum ist dir wahrscheinlich sowieso so schlecht, dass du nicht mehr weißt, wo oben und unten ist.«

»Bei Chocolat Royal Suisse stinkt trotzdem irgendetwas zum Himmel.«

»Wie kommst du drauf?«

»Nicht nur, dass sie sich weigern, mir ein offizielles Statement zu geben, was man als Bestandteil ihrer aktuellen Kommunikationsstrategie interpretieren könnte.« Eddie senkte die Stimme. »Nein, ich habe mich auch auf dem Betriebsgelände umgesehen und mich mal umgehört.«

»Und?«

»Chocolat Royal Suisse ist ein alter Familienbetrieb, und in der ehrwürdigen Familie laufen gerade Machtkämpfe um das Erbe ab. Der alte Frings, dem der Laden gehört und der schon Mitte 70 ist, hat einen Sohn und eine Tochter aus seiner ersten Ehe. Die Frau ist längst tot. Seit einigen Jahren ist er mit einer 30 Jahre jüngeren Frau verheiratet, Magda Frings. Sie ist etwas älter als seine Kinder aus erster Ehe und streitet sich jetzt schon mit ihnen um das Erbe. Der alte Frings lässt angeblich gerade das Testament ändern.

Außerdem erhebt seine Frau Führungsansprüche, sie arbeitet aktiv in der Firmenleitung mit und hat großen Einfluss auf die geschäftlichen Entscheidungen ihres Mannes. Ihr jüngerer Bruder arbeitet übrigens auch im Unternehmen, in der Entwicklungsabteilung, er heißt Paul Seeland.«

»Das hat doch wohl aber alles nichts mit den Krankheitsfällen zu tun, oder?«

»Ich gehe der Sache in jedem Fall mal nach. Vielleicht ist eine andere Story drin.«

»Gibt es irgendjemanden bei Chocolat Royal Suisse, der Kasten heißt?«, fragte Florian aus einer Eingebung heraus.

»Nicht dass ich wüsste. Wieso?«

»Ich habe so ein Gefühl, als ob Curt Kasten, unser neuer und sehr stolzer Redaktionsleiter, ein ganz persönliches Interesse gehabt hat, als er sich heimlich Max' Laptop unter den Nagel gerissen hat. Vielleicht hat sein Verhalten irgendetwas mit Chocolat Royal Suisse oder Fresko zu tun, und er hat befürchtet, dass Max Informationen hatte, die das eine oder andere Unternehmen belasten könnten.«

Eddie stützte sein Kinn in die rechte Hand und sah Florian sinnierend an. »Dann werde ich mal ein besonderes Augenmerk auf den Namen Kasten legen und dich anrufen, falls mir etwas auffällt.«

»Danke.«

Eddie sog hörbar die Luft durch die Nase. Er erhob sich und Florian sah ihn fragend an. »Interviewtermin?«

»Redaktionssitzung«, antwortete Eddie.

»Halt die Ohren steif.«

Beide lachten. Als Eddie mit schnellen Schritten das Restaurant Maybach verließ, hatte Florian das sichere Gefühl, dass er Max dankbar sein konnte, ihn mit diesem Mann bekannt gemacht zu haben.

29

Das Auberginenmus mit Oliven und Pinienkernen köchelte auf kleiner Flamme vor sich hin. Florian nahm den hölzernen Löffel zur Hand, der neben dem Herd an einem kleinen Ständer hing, und rührte die Masse vorsichtig um. Die Konsistenz war genau richtig. Der feine Knoblauchduft, der aus dem Topf aufstieg und sich mit den fruchtigen und bitteren Aromen der gedünsteten Auberginen vermischte, reizte seinen Gaumen. Er kostete, nahm das Salz zur Hand und gab noch ein wenig hinzu.

Die Rucola- und Radicchioblätter lagen kunstvoll arrangiert auf zwei weißen Porzellantellern, umgeben von geviertelten Cherrytomaten, die sündhaft teuer gewesen waren. Florian griff sich Olivenöl und ein Fläschchen alten Aceto balsamico vom Regal und war gerade im Begriff, die Salatsauce mit Salz, Pfeffer und einem Spritzer Ahornsirup abzuschmecken, als es an der Haustür klingelte. Rasch warf er seine Küchenschürze über einen Stuhl und eilte durch den langen Flur zur Haustür. Ein schneller Blick auf seine schwarze Jeans und das weiße T-Shirt zeigte ihm, dass sie frei von roten Spritzern waren.

Als er die Tür öffnete, stand wie erwartet Jana vor ihm, doch Florian riss unwillkürlich die Augen auf. Unter ihrem aufgeknöpften Mantel war ein dunkelgrüner Tweedrock sichtbar, der so kurz war, dass die einwandfreie Form ihrer blickdicht bestrumpften Beine, die zwischen den hohen schwarzen Stiefeln und dem Rocksaum sichtbar wurden, voll zur Geltung kam. Ein Hoch auf Mary Quant, schoss es Florian durch den Kopf und er merkte, wie ein Adrenalinstoß durch seine Adern tobte. Zum Rock trug Jana einen eng anliegenden weißen Rollkragenpullover, und auf den Hüften lag locker drapiert ein breiter schwarzer Ledergürtel. In der Hand hielt sie eine Flasche, die sie ihm lachend überreichte: »Ich dachte, ein kleiner Apéritif kann nicht schaden. Ein Rieslingsekt von der Mosel.«

Erfreut nahm Florian ihr die Flasche ab, betrachtete interessiert das Etikett ›Riesling brut, Flaschengärung, Weingut Lehnen‹ und registrierte währenddessen, dass sie das ihm bereits bekannte Parfum aufgelegt hatte. »Sehr schön. Und kühl ist er auch.«

Florian half Jana aus dem Mantel, dabei fragte er sich, wie lange es wohl her sein mochte, dass er dies in seiner Wohnung bei jemand anderem als seiner Mutter getan hatte. Mindestens ein Jahr, rechnete er nach. Seit Katharina sich von ihm getrennt hatte, weil sie der Meinung gewesen war, dass er unter Bindungsängsten litt, hatte er keine Frau mehr gehabt. Nicht, weil es ihm an Gelegenheit gemangelt hätte, sondern weil er keinen Frauenbesuch mehr in seiner Wohnung haben wollte. Das war auch der Grund dafür, weswegen er jeden One-Night-Stand, der sich seit der Trennung ergeben hatte, woanders genoss. Meistens war er mit den Frauen in deren Wohnung gelandet, einige wenige Male auch in einem Hotel. Florian war sich darüber im

Klaren, dass er allein durch die Tatsache, dass er Jana geküsst und sie zu sich nach Hause eingeladen hatte, zum Verräter eines mittlerweile festen Prinzips geworden war. Im tiefsten Innern musste er sich eingestehen, dass Jana für ihn die große Ausnahme war. Sie bedeutete ihm mehr als jede andere, zu der er seit Katharina Kontakt gehabt hatte. Um seine zunehmende Nervosität im Zaum zu halten, hatte er beschlossen, die heutige Essenseinladung einfach als Dankeschön für Janas Bemühungen zu betrachten, und so war es ihm möglich, ihr gut gelaunt und nur halb so angespannt voran in die Küche zu gehen.

»Fein riecht es hier.« Jana kräuselte die Nase.

»Ich hoffe, du magst Pasta?«

»Immer. Und was gibt es dazu?«

»Lass dich überraschen.« Florian forderte sie auf, an seinem alten Küchentisch, den er bereits eingedeckt hatte, Platz zu nehmen. Er kontrollierte kurz, ob die im Ofen schmelzenden Ziegenfrischkäseröllchen mit Honig und Rosmarin eine tiefere Bräune vertragen konnten, öffnete die von Jana mitgebrachte Sektflasche und schenkte ein.

»Lecker«, sagte er und beobachtete die fein perlende Kohlensäure in seinem Glas.

»Freut mich, dass er dir schmeckt. Ich liebe ihn. Der Winzer macht aber auch einen sehr guten, fruchtigen Blanc de Noir.« Genüsslich fuhr Jana sich mit der Zungenspitze über die Lippen und nahm gleich noch einen kleinen Schluck.

Während Florian die Ofentür öffnete, den überbackenen Ziegenkäse herausnahm und auf den Salattellern anrichtete, fragte er: »Wie war dein Tag?«

»Mäßig.« Jana schlug die Beine übereinander, und Florian bemerkte aus dem Augenwinkel, dass ihr Minirock ein Stückchen höher rutschte.

»Ist es dir recht, wenn wir zur Vorspeise beim Sekt bleiben?«

»Unbedingt.«

Florian stellte die Flasche in einen Sektkühler und nahm wieder Jana gegenüber Platz. Zur Feier des Tages hatte er, seiner Mutter sei Dank, Leinenservietten aus den Tiefen eines Schrankfachs zutage befördert. Jetzt faltete er das Stück Stoff auseinander und legte es sich über den Schoß.

»Wieso nur mäßig?«

»Ich hatte am späten Nachmittag Ärger mit Curt. Der war heute ganz schlecht drauf und hat mich gestresst wegen der Recherchen für die Brustkrebssendung. Außerdem hat er mir die Liste mit den Namen der Erkrankten unter die Nase gehalten, die ich Max besorgt habe. Er wollte wissen, wo ich sie herhabe.«

»Und, wie hast du reagiert?« Florian blieb fast der Ziegenkäse im Hals stecken.

»Ich habe mich unwissend gestellt und so getan, als kenne ich diese Liste überhaupt nicht.«

»Hoffen wir, dass er sich damit zufrieden gibt.«

Jana stützte die Ellbogen auf den Tisch, faltete ihre langen schmalen Hände über dem Teller und sah Florian an.

»Ich denke schon.«

»Wer weiß, welche Interessen er verfolgt. Hast du dich in der Redaktion mal wegen Curt umgehört?«

»Ich habe mich länger mit Katja unterhalten.«

»Und?«

»Scheint so, als ob Curt einen Onkel bei Chocolat Royal Suisse hätte.«

Florian pfiff leise durch die Zähne: »Weißt du, wie der Onkel heißt?«

»Noch nicht, aber ich kann mich darum kümmern, wenn du willst.«

»Nein, lass mal. Das mache ich selbst.« Florian wollte Jana nicht über Gebühr strapazieren.

»Außerdem habe ich Informationen von der Spurensicherung.«

»Und?«

»In den sichergestellten Medikamenten und Lebensmitteln finden sich keine Anhaltspunkte für tödliche Substanzen. Allerdings gab es in Peter Mallmanns Kühlschrank tatsächlich einen Frischkäse der Firma Fresko.«

»Das wundert inzwischen niemanden mehr.«

»Du sagst es. Er enthält das Glutamatderivat, aber das hat ihn nicht umgebracht.«

»Das deckt sich mit dem, was ich von Dr. Sinzig weiß.« Florian legte sein Besteck zurück auf den Teller. »Weißt du zufällig, welche Rotweine die Opfer getrunken haben?«

»Lass mich überlegen.« Auch Jana war jetzt mit ihrem Salat fertig. »In den Vernehmungsprotokollen der Kripo tauchen ein Merlot, ein Cabernet Sauvignon auf und …« Sie kam nicht dazu, weitere Rebsorten zu nennen, denn Florian unterbrach sie.

»Ein Spätburgunder?«

»Keine Ahnung, wieso?«

Florian stellte eine Gegenfrage. »Könnte es sein, dass die Betroffenen unetikettierten Wein tranken, der genau deshalb nicht in den Polizeilisten verzeichnet ist?« Er schmiss die Serviette auf den Tisch und fragte, ohne Janas Antwort abzuwarten: »Sagt dir der Name Daniel Fletters etwas?«

»Nein, ich kann weder unetikettierte Flaschen noch den Namen einordnen.« Jana schüttelte den Kopf.

»Es gibt da einen Schreiner aus Dernau, einem Winzerort an der Ahr, von dem Peter Mallmann Rotwein geschenkt bekam. Dieser Wein war unetikettiert. Fletters' Name taucht übrigens mehrfach auf Max' Telefonliste auf.« Florian überlegte einen Moment. »Wenn alle Toten, also auch Max, diesen Wein getrunken haben sollten, hätten wir eine vielversprechende Spur. Ich fahre morgen an die Ahr und sehe mich dort um.«

Jana nahm die Flasche aus dem Sektkühler. »Darf ich?« Florian nickte, entschuldigte sich für seine Unaufmerksamkeit und Jana schenkte sich die letzten Tropfen ein. Während er das Wasser für die Nudeln auf den Herd stellte und das Auberginenmus umrührte, stellte er fest, dass er sich in ihrer Gegenwart sehr wohl fühlte. Vom Typ her war sie ganz anders als Katharina. Katharina hatte lange blonde Haare, sie war ein durch und durch nordischer Typ, tatsächlich auch gebürtig in Hamburg. Florian fragte sich, wie es ihr wohl ging.

Er stellte saubere Teller auf den Tisch, räumte die Sektgläser beiseite und schenkte Rotwein ein.

»Du lebst allein hier?«, wollte Jana wissen und führte das Glas an die Lippen.

»Seit meine frühere Freundin mich verlassen hat, ja.«

»Oh, tut mir leid.« Sie schwieg einen Moment, fragte dann aber: »Warum ist es auseinandergegangen?«

»Sie wollte heiraten und Kinder bekommen.«

»Du nicht?«

»Nein.« Florian hoffte, sie würde nicht weiterfragen.

Aber Jana wagte einen erneuten Vorstoß: »Vielleicht hast du sie nicht richtig geliebt?« Sie sah ihn aufmerksam an und er stellte sein Glas eine Spur zu abrupt zurück auf den Tisch. »Was heißt das denn, richtig lieben? Die Frage ist doch, ob die Bedürfnisse zweier Menschen so weit übereinstimmen, dass sie sich trauen, langfristig eine gemeinsame Richtung einzuschlagen. Ich jedenfalls habe noch bei keiner Frau den Wunsch verspürt, eine Familie zu gründen. Selbst Katharina hat das nicht geschafft.«

Sie sahen sich an.

»Vielleicht leide ich schlicht und ergreifend unter Bindungsängsten.« Florian schluckte.

»Da bist du nicht der einzige Mann.«

Florian, der eine längere Diskussion übers Kinderkriegen und Bindungsängste vermeiden wollte, wechselte das Thema: »Hast du nicht Lust, mit nach Dernau zu kommen?«

»Wann?«

»Morgen am späten Nachmittag, so gegen fünf.«

Jana nickte. »Morgen ist Freitag, da gehe ich immer etwas früher und die Infos für Curt habe ich bestimmt bis nachmittags recherchiert.«

»Schön.« Florian lächelte.

»Ach, übrigens.« Jana fasste sich an die Stirn. »Ich weiß inzwischen, wann der Unbekannte Anrufer bei Max auf den Anrufbeantworter gesprochen hat.«

»Das sagst du mir erst jetzt?«

»Sorry, ich bin irgendwie davon abgekommen.« Jana sah ihn schuldbewusst an. »Es war genau 23.46 Uhr.«

Ihm kam laut vernehmlich ein Stoßseufzer über die Lippen. »Dann hat der Unbekannte mit Max' Tod wahrscheinlich nichts zu tun. Aber du solltest doch nicht mehr in der Datenbank der Telekom surfen!« Trotz des Vorwurfs, den er ihr gemacht hatte, war er dankbar dafür, dass sie es erneut gewagt hatte. Er streckte die Beine unter dem Tisch aus, wo sie wie unabsichtlich Janas Beine streiften, und sinnierte: »Max ist laut Dr. Sinzig zwischen 20.30 Uhr und 21.30 Uhr gestorben. Dass der Unbekannte Max erst umbringt und dann bei ihm anruft, um ihn einzuschüchtern, wäre doch ziemlich unlogisch.«

»Stimmt«, sagte Jana. Sie dachte einen Augenblick nach. »Sagtest du nicht, der Unbekannte hätte Max einen Präsentkorb geschickt und ihm gedroht?« Ihr Blick ruhte auf dem Korb, den Florian in die Nische zwischen Kühlschrank und Wand gestellt hatte. Jana stand auf, zog den Korb entschlossen hervor, stellte ihn auf den Tisch und fragte unerbittlich: »Und was ist das hier?«

»Ein kleines Geschenk.«

»Von wem, wenn ich fragen darf?« Wortlos reichte Florian ihr den Briefumschlag

Jana las mühsam den zusammengeklebten Text. »Ach, du meine Güte.« Sie sah Florian entsetzt an.

»Schon gut, ich weiß, jetzt bin ich reif«, brummte Florian.

»Ja, und? Reif für was?«

»Reif für die Kripo«, gab er unwillig zu.

»Genau. Wann gehst du hin?«

»Bevor wir nach Dernau fahren. Ich bin um 15 Uhr mit Kriminalhauptkommissar Marco Rössner verabredet, nach der Pressekonferenz.« Florian dachte an das kurze Telefonat, das er zuvor mit Rössner geführt hatte. Der Mann hatte nicht unsympathisch geklungen. Florian gab die Nudeln ins Wasser. Mit einem Seitenblick bemerkte er, dass Jana in ihrer Handtasche wühlte und hörte sie sagen: »Vielleicht ist es ganz gut, dass ich dir außer Sekt noch etwas anderes mitgebracht habe.«

Erstaunt drehte Florian sich um. Als er begriff, was Jana vor ihn auf den Tisch legte, lief ihm ein eiskalter Schauer über den Rücken. Die metallisch blinkende Pistole sah in ihrer schwarzen Unnahbarkeit geradezu schön aus.

»Eine Heckler & Koch P7«, sagte Jana und führte ihm vor, wie man das Magazin in den Griff schob, mit der Pistole zielte und abdrückte. Als würde sie täglich von Schusswaffen Gebrauch machen, gab sie nüchtern und sachlich weitere Informationen. »Acht Schuss. Kaliber: Neun Millimeter.«

»Wo hast du das Ding her?«

»Frag besser nicht, doch um deine Neugier halbwegs zu befriedigen: Ich war mal mit einem Polizisten befreundet, und der hatte ein ordentliches Repertoire an Waffen. Dienstwaffen.«

»Doch nicht etwa Rössner?«

»Um Himmels willen, nein.« Jana lachte.

»Und diese Pistole hier stammt von deinem früheren Freund?«

»Ja.« Auf einmal wurde sie sehr ernst. »Er gab sie mir vor drei Jahren, nachdem ich frühmorgens um halb sieben in meiner Wohnung überfallen worden war. Alle Nachbarn waren um diese Zeit beschäftigt. Duschen, Haare föhnen, frühstücken. Keiner bekam etwas mit. Und als plötzlich der Mann in meinem Schlafzimmer stand, habe ich nur noch geschrien. Mich mit Händen und Füßen gewehrt. Schließlich ergriff er die Flucht. Ich habe nach wie vor Probleme, einzuschlafen, vor allem, wenn ich allein bin. Die Waffe hat mir lange Zeit ein Gefühl der Sicherheit vermittelt.«

»Das ist ja schrecklich.« Florian betrachtete Jana nachdenklich und nahm noch einen Schluck Wein. Bislang hatte er immer nur von Überfällen und versuchten Vergewaltigungen gelesen. Jana war die erste Frau in seinem Leben, die er kannte, die so etwas erlebt hatte.

»Wir wohnten nicht zusammen, ich war also in meiner Wohnung häufig allein. Mein damaliger Freund hat die Waffe nie zurückgefordert, auch nicht, nachdem wir uns getrennt hatten, und so behielt ich sie einfach«, erklärte sie. »Ich denke, jetzt wirst *du* sie vielleicht brauchen können.«

Florian war gerührt, doch er fühlte sich auch hin und her gerissen. Konnte er die Waffe annehmen? Außerdem besaß er keinen Waffenschein.

»Sie ist nicht registriert.«

Mit diesen Worten waren Florians letzte Bedenken zerstreut.

»Du bist unglaublich. Ich danke dir.« Er legte die Waffe auf eine freie Stelle der Arbeitsplatte, prostete Jana zu, füllte die Nudeln in eine Schüssel und stellte sie samt Auberginenmus auf den Tisch.

Nachdem beide eine Weile schweigend gegessen hatten, ergriff Florian wieder das Wort: »Wo wohnst du eigentlich?«

»In der Piusstraße.«

Er runzelte die Augenbrauen.

»Mit einer Freundin. Und einem herrlichen Blick vom Balkon über Melaten.« Jana lachte. »Aber ehrlich gesagt, mir ist der Friedhof nicht geheuer, auch wenn die meisten Kölner davon schwärmen und es absolut hip ist, sich dort begraben zu lassen. Mir raubt er Energie.«

Florian konnte Janas Empfindung gut nachvollziehen, ihm ging es ähnlich. Nachdem er und Jana mit dem Essen fertig waren, führte er sie hinaus auf den Balkon, wo sie sich nah nebeneinander an die Brüstung lehnten.

Die Nachtluft war kühl. Jana schlang ihre Arme eng um sich, deutete nach oben in den schwarzen Himmel und sagte: »Schön ist es hier. Vor allem, wenn die Venus so hell und doch geheimnisvoll über den Dächern blinkt.«

Beide sahen, den Kopf zurück in den Nacken gelegt, in den Himmel, an dem der Abendstern leuchtete. Die Intimität, die das gemeinsame Essen und der Wein zwischen ihnen hervorgerufen hatte, rief eine unbestimmte Sehnsucht in Florian wach, und die Nähe, die sich zwischen ihnen eingestellt hatte, trug dazu bei, dass er den Wunsch verspürte, der Abend möge niemals enden. Er sah in ihre Augen, und sein Blick wanderte zu ihren Lippen, dabei fragte er sich, warum er Jana eigentlich nicht ein zweites Mal küssen sollte. Der Drang danach, sie dicht bei sich zu spüren, wurde übermächtig, und einer leisen inneren Warnung zum Trotz zog er sie an sich. Ihr Mund schmeckte genauso nach schwarzen Johannisbeeren wie beim ersten Mal, und ihr Hals roch nach dem gewohnten Duft ihres Parfums. Florian sog ihn tief ein. Unter seinen Händen konnte er durch den Pullover hindurch die Empfindsamkeit ihres Körpers spüren, der ihm sanft, aber ohne zu zögern entgegenkam. Je länger er sie küsste, desto mehr hatte er das Gefühl, von einem Schwindel erfasst zu werden, der ihm den Boden unter den Füßen wegzog. Er genoss das Gefühl, doch gleichzeitig kroch eine altbekannte Panik in ihm hoch. Fast schon wäre ihm die Frage, ob Jana über Nacht bleiben wolle, über die Lippen gekommen, da flüsterte eine innere Stimme ihm zu: Hattest du nicht geschworen, Jana nicht mehr anzurühren? Brüsk ließ er sie los und trat einige Schritte zurück. Überrascht und ungläubig sah sie ihn an.

»Tut mir leid, aber …« Florian rang nach Worten. »Ich kann nicht.«

Jana biss sich auf die Lippen.

»Es liegt nicht an dir. Ich bin einfach noch nicht so weit.«

Jana holte tief Luft. »Schade.«

»Ja.«

Nach einem Moment des Schweigens wandte sie sich ab. »Kein Problem. Dann gehe ich wohl besser.«

»Warte.« Florian sah sie bittend an. »Eins muss ich wissen.«

»Ja?«

»Warst du mit Max zusammen?«

30

Sie lag auf dem Bett und krümmte sich. Es war stockfinster. In ihren Schläfen tobten unsichtbare Dämone, und ihre Eingeweide rebellierten. Ihr war eiskalt. Sie versuchte, sich aufzurichten, denn sie wollte hinüber zum Fenster und frische Luft schnappen, aber der Versuch misslang. Stöhnend fiel sie zurück in die Kissen. Was war nur mit ihr los?

Peter. Bitte hilf.

Jeder Buchstabe seines Namens versprach Trost. Peter. Sie sah ihn vor sich, wie er sie auf der Party angesehen hatte, kurz bevor er starb. Ein Blick voller Liebe.

Sie musste würgen, ihre Füße waren kalt wie zwei Eisblöcke. Wenn sie ihn doch nur hätte auffangen können, diesen irrsinnigen Wahn, diese Sucht nach Alkohol hätte stoppen können. Was gäbe sie darum, ihn ein letztes Mal in die Arme zu schließen. Ihm zu sagen, dass sie ihn liebte, immer noch.

Sie rang nach Luft. Vergangen. Vorbei. Die Bläschen ihrer Lunge blähten sich auf wie große Ballons. Kaugummiblasen, die jeden Moment platzen konnten. Klebrig und instabil. Sie musste würgen. Grüne Galle kam ihr über die Lippen. Ihr war kalt, so kalt. Sie zog die Bettdecke dichter an sich und schloss die Augen.

Peter. Bitte hilf.

Lass uns von vorn anfangen.

Die kleine Bucht am Wasser, dein Lachen.

Ihr Kopf drohte zu zerplatzen, aber sie konnte die Hände nicht mehr heben, um einen Gegendruck auszuüben. Der Teufel hatte von ihr Besitz ergriffen, sie ganz und gar gelähmt. Ja, es musste der Teufel sein. Dies war die Strafe dafür, dass sie Peter verlassen hatte. Sie musste weinen, lange weinen, und dann durchzuckte ein bestialischer Schmerz ihre Brust.

Peter. Bitte halte mich.

Sie fühlte, wie das Blut in ihren Adern stockte. Mit einem letzten Aufbäumen ihres Körpers riss sie die Augen auf. Ganz deutlich sah sie ihn vor sich.

Peter.

Ein Glücksgefühl durchströmte ihre Brust. Er war gekommen, um sie fest in seine Arme zu schließen.

31

Das dumpfe und rhythmische Plöp Plöp des Tennisballs drang an Florian Halstaffs Ohren, beruhigte jedoch nicht seine aufgewühlten Nerven. Unruhig lief er dem Ball hinterher und schlug ihn wütend zurück über das Netz. Wieder und wieder. Es stand 5:2 im dritten Satz für Florian. Den ersten Satz hatte Jörg Fresemann für sich entschieden, den zweiten hatte Florian gewonnen. Seine Ferse schmerzte dank eines extra dicken Blasenpflasters nicht, und selbst wenn, hätte Florian den Schmerz vermutlich nicht wahrgenommen.

Jana und er hatten nach der unglücklichen Szene auf seiner Terrasse noch ein Glas Wein getrunken, dann hatte er ihr ein Taxi gerufen. Seine Frage, ob sie mit Max zusammen gewesen war, hatte sie verneint, aber dennoch hatte er sich nicht wirklich erleichtert gefühlt. Sein Innerstes war seit dem gestrigen Abend gespalten. Kaum hatte Jana seine Wohnung verlassen, hatte er sich schon wieder nach ihrer Gegenwart gesehnt.

Heute war Freitag, um neun hatte er bei seiner Therapeutin einen Termin gehabt. In dem Gespräch hatte er sich eingestehen müssen, dass es bei der Zwiespältigkeit seiner Gefühle für Jana nicht allein um die Frage von Freundschaft und Verrat ging. Nein, er hatte zugeben müssen, dass er wie ein gejagtes Tier die Flucht ergriff. Seine Therapeutin hatte ihn schonungslos mit der These konfrontiert, dass seine panische Angst vor einer Beziehung daher rühre, dass er sich im tiefsten Innern mit seinem Vater identifiziere, sich so verhalte, wie sein Vater sich seiner Mutter gegenüber verhalten hatte. Und so wie sein Vater war auch Florian untreu gewesen und hatte sich aus dem Staub gemacht, als die Beziehung zu Katharina zu eng wurde. Die Therapeutin hatte infrage gestellt, ob das Bild, das er von seinem Vater hatte, tatsächlich mit der Wirklichkeit übereinstimmte. Vielleicht täuschte er sich und sein Vater war gar nicht der Don Juan, wie Florians Mutter ihn immer beschrieben hatte? Seine Therapeutin hatte ihm deutlich zu verstehen gegeben, dass er seinen Vater unbedingt finden müsse, um das fiktive und reale Bild miteinander abzugleichen. Erst dann würde er vielleicht dazu in der Lage sein, das Band der Identifikation zu durchtrennen und möglicherweise eine dauerhafte Beziehung zu führen. Eine These, die Florian ebenso einleuchtete wie sie ihm Zahnschmerzen bereitete.

Dass er jetzt im fahlen Neonlicht einer aufblasbaren Tennishalle mit Jörg Fresemann, Geschäftsführer von Fresko, Tennis spielte, trug nicht gerade zur Verbesserung seiner Stimmung bei. Die Verabredung war sehr überraschend für ihn gekommen. Seine Mutter hatte ihm eine SMS geschickt, die er nach der Therapiesitzung gelesen hatte. Immerhin, der Plan seiner Mutter war geglückt. Sie hatte sich erst mit Fresemann verabredet, ihm dann einen verstauchten Fuß vorgetäuscht und ihm Florian als Ersatzpartner präsentiert. Als er Fresemann zum ersten Mal gegenübergestanden hatte, hatte er zunächst geglaubt, er leide unter Halluzinationen. Vor ihm stand genau der Mann, den er bereits vom Foto aus Max' Wohnung und dem Foto aus der Holzkiste kannte. Auf denen sah Fresemann zwar 30 Jahre jünger aus, aber die Ähnlichkeit war trotz der grauen Haare und der Falten unverkennbar.

Glücklicherweise hatte Florian jahrelang den Ball ganz gut über das Netz gebracht, und nun spürte er, wie der Kampfgeist erneut in ihm erwachte. Er würde alles dafür tun, Fresemann auf dem Platz in die Knie zu zwingen.

Während Florian nach vorn ans Netz sprintete, um Fresemanns Stoppball abzuwehren, bemerkte er aus den Augenwinkeln, dass seine Mutter, die auf einer Bank am Rand des Tennisplatzes saß, gebannt zu ihnen hinüberblickte und sie aufmerksam beobachtete.

Mit zwei dicht aufeinander folgenden Schmetterbällen entschied Florian das Spiel im dritten Satz für sich.

»Glückwunsch.« Fresemann war außer Atem. Er kam nach vorn ans Netz und reichte Florian die Hand. Lachend sagte er: »Normalerweise gewinne ich.«

»Revanche?«, fragte Florian angriffslustig.

»Einverstanden. Nächste Woche?« Fresemann wischte sich mit einem Handtuch über das schweißnasse Gesicht und Florian nickte.

»Ich würde Sie gern zu einer Schorle einladen. Die Gastronomie hat doch geöffnet?« Florian wandte sich fragend an Marie-Louise. Sie nickte.

»Gute Idee«, erwiderte Fresemann. »Aber du kannst mich ruhig duzen. Schließlich kenne ich deine Mutter schon eine Ewigkeit. Im Klubhaus haben wir ja gleich

Gelegenheit, dich aufzuklären, nicht wahr, Marie-Louise?«

Sie nickte.

»Habe mir heute trotz einer Pressekonferenz, auf der ich normalerweise präsent sein müsste, freigenommen, um mir endlich einmal ein verlängertes Wochenende zu gönnen. Aber Gott sei Dank gibt es einen zweiten Geschäftsführer, und der wird mich vertreten.«

Florian schluckte, sagte aber zunächst nichts davon, dass er der besagten Pressekonferenz beiwohnen würde.

Fresemann wischte sich mit dem Arm über die Stirn. »Die letzten Tage waren anstrengend.«

Florians Mutter erhob sich von der Bank und reichte Jörg Fresemann eine Wasserflasche, aus der er gierig mehrere Schlucke trank.

Mit gesenktem Kopf murmelte Florian: »Das kann ich mir denken.«

»Wieso?« Fresemann reichte Florian die Wasserflasche und sah ihn prüfend an.

»Als Geschäftsführer eines großen Milchwerks, dessen neueste Produktentwicklung im Fokus polizeilicher Untersuchungen steht, hast du sicher in den letzten Tagen keine ruhige Minute gehabt.«

»Hat sich unser Name also doch schon herumgesprochen?«

Fresemann bückte sich hinunter zu seiner Sporttasche und verstaute eine Dose mit Tennisbällen darin.

»In meinem Job bekommt man so manches mit.«

»So? Was für einen Job hast du denn?«

»Ich bin Redakteur bei Diens-Talk. Da die Situation in Köln und Umgebung momentan sehr prekär ist, denken wir darüber nach, eine Sendung über die dubiosen Krankheitsfälle zu machen.«

»Na, dann seht mal zu, dass euch nichts von Bedeutung durch die Maschen geht«, sagte Fresemann generös. »Unser Frischkäse ist einwandfrei, das steht fest. Aber wenn du willst, können wir gleich im Klubhaus darüber reden. Jetzt brauche ich erst einmal eine kühle Dusche.« Er entfernte sich und nahm ein Schleppnetz auf, das auf dem Boden lag und dazu diente, den Ascheplatz abzuziehen, um ihn für die nächsten Spieler vorzubereiten.

Nachdem Florian noch einen großen Schluck aus der Wasserflasche genommen und sie Marie-Louise wieder in die Hand gedrückt hatte, griff auch er zum Schleppnetz. Als beide Seiten des Tennisplatzes von ihren Fußspuren befreit waren und der rote Ascheplatz so ebenmäßig aussah, als sei heute nicht auf ihm gespielt worden, folgte er, seine Sporttasche in der Hand, Jörg Fresemann zu den Waschräumen, während seine Mutter gekonnt ins Klubhaus humpelte.

Jörg Fresemann war 66. Das wusste Florian von Marie-Louise, außerdem hatte er sich im Internet schlau gemacht, aber erstaunlicherweise sah man Fresemanns Körper das Alter nicht an. Er war schlank geblieben und durchtrainiert. Das grau melierte Haar unterstrich seine markanten Gesichtszüge sowie das dunkle Blau seiner Augen auf das Vorteilhafteste. Während er sich unter der Dusche einseifte und wohlig das

Gesicht unter den warmen Wasserstrahl hielt, beobachtete Florian ihn verstohlen. Der Mann sah gut aus. Florian war sich sicher, dass die Frauen auch heute noch auf ihn flogen.

Er blickte hinab auf seine Brust, die so dunkel behaart war wie die Fresemanns, ansonsten aber konnte er nur wenig Ähnlichkeit erkennen. Er war mit seinen knapp zwei Metern erheblich größer, seine Haare waren dunkel, aber nicht schwarz, und seine Augen waren grün. Er sagte sich, dass es gar nicht so selten vorkam, dass Kinder einem von beiden Elternteilen so gut wie überhaupt nicht ähnelten.

Nach dem Duschen gingen sie hoch ins Klubhaus, wo um diese Zeit nicht viel los war. Marie-Louise hatte sich Rührei mit Kräutern bestellt. Sie saß an einem Tisch unmittelbar neben der Terrassentür und blickte erfreut auf, als sie beide hereinkommen sah. »Mögt ihr nicht auch einen kleinen Mittagsimbiss? Den habt ihr euch verdient!« Sie fügte hinzu: »Schönes Spiel, wirklich. Jörg, du schlägst den Ball immer noch wie ein junger Gott. Seid mir nicht böse, dass ich mir schon etwas bestellt habe, aber ich war hungrig wie ein Wolf.« Sie machte eine entschuldigende Geste und lächelte. Florian sah sich nach der Bedienung um und bestellte zwei große Grapefruitschorlen. Fresemann hatte genauso wenig Hunger wie er.

»Wenn es deinem Fuß wieder besser geht, müssen wir unser Match unbedingt nachholen. Ist es sehr schlimm?« Fresemann sah Marie-Louise besorgt an.

»Nein, halb so wild.«

»Spielt Ihr oft zusammen?«, wollte Florian wissen.

»Erst seit Kurzem und nur hin und wieder mal, aber wenn es nach mir ginge, könnte es durchaus häufiger vorkommen«, sagte Fresemann.

»Du hast dich ja viele Jahre überhaupt nicht blicken lassen.« Marie-Louises Stimme klang vorwurfsvoll.

»Ich hatte einfach zu wenig Zeit«, erwiderte er. »Der Job frisst einen auf, du weißt doch, wie das ist.«

»Woher kennt ihr euch eigentlich?« fragte Florian.

Seine Mutter runzelte die Augenbrauen, bevor sie nach einem Moment des Nachdenkens antwortete: »Kennengelernt haben wir uns nach einer Theateraufführung vor 35 Jahren. Ich spielte damals in einem Boulevardstück im Millowitsch-Theater. Jörg war in der Kneipe, in die wir nach den Aufführungen häufig eingekehrt sind, zufällig mein Tischnachbar.«

»Es war Liebe auf den ersten Blick«, sagte Fresemann.

Marie-Louise runzelte die Stirn.

»Dann haben wir uns aus den Augen verloren. Ich ging nach Kanada, weil ich dort in einer Firma für Tiefkühlkost ein gutes Jobangebot bekam. Es war ein ziemlicher Karrieresprung für mich.«

»In Montreal?«, fragte Florian.

»Ja.« Fresemann und Marie-Louise sahen ihn erstaunt an. »Woher weißt du das?«

»Intuition.« Florian sah hinaus auf die leere Terrasse. Bis die Klubmitglieder wieder draußen sitzen konnten, würde noch einige Zeit vergehen.

»Als ich nach Deutschland zurückkam, das war

ungefähr zehn Jahre später, arbeitete ich zunächst in Frankfurt. Nach Köln zurück kam ich vor fünf Jahren«, nahm Fresemann den Faden auf.

»Und wiedergesehen haben wir uns erst kürzlich, hier im Klub«, sagte Marie-Louise.

Fresemann ergriff ihre Hand und platzierte darüber einen formvollendeten Kuss. »Bitte verzeih, dass ich mich so lange nicht bei dir gemeldet habe.« Er sah sie ernst an.

Marie-Louises Mundwinkel zuckten, dann lächelte sie.

Florian beobachtete, wie der Gastronom das Regal hinter der Theke auswischte. Als die Gesprächspause ihm etwas zu lang wurde, wandte er sich an Fresemann. »Der Frischkäse übrigens ist meines Wissens nicht ganz so einwandfrei, wie du vorhin behauptet hast. Ich hörte, er sei toxisch.«

»Das ist so nicht ganz richtig«, antwortete Jörg Fresemann. »Bei übermäßigem Verzehr, also wenn jemand fünf Packungen oder mehr auf einmal isst, dann kann der Käse Reaktionen hervorrufen, die die Gesundheit negativ beeinträchtigen. Aber deshalb gibt es doch keine Veranlassung, das Produkt vom Markt zu nehmen.«

»Haben die zuständigen Behörden hierfür ihr O. k. gegeben?«

»Meinst du, wir würden sonst diese Linie fahren? Wir haben natürlich im Vorfeld unser Produkt ausreichend überprüft und im Labor analysieren lassen« Fresemann sah Florian aufmerksam an. »Du kannst Gift darauf nehmen, dass alles abgesegnet ist.«

»Hübsch gesagt. Aber egal. Da hat Fresko ja noch einmal Glück gehabt. Und du auch. Hält man in der Regel als Geschäftsführer nicht für alles, was im Unternehmen schief läuft, den Kopf hin?«

»So ist es«, antwortete er.

»Aber deiner ist noch dran«, sagte Florian.

»Und wird es auch bleiben«, entgegnete Fresemann.

»Du hast ihn doch erst vor zwei Jahren gerettet, oder nicht?«

»Spielst du auf die Affäre um Fresko und Hagebiel-Nord an?« Fresemann blieb ruhig. »Es gehört wohl zu deinem Job, dass du so harsch fragst?« Ohne eine Antwort abzuwarten, lenkte er ein. »In der Tat, das war eine schlimme Sache damals. Mertens, der zweite Geschäftsführer, hatte Angebote vom regionalen Anbieter gefälscht und dafür von Hagebiel-Nord, die zu unserem Hauptlieferanten wurden, eine dicke Provision kassiert. Als das alles herauskam, hatte ich als erster Geschäftsführer enorm zu kämpfen. Ohne Rückendeckung aus der Firmenzentrale hätte ich das nicht durchgestanden. Normalerweise hätten die mich in Rente geschickt.«

»Und jetzt?« Florian sah ihn an.

»Jetzt mache ich noch ein halbes Jahr weiter. Dann verabschiede ich mich aus dem Konzern und gehe in Rente. Natürlich arbeitet unsere Entwicklungsabteilung bereits auf Hochtouren an einem anderen Frischkäse, der ebenso gut schmeckt wie der jetzige.«

»Du weißt, dass Glutamat nicht gerade den besten

Ruf genießt? In hoher Dosierung kann es krebserregend sein.«

»Mir ist nichts bekannt. Gut, wir wissen, dass Glutamat in hoher Dosierung krebserregend sein kann, aber, wie gesagt, in der Konzentration, die wir verwenden, ist das ganz und gar ausgeschlossen.«

»Nie irgendwelche Zweifel gehabt?« Florian sah Jörg Fresemann prüfend an.

»Nein. Es gab schließlich wissenschaftliche Untersuchungen mit beruhigenden Ergebnissen. Wie lange machst du den Job eigentlich schon?«

»Knapp ein Jahr. Leider ist mein bester Freund, Redaktionsleiter bei Profi Entertainment, gerade gestorben. An ungeklärter Ursache, scheint es, und ich versuche herauszufinden, was dahintersteckt.«

»Oh, das tut mir leid.« Fresemann blickte ihn betroffen an. »Meinst du nicht, dass das eher ein Job für die Polizei ist? Du solltest solche Dinge besser denjenigen überlassen, die das hauptberuflich machen.«

»Danke für den guten Rat«, antwortete Florian gelassen und wandte sich unmittelbar an seine Mutter: »Wie geht es Marianne?«

»Ich glaube, sie fängt sich langsam wieder«, antwortete Marie-Louise, die dem Dialog ihres Sohnes mit Fresemann aufmerksam gefolgt war. »Ich habe sie heute Nachmittag zu mir zum Kaffee eingeladen.«

»Schön. Grüße sie doch bitte von mir.« Florian erhob sich. Während sich ein ironisches Lächeln auf seinem Gesicht ausbreitete, sagte er bedauernd: »Ich fürchte, ihr müsst euch nun allein amüsieren.« Marie-Louise

Halstaff und Jörg Fresemann sahen ihn erstaunt an. »Ich muss los. Die Pressekonferenz beginnt pünktlich um 14 Uhr.«

32

Yvonne Kosuczek ist tot, hämmerte es ununterbrochen in Florian Halstaffs Kopf, als er sich im Polizeiwagen auf dem Weg von der Pressekonferenz zur Polizei befand.

Yvonne Kosuczek. Tot. Wie Max. Jetzt waren es insgesamt vier Tote und 46 Kranke. Die Schokolade und der Frischkäse waren unverdächtig, das hatten sie nun endlich auch auf der Pressekonferenz bekannt gegeben. Fresko Frischkäse könne höchstens allergischen Juckreiz und Durchfall auslösen. Ein bisschen musste Florian grinsen, als er an die sauertöpfischen Mienen der Beamten dachte, die froh waren, wenigstens das herausgefunden zu haben.

Diverse Printmedien waren vertreten gewesen, das Regionalfernsehen ebenso wie Journalisten von Stern, Spiegel und Focus sowie etliche große Fernsehsender. Damit hatten die Krankheitsfälle nun endgültig eine weit über Nordrhein-Westfalen und Rheinland-Pfalz hinausgehende Dimension erhalten, der ab sofort die gesamte Republik ihre Aufmerksamkeit widmen würde.

Florians Gedanken flogen zurück zu Yvonne Kosuczek. Er hatte sie nur einmal getroffen, aber ihre Persönlichkeit hatte ihn tief berührt.

»Alles in Ordnung mit Ihnen?« Kriminalhauptkommissar Marco Rössner, ein drahtiger, kleiner Mann mit bereits ergrautem, streichholzkurzem Haar und stechenden grauen Augen, den Florian auf nicht größer als 1,70 Meter schätzte, drehte sich vom Beifahrersitz zu ihm um. Florian saß hinten, seine rechte Hand umklammerte den Henkel des Präsentkorbs.

»Alles in Ordnung«, antwortete er, während seine Augen denen von Sylvia Gerlach, Rössners junger, blonder Mitarbeiterin, im Rückspiegel begegneten. Er sah wieder hinaus auf die Straße, auf die Geschäftigkeit der Menschen, ohne sie jedoch wirklich wahrzunehmen.

Als Marco Rössner auf der Pressekonferenz den Namen von Yvonne Kosuczek als neuestem Todesopfer genannt hatte, war Florian schwindlig geworden. Mit geschlossenen Augen hatte er zugehört, wie dieser erklärte, dass Yvonne Kosuczek in der vergangenen Nacht gestorben sei. Freunde hatten sie am frühen Morgen tot in ihrer Wohnung gefunden. Sie habe 0,8 Promille im Blut gehabt. Es gebe allerdings keinen Hinweis darauf, dass Alkohol ihren Tod ausgelöst habe, auch wenn die Tatsache, dass alle Todesopfer Alkohol getrunken hatten, alarmierend sei, wie die Polizei einräumte. Die Opfer hätten aber auch allesamt Brot und Butter gegessen und Kaffee getrunken.

Florian Halstaff lehnte sich tief in den Sitz zurück und überlegte, ob die Polizei wusste, dass Peter Mallmann, Yvonne Kosuczek und auch Max Kilian Kontakt zu Daniel Fletters gehabt hatten. Auf der Pressekonferenz war über den Schreiner aus Dernau jedenfalls kein Wort verloren worden. Florian fand es immerhin beruhigend, dass er sich gestern nach dem Glas Wein bei Yvonne Kosuczek topfit gefühlt hatte, aber warum war sie jetzt tot? Seine Augen fokussierten den blond gelockten, flaumigen Nacken von Sylvia Gerlach, während vor seinem inneren Auge das Bild von Yvonne Kosuczek auftauchte. Er atmete tief durch. Sie war so jung gewesen, so hübsch, und nun sollte sie tot sein. Der Gedanke, wie schnell der Tod einen jeden von uns völlig unerwartet ereilen konnte, ließ ihn nicht los. Er stellte sich vor, wie sie in einem langen weißen Kleid in einem gläsernen Sarg lag, das bleiche Gesicht eingerahmt von dunkelroten Locken. Leider würde kein Prinz kommen, um sie wachzuküssen. Florians Blick wanderte wieder hinaus aus dem Wagenfenster. Er fragte sich, wen es als Nächsten erwischen würde und spürte, wie sich der Henkel des Präsentkorbs tief in seine Handfläche drückte.

Der Wagen wurde langsamer. In einer weiten Kurve fuhr er vor dem Dienstgebäude der Polizei vor und kam schließlich zum Stehen. Rössner öffnete schwungvoll die hintere Wagentür und steckte seinen Kopf in das Innere des Wagens. Florian kam sich mit dem Korb in der Hand auf einmal vor wie Rotkäppchen, das gleich vom bösen Wolf verschlungen werden würde. Er zwängte sich aus dem Auto und drückte Sylvia Gerlach, als er wieder festen Boden unter sich hatte, den Korb in die Hand, froh, ihn endlich los zu sein. Etikette hin, Etikette her. Im Wagen hatte er den Inhalt wohl zum 50. Mal überprüft, ein Rotwein, geschweige denn ein Wein von der Ahr, befand sich nicht darin.

»Den bringe ich gleich zu den Kollegen von der Spurensicherung«, sagte Sylvia Gerlach.

»Erst kommt er mal mit in unser Büro«, korrigierte Rössner und ging Florian und der Kommissarin, die ihren Kollegen um eine Kopflänge überragte, mit sicherem Schritt voraus durch die breite Eingangstür in das imposante, moderne Polizeigebäude am Walter-Pauli -Ring in Köln Kalk. In der spärlich möblierten Eingangshalle kam ihnen allerdings ein Schwall stickiger Heizungsluft entgegen, die den Mief verstaubter Akten in sich trug. Marco Rössner schien mit jedem Schritt in das Gebäude um einige Zentimeter zu wachsen. Kein Wunder, dachte Florian, während er auf Rössners breiten Rücken blickte. Der Leitwolf kehrt in seine Höhle zurück.

Sie fuhren mit dem Fahrstuhl hinauf in den vierten Stock und Marco Rössner öffnete kraftvoll die Tür zu seinem Büro. Florian betrat einen hellen, knapp 20 Quadratmeter großen Raum, der von zwei schlichten, ahornfarbenen Schreibtischen dominiert wurde, die sich gegenüberstanden. Hellgraue Wandschränke verbargen Arbeitsmaterial und Aktenordner, und Florian wunderte sich nicht darüber, dass in dieser lichten Atmosphäre auf einer Fensterbank Grünpflanzen gediehen. Sie sahen aus, als kämen sie geradewegs aus dem brasilianischen Dschungel. Ihr Grün leuchtete in kräftigen Tönen.

»Ganz schön schwer, das Ding.« Ächzend wuchtete Sylvia Gerlach den Präsentkorb auf einen der beiden Schreibtische, während Rössner Florian auf einem Holzstuhl Platz anbot. Florian kam der Aufforderung nicht sofort nach, denn ein an einer Pinwand befestigter riesiger Stadtplan hatte seine Aufmerksamkeit geweckt. Interessiert betrachtete er die darin steckenden, farbigen Pfeilspitzen.

»Die Wohnorte der Kölner Opfer?« Er sah sich über die Schulter nach Rössner um, der, ohne zu antworten, seinen Mantel auszog und ihn in einen schmalen Schrank in der Zimmerecke hängte. Rössners Gesichtsausdruck war zu entnehmen, dass es sinnlos war, die Frage erneut zu stellen. Aus einem Grund, der ihm selbst nicht klar war, fühlte Florian sich veranlasst zu sagen: »Als Journalist interessiert man sich nun mal für Vieles.«

»Jetzt reden wir erst mal über das hübsche Körbchen, das Sie uns mitgebracht haben. Nehmen Sie Platz.« Rössner machte eine unmissverständliche Geste und Florian kam der Aufforderung, sich zu setzen, unmittelbar nach.

Rössners klare Augen, die von Intelligenz zeugten, sahen ihn mit leichtem Spott an. »Ist ja ein Mordskorb.«

Florian verkniff sich eine Erwiderung. Rössner zog den Präsentkorb über den Schreibtisch zu sich heran, streifte dünne Kunststoffhandschuhe über, die er aus einer der beiden Schreibtischschubladen gezogen hatte, nahm das Kuvert aus dem Korb und las die Worte, die Florian inzwischen auswendig kannte, laut vor. »›Und jetzt stellen Sie sich mal vor, Sie müssten in Zukunft vor allem, was Sie essen, so viel Angst haben wie vor diesem Körbchen … Aber keine Sorge. Das hier ist alles sauber. Bon Appétit!‹«

Der Kriminalhauptkommissar räusperte sich. Nachdem er die Briefkarte eingehend begutachtet hatte, sagte er: »Die Buchstaben sind aus Zeitschriften ausgeschnitten und zusammengeklebt worden.«

»Ja«, sagte Florian.

Marco Rössner nahm den Inhalt des Korbes in Augenschein. »Irgendetwas davon gegessen? Sieht gar nicht so schlecht aus, was da drin ist. Pastete, Pralinen, Weißwein …«

Florian schüttelte den Kopf. »Nichts, absolut gar nichts.«

»Ich hätte an Ihrer Stelle auch die Finger davon gelassen«, sagte er.

Sylvia Gerlach, die Florian genau beobachtete, setzte sich seitlich von ihm auf den Schreibtisch, ein Bein über das andere geschlagen.

»Irgendeine Ahnung, wer sich diese nette Idee hat einfallen lassen?«

Wieder spürte Florian die Herablassung in Rössners Blick. »Keine Ahnung – das heißt, eine Vermutung, mehr aber auch nicht.«

»Und?«

»Vielleicht ist der Korb ein Präsent des anonymen Anrufers, von dem ich Ihnen bereits nach der Pressekonferenz kurz berichtet habe. Dem Mann, der mich und auch Max am Montag angerufen hat. Vielleicht stammt der Korb aber auch von dem unbekannten Gast aus dem Fitnessstudio, mit dem mein Freund zuletzt gesehen wurde. Vielleicht hat der ihn ja umgebracht.«

»Wir wissen, dass Sie mit Dr. Sinzig gesprochen haben. Er hat uns darüber informiert.« Marco Rössner beobachtete Florian genau. »Vielleicht haben Sie recht und es gibt tatsächlich Zusammenhänge. Vielleicht handelt es sich bei dem unbekannten Anrufer, dem Mann aus dem Fitnessstudio und demjenigen, der den Präsentkorb vor Ihre Tür gestellt hat, um ein und dieselbe Person. Vielleicht aber auch nicht. Vielleicht wurde Max Kilian tatsächlich umgebracht. Aber was wäre das Motiv?« Rössner sah Florian an.

Florian überlegte nicht lange und berichtete alles, was er seit Max' Tod in Erfahrung gebracht hatte. Er erzählte von Max' Recherchen, den Jugendbandenchefs Garcia Marquez und Alex Weyer, dem bevorstehenden Drogendeal, von dem er noch nicht wusste, wann er stattfinden sollte, von Daniel Fletters und dem Rotwein aus Dernau, und dass er vermutete, dass die Opfer vielleicht genau diesen Wein getrunken hatten. Nachdem Florian geendet hatte, schwieg Rössner eine ganze Weile.

»Da waren Sie ja ganz schön fleißig«, sagte er. »Aber jetzt bleiben Sie mal bitte schön zu Hause auf dem Sofa sitzen. Marquez und Weyer sind nicht ungefährlich. Das ist mein Ernst.«

Florian nickte und der Hauptkommissar strich sich übers Kinn, das ebenso unrasiert war wie sein eigenes.

»Wissen Sie eigentlich, wann genau der Unbekannte bei Max Kilian angerufen hat?«

»Es muss Montag vor 8 Uhr morgens gewesen sein. Max war noch zu Hause. Ich erhielt seinen Anruf gegen 8 Uhr.«

Marco Rössner machte sich eine Notiz und erhob sich von seinem Platz hinterm Schreibtisch. »Wissen Sie, worüber die beiden sich unterhielten?«

»Als Unterhaltung würde ich das nicht bezeichnen. Im Prinzip sagte der Mann zu Max das Gleiche wie zu mir. Keine Sendung über die Krankheitsfälle, oder es würde uns schlecht ergehen. Wie ich bereits erwähnte, die Stimme klang sehr jung.«

»Wie jung?«

»So zwischen 20 und 25 vielleicht.«

»Rufen Sie sich die Stimme wieder ins Gedächtnis. Oft erinnert man sich erst nach Tagen oder Wochen an einen Namen.« Rössners Stimme klang routiniert, so, als gehöre dieser Satz zu seinem Standardrepertoire.

»Vielleicht gehört die Stimme zu einem jungen Mann mit Pferdeschwanz.«

Rössner blickte überrascht auf.

»Ich glaube, ich werde beobachtet«, erklärte Florian und erzählte von seiner Begegnung mit dem Pferdeschwanzträger vor dem rechtsmedizinischen Institut und an der Bahnstation. Er gab eine detaillierte Beschreibung, während Sylvia Gerlach sich dazu Notizen machte.

»Wenn er Ihnen erneut begegnet und Sie den Eindruck haben, er würde sie verfolgen, rufen Sie an« sagte Rössner.

Florian nickte. Das war ein Befehl.

»Apropos. Sie waren in der Wohnung ihres Freundes?«

»Ja.« Florian gab es ohne Umschweife zu. »Nachdem ich erfahren hatte, dass Max gestorben war, wollte ich in Ruhe von ihm Abschied nehmen. In seinen eigenen vier Wänden, nicht in der Leichenhalle.« Florian spürte, wie der Kloß, der seit Max' Tod seine Kehle blockierte, größer wurde.

»Und dazu gehört, dass Sie seinen Anrufbeantworter abhören und Dinge mitnehmen, die für unsere Ermittlungsarbeit relevant sein könnten?«, mischte Sylvia Gerlach sich ein.

»Bis vor Kurzem hieß es doch immer, er sei an Herzversagen gestorben?« Florians Stimme drohte zu kippen.

»Beantworten Sie bitte Frau Gerlachs Frage«, sagte Rössner.

Florian ließ einige Sekunden verstreichen. »Ich habe nichts aus der Wohnung mitgenommen.« Er streckte die Beine aus, faltete die Hände über dem Bauch und sah von Sylvia Gerlach zu Marco Rössner. »Und jetzt beantworten Sie mir bitte auch eine Frage.«

Die beiden Staatsbeamten zogen die Augenbrauen hoch.

»Seit wann genau wissen Sie, dass Max Kilian eines unnatürlichen Todes gestorben ist?« Mit ernstem Gesichtsausdruck sah Florian die Kommissare an.

Sylvia Gerlach schwieg. Marco Rössner schien zunächst unschlüssig, ob er antworten sollte. »Von Wissen kann nicht die Rede sein. Wir vermuten es genau genommen seit gestern Nachmittag.«

»Nicht schon eher?«

»Nein, erst nachdem Dr. Sinzig uns über Ihren Besuch in Kenntnis gesetzt hatte. Wie Sie sich denken können, wäre es mir lieber gewesen, Sie hätten sich gleich an uns gewandt und nicht erst an den Rechtsmediziner.« Rössner gab sich Mühe, nicht allzu unfreundlich zu klingen, aber Florian merkte ihm seinen Ärger deutlich an. »Wir suchen jedoch nicht erst seit gestern nach dem verdächtigen Mann aus dem Fitnessstudio«, sagte er. »Bilden Sie sich bloß nichts ein. Wir haben bereits ein Phantombild anfertigen lassen. Morgen erscheint es in der Presse.« Rössner gesellte sich zu Sylvia Gerlach ans Fensterbrett. Beide verschränkten beinahe zeitgleich das rechte vor dem linken Bein und kreuzten synchron vor dem Oberkörper die Arme, was ein seltsames Bild der Eintracht vermittelte und bei Florian beinahe einen Lachreiz auslöste.

»Kennen Sie eines der anderen Opfer?«, fragte Marco Rössner.

Florian schüttelte den Kopf. Dass er mit Yvonne Kosuczek gesprochen hatte, verschwieg er. Rössner würde seinen Besuch in der Takustraße nur als weitere Einmischung in die Ermittlungsarbeiten interpretieren.

Sylvia Gerlach schlenderte zurück zum Schreibtisch, setzte sich darauf und ließ die blau behosten Beine baumeln. Sie sah Florian an: »Kaffee?«

Bevor er Ja sagen konnte, wies Rössner seine Kollegin zurecht. »Das hat Zeit.«

Florian stutzte. Er sah hinüber zur Kommissarin, aber außer einem leichten Zucken um ihre Mundwinkel herum zeigte sie keinerlei Reaktion auf die Machtdemonstration ihres Chefs.

»Wir werden Ihren Festnetzanschluss und Ihr Handy anzapfen. Vielleicht meldet sich der Unbekannte ja noch einmal«, sagte Rössner.

Florian überlegte einen Moment, dann nickte er zustimmend. In diesem Fall schien ihm eine Abhöraktion gerechtfertigt zu sein.

Der Kriminalhauptkommissar wandte sich an seine Kollegin. »Kümmere dich bitte darum. Die Nummern haben wir ja.«

»Geht in Ordnung. Darum auch?« Sylvia Gerlach deutete auf den Korb und Rössner nickte. Mit erhobenem Kopf verließ sie, den Präsentkorb in der Hand, den Raum. Florian lächelte ihr aufmunternd zu. Er wünschte sich, dass Rössners Machogehabe ihr nichts anhaben würde. Als die Tür sich hinter der Kriminalkommissarin geschlossen hatte, bemerkte er, dass Rössner ihn beobachtete. Nach einer Weile setzte Rössner sich in Bewegung und kam so dicht an ihn heran, dass Florian die unterschiedlich großen Poren seiner Haut sehen und sein Aftershave riechen konnte. Unwillkürlich wich er auf seinem Stuhl ein Stück zurück.

»Warum haben Sie sich nicht früher gemeldet?«, herrschte Rössner ihn an.

Sein warmer Atem schlug Florian entgegen, woraufhin Florian die Zähne zusammenbiss, ohne eine Antwort zu geben. Es vergingen einige Sekunden, und es kam ihm so vor, als würde das Schweigen zwischen ihm und Rössner die Luft aufladen. Insgeheim rechnete er jeden Augenblick damit, Funken fliegen zu sehen, ein kleines rotgelbes Feuerwerk, aber nichts dergleichen geschah.

Irgendwann trat Rössner einen Schritt zurück. »Also gut. Sie haben Ihre Gründe und wollen nicht darüber reden.« Er fixierte Florian mit undurchdringlicher Miene. »Sie können jetzt gehen, aber halten Sie sich zu unserer Verfügung.« Marco Rössner setzte sich wieder an den Schreibtisch und beschäftigte sich mit einem Stoß Papieren.

»Das heißt?«

Rössner sah kurz auf. »Bleiben Sie erreichbar. Und noch etwas. Wir lösen alle Fälle.«

33

›Wann findet der Deal statt? Gruß Florian‹

Florian drückte auf ›Senden‹ und wartete auf das leise Piepsen, das ihm bestätigte, dass die SMS erfolgreich an Garcia verschickt war.

Jana war völlig versunken in ihre Arbeit. Sie hatte weder bemerkt, dass Florian ihr Büro betreten hatte, noch dass er sie beobachtete. Sie saß am Computer, ihre Finger flogen über die Tastatur.

»Jana?«

Sie sah auf. Eine leichte Röte überzog ihr Gesicht, als sie registrierte, dass Florian im Zimmer stand. »Na, wie war's bei Rössner?«

»Ich glaube, der ist nicht gut auf mich zu sprechen.« Florian grinste.

»Kein Wunder. Ich komme übrigens nicht mit nach Dernau. Nach gestern Abend halte ich das für keine besonders gute Idee.«

Florian seufzte. »Komm, sei kein Frosch.«

»Das bist wohl eher du.« Jana schien amüsiert. »Leider ohne Prinzenpotenzial.«

Das war starker Tobak. Florian schluckte.

»Warum willst du mich unbedingt dabei haben?«, fragte sie.

»Weil die Fahrt mit dir zusammen bestimmt Spaß macht.« Nach einem Moment fügte Florian hinzu: »Um ehrlich zu sein, ich bin gern mit dir zusammen. So einfach ist das.« Sie sahen sich an.

»Wann willst du los?«, fragte sie.

»Morgen früh um zehn. Ich bin Mitglied in einem Kölner Carsharing-Unternehmen und habe einen Wagen reserviert. Heute ist es einfach schon zu spät. Bis wir in Dernau wären, säßen die Winzer längst beim Abendbrot.«

»Hm.«

»Was ist?«

»Also gut, ich überlege es mir. Falls ich doch mitkommen sollte, schicke ich dir eine SMS.« Jana schaltete kurz entschlossen den Computer aus. »Jetzt ist Feierabend. Ich habe genug für heute.«

Florian fühlte sich auf einmal gut. So gut, dass er fragte: »Hast du etwas dagegen, wenn ich dich noch zur U-Bahn begleite?«

Sie schüttelte den Kopf. Er nahm ihre Wildlederjacke, die am Schrank hing, vom Bügel und beobachtete, wie sie in die Jackenärmel glitt. Das Wildleder unter seinen Händen fühlte sich butterweich an. Wie um den Stoff zu glätten, strich Florian über Janas Schultern.

Sie kamen an Curts Büro vorbei und sahen durch die geöffnete Tür Theo, der hinter Curts Schreibtisch saß und telefonierte. Als Theo ihre Stimmen hörte, deckte er mit der einen Hand die Muschel ab, winkte ihnen zu und rief säuselnd: »Schönes Wochenende, ihr Lieben!«

Sie mussten unwillkürlich lachen.

»Dito, Süßer«, flötete Florian zurück, dankbar für die Ablenkung.

Sie traten auf die Straße und gingen langsam zur U-Bahn. Verstohlen sahen sich die beiden von der Seite an, Jana nestelte nervös mit einer Hand an ihrem Jackenkragen.

»Ich habe mich übrigens mal wegen Curt umgehört und einiges von Katja erfahren«, sagte sie.

»Und?« Florian blieb mitten auf dem Bürgersteig stehen.

»Curt hat eine ziemlich unglückliche Familiengeschichte. Sein Vater sitzt im Rollstuhl. Seine Mutter, geborene Seeland, ließ sich von seinem Vater scheiden, ein Jahr, nachdem er einen Verkehrsunfall hatte.«

»Oh.« Florian war betroffen.

Sie setzten sich wieder in Bewegung.

»Und nun kommt's. Magda Frings, Gattin des Firmeninhabers von Chocolat Royal Suisse, ist eine geschiedene Kasten.«

»Dann ist sie also Curts Mutter.« Florian strich sich über das Kinn.

»Und ihr Bruder, ein gewisser Paul Seeland, leitet die Entwicklungsabteilung bei Chocolat Royal Suisse«, sagte sie.

Jana und Florian stiegen die Treppen zum U-Bahn-Schacht hinunter.

»Wenn Magda Frings tatsächlich Curts Mutter ist, würde dies bedeuten, dass Curt einen Bezug zu dem Konzern hat.« Jana sah Florian an.

»Ja. Interessanterweise führt seine Mutter gerade einen Kampf um das Familienerbe«, sagte Florian.

»Woher weißt du das?«

»Von Eddie, er hat die Familienverhältnisse bei Chocolat Royal Suisse für eine Story im Kölner Blick unter die Lupe genommen. Magda Frings lässt derzeit wohl nichts unversucht, die Kinder aus der ersten Ehe ihres Gatten kalt zu stellen.«

»Scheint ja ein echtes Biest zu sein«, sagte Jana.

»Die Verbindung zu Chocolat Royal Suisse würde immerhin sein Interesse an Max' Laptop erklären, denn wenn Max herausgefunden hätte, dass die Schokolade die Krankheitsfälle verursacht, wäre dem Konzern mit Sicherheit ein nicht unerheblicher wirtschaftlicher Schaden entstanden.«

»Und der hätte indirekt auch Curts Mutter und Curt getroffen«, führte Jana den Gedanken fort. »Soweit ich von Katja weiß, hat er ein gutes Verhältnis zu seiner Mutter.«

Florian nickte, das Donnern der Bahn war schon zu hören. Gleich würde Jana, die eine Armlänge von ihm entfernt stand, verschwunden sein. Florian konnte die Kluft, die der gestrige Abend zwischen ihnen geschaffen hatte, deutlich spüren, aber jeder Versuch, die Befangenheit einfach mit einer lockeren Geste zu übergehen, würde lächerlich wirken und so sagte er zum Abschied bloß: »Vielleicht sehen wir uns morgen. Ich würde mich freuen.«

34

Dernau an der Ahr war umgeben von Weinbergen. Florian fand, dass der Ort, der im strahlenden Licht der Vormittagssonne vor ihnen lag, zu Recht als Perle des Weinbaugebietes bezeichnet wurde. Die schmalen Fachwerkhäuser und die gepflegten Gassen, über die an verschiedenen Stellen Weinreben rankten, vermittelten ein sehr idyllisches Bild. Im Sommer schmückten üppig bepflanzte Balkonkästen die Häuser, was die freundliche Ausstrahlung des Ortes noch unterstrich, doch die vielen Tonenten, Keramikhühner, Kürbisse und Jutefiguren, die die Hauseingänge im Wechsel der Jahreszeiten zierten, irritierten ihn. Er wusste, es war ganz und gar ahr- und eifeltypisch, Haus und Grundstück zu dekorieren, aber das Wie war nicht unbedingt nach seinem Geschmack. Er war so gesehen eben ein typischer Mann.

Florian musste lächeln, er fühlte sich heute gut, denn er war nicht allein unterwegs. Jana war bei ihm. Am frühen Morgen hatte sie ihm per SMS mitgeteilt, dass sie mitkäme, und seine Stimmung hatte sich schlagartig aufgehellt. Jetzt, wo sie gemeinsam durch die engen Gassen Dernaus schlenderten, am Pfarrgarten entlang, wo die alte Weinpresse stand, fühlte er sich so beschwingt, dass er sich wünschte, es gäbe einen anderen Anlass für ihren Ausflug. Trotz der leichten Befangenheit, die zwischen ihnen herrschte, und trotz seiner inneren Stimme, die ihn zur Zurückhaltung mahnte, wäre er gern mit ihr, völlig unbeschwert, den ganzen Tag durch die Weinberge spaziert. Kurz entschlossen führte er sie an der Kirche vorbei hin zur Gutsschenke eines bekannten Dernauer Winzers. So viel Zeit musste sein. Er lud sie zum Essen ein, und das Glas Wein, das sie tranken, trug dazu bei, dass sich die Stimmung zwischen ihnen zunehmend auflockerte.

Als sie etwa eine Stunde später in Daniel Fletters karg bestücktes Schaufenster blickten, fragte Florian: »Habe ich dir eigentlich erzählt, dass Fletters' Name auch auf Max' Telefonliste auftaucht?«

Jana nickte.

»Und dass ich glaube, dass er den unetikettierten Wein unter die Leute brachte? Ich habe ihn vermutlich auch schon getrunken.«

Jana starrte ihn an. »Und dir geht es gut?«

Florian war sich sicher, dass Janas Stimme nicht die geringste Spur eines spöttischen Untertons enthielt. »Bestens, aber das ist es ja. Es passt nicht ins Bild.«

»Du meinst, es müsste dir schlecht gehen, wenn der Wein etwas mit den Krankheiten zu tun haben sollte?«

»Genau, aber mir geht es blendend. Vielleicht habe ich aber schlicht und ergreifend auch nur zu wenig davon getrunken.«

Florian drückte die Türklinke herunter, doch die Tür, die in das Geschäft führte, war verschlossen. Er trat einen Schritt zurück. Den Kopf in den Nacken gelegt, blickte er die Hausfassade entlang nach oben, um festzustellen, ob sich vielleicht hinter einem der rechteckigen und etwas schmuddelig aussehenden Fenster Daniel Fletters verborgen hielt. Er drückte auf die Klingel neben Fletters' Namensschild, aber es tat sich nichts. Nachdem er erneut geklingelt hatte, öffnete sich im zweiten Stock des Mehrfamilienhauses ein Fenster. Eine alte, dünne Frau beugte sich heraus.

»Der hat seinen Laden schon seit Tagen nicht mehr betreten«, rief sie mit brüchiger Stimme. »Arbeitsmoral kennt der nicht.« Sie sah Jana und Florian misstrauisch an. »Wollen Sie was kaufen?«

»Im Prinzip ja«, log Florian. »Daniel Fletters soll schöne Tische bauen.«

»Die Miete ist er mir schuldig, schon seit drei Monaten«, schimpfte die Alte. »Zeiten sind das. Aber versuchen Sie es mal auf dem Nippeser Markt in Köln, vielleicht haben Sie Glück und finden ihn dort.« Ohne ein weiteres Wort schloss sie das Fenster. Mit zittriger Hand zog die alte Frau die Gardine zu und verschwand in der Tiefe des Raumes.

Die beiden sahen sich perplex an. Florian angelte den Ortsplan aus seiner Jackentasche, faltete ihn auseinander, zeigte nach links und sagte entschlossen: »Zu Schäfer geht es hier entlang. Er ist einer der kleineren Winzer hier, mit dem fangen wir an.«

Nachdem er mehrfach ergebnislos den schmiedeeisernen Türklopfer betätigt hatte, stemmte er sich mit der Schulter gegen das große grüne Hoftor.

»Pass auf, dass du dir deine zarten Knochen nicht brichst«, flüsterte Jana.

Florian grinste.

Sie sahen sich prüfend um und hofften, dass niemand sie beobachtete, immerhin waren sie gerade im Begriff, sich unerlaubt Zutritt zu einem fremden Grundstück zu verschaffen. Mit einem leisen Knarren gab das Tor nach. Jana folgte ihm auf den grau gepflasterten Hof, auf dem mehrere verrostete Schubkarren herumstanden. Einige waren gefüllt mit verrottendem Laub und Erde, andere enthielten Steine, die ganz offenbar für den Bau der Mauer herbeigeschafft worden waren, die die Grenze zum Nachbargrundstück bildete. Außer ihnen beiden war kein Mensch weit und breit zu sehen.

Linkerhand lag ein Wohnhaus. Auf dem sehr alt wirkenden und tief heruntergezogenen, an manchen Stellen verkürzten Dach wuchs Moos. Eine Hundehütte befand sich rechts vom Haus, sie war leer, doch ein halb mit Wasser gefüllter Napf und eine auf dem Boden liegende lange Kette mit kräftigen Gliedern wiesen darauf hin, dass hier ein großer Hund lebte.

»Ich sehe das Ungeheuer direkt vor mir«, sagte Jana.

»Keine Angst. Man nennt mich auch den Hundeflüsterer«, raunte Florian und gab ihr ein Zeichen, ihm zum Wohnhaus zu folgen. Die Brust durchgedrückt, ging er voran. Kaum hatten sie die Haustür erreicht, öffnete sie sich und heraus trat ein Mann Mitte 50 in angeschmutzter, schwarzer Cordhose und dunkelgrüner Strickjacke, knapp zwei Meter groß und kräftig. Ihm folgte ein Mann, der im Vergleich einen wesentlich gepflegteren Eindruck machte. Florian fiel unter dem offen getragenen Trenchcoat eine breite, dunkelgrau und orange gestreifte Krawatte ins Auge, die auf die modischen Ambitionen ihres Trägers verwies.

»Wie sind *Sie* denn hereingekommen?«, fragte der Mann in Cordhose unfreundlich.

»Das Tor stand offen, und da dachten wir …« Florian sah ihn unschuldig an, streckte die Hand aus, stellte sich und Jana vor und sagte: »Wir arbeiten für Diens-Talk und planen eine Sendung über Winzer an der Ahr.«

»Diens-Talk?« Der städtisch aussehende Mann strich sich über seine spärlichen grauen Haare und trat einen Schritt vor. Florian schätzte ihn ebenfalls auf Mitte 50.

»Die wöchentliche Talkshow«, erklärte Jana. »Haben Sie doch sicher schon einmal gesehen. Jeden Dienstag von 21 bis 22 Uhr.«

»Ist mir ein Begriff«, erwiderte der Mann kurz angebunden.

»Es war doch neulich erst ein Kollege von Ihnen hier, vor einer Woche«, sagte der Cordhosenträger.

Florian wurde blass. »Max Kilian?« Hier waren sie also richtig.

»Ja, so hieß er, glaube ich. Wollte auch mit mir über eine Sendung zum Thema Weinbau sprechen. Warum kommen jetzt *Sie*?«

»Max Kilian ist leider verhindert«, antwortete er schnell.

Ihm fiel auf, dass Jana heftig mit den Augen blinzelte, als sie langsam hinzufügte: »Er ist tot.«

Beide Männer starrten Jana an. Niemand sagte ein Wort, bis sich der Mann in Cordhose laut räusperte und fragte: »Und wie soll die Sendung über Ahr-Winzer aussehen?«

Seinem Verhalten nach zu urteilen, war er offensichtlich der Hausherr. Florian wunderte sich darüber, dass keiner der beiden sein Beileid aussprach.

»Wir führen Interviews mit größeren und kleineren Winzern durch, um zu erfahren, wie ein Weinbauer hier so lebt. Welche Reben er anpflanzt, welche Freuden und welche Mühen er hat. Natürlich auch, um zu erfahren, wie lukrativ der Weinbau in Dernau und in Weinorten wie Mayschoß, Rech und Kreuzberg ist, verglichen mit den Erträgen in anderen deutschen Weinbaugebieten«, sagte Florian.

»Das hängt im Wesentlichen von der Qualität vergleichbarer Weine, der Lage und dem Sommer ab«, erwiderte der Mann in Cordhose. »Ob die Reben viel Sonne hatten, wie es mit der Feuchtigkeit bestellt war und so weiter«, fuhr er fort. »Wir bauen in erster Linie Spätburgunder an, aber wenn man als kleiner Nebenerwerbswinzer nicht so viele Rebstöcke hat, ist es natürlich besonders schwer, mit der Konkurrenz mitzuhalten.«

Florian bemühte sich um einen vertrauenerweckenden, freundlichen Ton. »Sind *Sie* Horst Schäfer?«

Der Cordhosenträger nickte.

Florian atmete auf, als Schäfer sagte: »Ist vielleicht gar nicht verkehrt, so eine Sendung über uns. Was wissen Sie eigentlich über Weinbau?«

»Tatsächlich nicht viel«, antwortete Florian. In der Praxis hatte er oft die Erfahrung gemacht, dass Menschen immer dann richtig warm wurden, wenn man ihnen die Gelegenheit gab, ihr Wissen unter Beweis zu stellen. Außerdem wollte er alles wissen, was auch Max hier in Erfahrung gebracht hatte. Deshalb lächelte er Horst Schäfer freundlich an. »Es wäre nett, wenn Sie mir möglichst viel erzählen. Ich hoffe, es macht Ihnen nicht allzu viel Mühe …«

Schäfer wandte sich dem Mann in städtischer Kleidung zu. »Eine Sendung über uns könnte sicher nicht schaden, was, Burkhard?«

»Hm«, sagte der Angesprochene. Er machte auf Florian einen nervösen Eindruck.

»Burkhard Weidner, ein alter Freund«, sagte der Winzer.

»Ich möchte nicht unhöflich sein, aber ich muss mich leider schon verabschieden. Barbara wartet.« Weidner lächelte entschuldigend in die Runde.

»Seine Frau«, erklärte Horst Schäfer, während sein Freund Florian und Jana rasch die Hand reichte, zur Begrüßung gleichermaßen wie zum Abschied.

Florian beobachtete, wie Burkhard Weidner den Winzer mit einem indifferenten Blick bedachte, bevor er mit eiligen Schritten den Hof verließ. »Dann zeige ich Ihnen mal den Weinkeller.«

Florian und Jana folgten ihm durch einen schmalen Hausflur hinunter in einen geräumigen, dunklen und kühlen Raum, in dem zwischen weiß gekalkten Wänden mehrere Behälter lagerten.

»Hier sehen Sie die 1.000 und 2.000 Liter Tanks, da drüben liegen meine Barrique-Fässer, da ist Rotwein drin. Ein Weißwein braucht den zusätzlichen Holzton nicht.« Horst Schäfer deutete mit dem Finger nach vorn, ging zielsicher auf einen der Tanks zu und strich liebevoll darüber: »Jahrgang 2007, war hier bei uns ein ganz hervorragendes Jahr.«

»Ein Riesling«, sagte er mit einem Seitenblick auf Florian. Er zeigte auf die hintere Hälfte des Kellers. »2008 war ebenfalls ein gutes Jahr, der Spätburgunder kann sich sehen lassen, obwohl wir mit zu einem der nördlichsten Anbaugebiete Deutschlands zählen.« Schäfer ging weiter. »Unsere Lage ist nicht die schlechteste.« Er deutete auf das Fass, an dem sie eben vorbeiliefen. »Der 2007er hat mittlerweile die optimale Reife erreicht und kommt bald in den Verkauf. Der 2008er braucht noch etwas Lagerzeit, der kommt erst im Sommer auf den Markt. Wie wäre es nachher mit einer kleinen Probe?«

Beide tauschten einen kurzen Blick aus, bevor Florian zustimmend nickte. »Gern.«

»Da drüben liegt er.« Schäfer zapfte aus einem Fass etwas Flüssigkeit in einen Krug. Er erklärte: »Wenn wir den 2008er abgefüllt haben, bleibt er noch ein paar Wochen in der Flasche liegen, bevor er in den Verkauf kommt. Tut der Harmonie des Weines gut.«

»Und im Moment ist mit Sicherheit nichts davon auf dem Markt?«

Schäfer sah Florian verblüfft an. »Nein, das sagte ich doch bereits.«

Sie setzten den Kellerrundgang fort, Schäfer ging ihnen voran.

»Wie viel Hektar bewirtschaften Sie insgesamt?«, wollte Florian wissen.

»Um die drei.«

»Viel Arbeit. Helfen Frau und Kinder mit?«

»Meine Frau ist mein Kellermeister, aber meine Tochter interessiert sich nicht für den Winzerberuf. Allerdings kommt sie langsam auf den Geschmack.« Schäfer lächelte und führte sie nicht ohne Stolz in die kleine Probierstube, die gegenüber dem Weinkeller lag und urig mit Holzmöbeln eingerichtet war. Er goss aus dem Krug zwei Gläser halb voll ein und bot erst Jana, dann Florian davon an. Die beiden wechselten einen kurzen Blick, und Florian registrierte das auffallende Rot des Weins. »Das ist der 2008er Spätburgunder, er muss, wie gesagt, noch etwas liegen, bevor er abgefüllt und verkauft wird, schmeckt aber jetzt schon ganz hervorragend. Die Stöcke stehen an einer der besten Lagen, am Pfarrkloster. Da würde ich gern etwas mehr anbauen.« Horst Schäfer, der sich inzwischen auch etwas eingeschenkt hatte, prostete ihnen zu. Jana und Florian nippten. »Wir haben hier Grauwacke- und Schieferverwitterungsböden, die die Wärme hervorragend speichern, und so beste Bedingungen für die Entwicklung der Spätburgunder Trauben schaffen.«

»Das schmeckt man«, sagte Florian anerkennend.

Erfreut nahm Horst Schäfer weitere Gläser aus dem Regal und schenkte einen anderen Wein ein, diesmal einen 2007er Blanc de Noir.

Florian steckte seine Nase tief in das Glas. »Duftet gut.« Vorsichtshalber nahm er nur einen kleinen Schluck, was bei Weinproben durchaus üblich war.

Der Winzer hielt das Glas dicht vor seine Augen, probierte ebenfalls und atmete tief durch.

»Seit wann sind Sie Winzer?«, fragte Jana.

»Seit ich denken kann. Ich habe den Betrieb von meinem Vater geerbt. Wir müssen hart arbeiten, im Nebenerwerb ist es recht anstrengend. Gut, ich will mich nicht wirklich beschweren, aber andere Winzer hier in der Gegend verdienen erheblich besser.« Horst Schäfers Stimme hatte einen gepressten Klang angenommen. »Die haben ja auch genug Geld für ein ordentliches Marketing. Mein Unternehmen ist dafür zu klein, das gibt meine Betriebsgröße noch nicht her. Ich muss mich eben um alles selbst kümmern. Glücklicherweise habe ich aber einen guten Draht zur Forschungsanstalt für Weinbau.«

»Und der gute Draht ist wichtig?«, hakte Jana nach.

»Sicher, wenn es zum Beispiel um Neuentwicklungen von Hefen geht. Die Forschungsanstalt verwendet aber auch viel Mühe darauf, Reben zu züchten, die den hiesigen Verhältnissen optimal angepasst sind.«

»Erfolgreich?«, wollte Florian wissen.

Schäfer drehte Florian und Jana den Rücken zu und beschäftigte sich damit, eine weitere Flasche Wein zu öffnen. »Ja, immer wieder. Momentan sind sie dabei, Pflanzen zu züchten, die noch gehaltvollere Trauben mit mehr Inhaltsstoffen liefern als bisher und die natürlich schädlings- und pilzresistent sind. Die einfach qualitativ hochwertiger sind als die jetzigen Reben.«

»Da würde ich gern mehr drüber wissen«, sagte Florian.

Schäfer schenkte ein. »Setzen Sie sich mit der Forschungsanstalt in Verbindung, die können Ihnen mehr dazu sagen.«

»Wo hat die Forschungsanstalt ihren Sitz?«, fragte Jana.

»In Mainz.«

S wie Schäfer, D wie Dernau, FW wie Forschungsanstalt für Weinbau, dachte Florian und hatte die Einträge in Max' Terminkalender vor Augen. »Wie heißt das Institut?«

»›Agrotecc Laboratories‹.« Schäfers Antwort kam zögernd. Die englischen Wörter gingen ihm nur schwer über die Lippen.

Florian bat um ein paar Flaschen Wein für zu Hause, und der Winzer erklärte sich überraschenderweise dazu bereit, auch von dem noch nicht abgefüllten 2008er Spätburgunder eine Flasche einzupacken. Er verließ die Probierstube, und als er außer Sicht- und Hörweite war, flüsterte Jana: »Hoffentlich fallen wir nicht gleich tot um.«

Florian blinzelte. »Glaube ich nicht, wir haben nur genippt. Oder ist dir etwa nicht gut?« Aufmerksam betrachtete er Jana, aber zu seiner Beruhigung schüttelte sie den Kopf. Er trat zum Wandregal, in dem neben Gläsern und Flaschen ein Ordner stand. Kurzerhand griff er danach und blätterte ihn durch.

»Beeil dich«, flüsterte Jana. »Schäfer kann jeden Augenblick zurückkommen.«

»Hier ist ein Vertrag, zwischen ›Agrotecc Laboratories‹ und …«

»Er kommt!«, wisperte sie.

Florian beeilte sich, den Ordner wieder an seinen Platz zurückzustellen. Das schmatzende Geräusch, das Schäfers Sohlen auf dem Steinfußboden verursachten, kam näher, und plötzlich stand der Winzer im Türrahmen, in der Hand eine Tüte mit drei Weinflaschen. Er wollte kein Geld dafür annehmen, jeder Versuch war zwecklos.

Als sie auf den Hof hinaustraten, wurden sie empfangen von wildem Gebell. Der Hund war groß und schwarz und tobte an seiner Kette, die rasselnd über den Boden schleifte. Als sie an ihm vorbeigingen, versuchte er, nach ihnen zu schnappen. Jana umklammerte Florians Arm.

»Emma ist ein scharfes Mädchen«, sagte Horst Schäfer stolz. »Sie beißt aber nur, wenn ich es ihr sage.«

35

Auf dem Nippeser Markt herrschte, obwohl bereits später Nachmittag war, immer noch reges Treiben. Zwischen den engen Reihen drängten sich die Menschen, um die verschiedenen Stände mit Lebensmitteln unterschiedlichster Herkunft, die Textilien und den Trödel in Augenschein zu nehmen. Man konnte meinen, halb Köln sei heute auf den Beinen. Daniel Fletters trug eine Daunenjacke und rieb die klammen Hände gegeneinander. Seit dem Morgen stand er hier mit seinen Möbeln, und inzwischen war er richtig durchgefroren. Infolge der mangelnden Bewegung und der niedrigen Außentemperatur trotz Sonnenschein war seine Stimmung stündlich gesunken. Mittlerweile tendierte sie gegen Null. Er hatte bis eben nur einen kleinen Beistelltisch und zwei Stühle für insgesamt 120 Euro verkauft, und in einer Stunde würde er bereits wieder einpacken. Fletters dachte daran, dass er demnächst wohl Hartz IV beantragen müsste, wenn sein Geschäft nicht bald besser lief. Während er missmutig seinen Gedanken nachhing, beobachtete er einen Mann, der sich für einen Esstisch aus Eiche zu interessieren schien. Nervös rückte er seinen Firmenaufsteller mit dem Schriftzug ›Fletters Exquisite Möbel‹ zurecht. Vielleicht würde er doch noch etwas Geld einnehmen.

»Super Holz«, sagte er zu dem Interessenten und

fügte nach einer kleinen Pause hinzu: »Allererste Qualität. Nur geölt.«

»Was soll das Stück kosten?« Florian gefiel der Esstisch tatsächlich. Er nahm die Maserung des Holzes in Augenschein und ertappte sich bei der Überlegung, ob Jana den Tisch auch mögen würde. Über den Abend bei ihm zu Hause hatten sie kein Wort mehr verloren, aber er war erleichtert, dass sich die Befangenheit zwischen ihnen gelegt hatte. Florian seufzte leise. Da hätte er die attraktivste Frau, die ihm seit Katharina begegnet war, haben können und hatte sie verschmäht. Er war ein Idiot.

»800 Euro«, sagte Fletters, Florians Gedanken störend.

»Und in 90 auf zwei Meter?«

»Das haben wir gleich.«

Daniel Fletters nahm Stift und Zettel zur Hand und addierte, subtrahierte, multiplizierte mit gesenktem Kopf ganze Zahlenreihen. Während er rechnete, fand Florian ausreichend Gelegenheit, ihn zu beobachten. Er wunderte sich darüber, wie schmächtig Fletters war und wie ausgezehrt er wirkte. Sein blasses Gesicht machte einen kränklichen Eindruck, so, als ob der Kampf des Lebens ihn trotz seiner maximal 30 Jahre bereits allzu sehr anstrengte.

»Verkaufen sich die Sachen gut?«

»Eigentlich gar nicht so schlecht.« Fletters sah von dem Stück Papier auf. »Aber die Konkurrenz schläft nicht.«

»Das kann ich mir denken.« Florian dachte daran, dass Fletters mit der Miete im Rückstand war.

»Deswegen würde ich Ihnen den Tisch auch für nur 1200 Eier bauen.« Fletters machte einen doppelten Strich unter die Rechnung und sah Florian erwartungsvoll an. »Was sagen Sie dazu? Ein echtes Schnäppchen.«

Florian schnäuzte sich die Nase. »Klingt nicht schlecht. Ich werde darüber nachdenken.«

»Tun Sie das.«

»1.000 Euro?«, fragte Florian.

Fletters lachte laut auf. »Sie wollen mich wohl ruinieren?« Er überlegte einen Moment. »1100, weniger ist nicht drin.«

»Das ist ein Angebot. Ich werde Ihnen nächste Woche Bescheid geben.«

Daniel Fletters reichte Florian eine schlichte, schwarz-weiße Visitenkarte.

Während er sie begutachtete, sagte er wie nebenbei: »Ein guter Bekannter von mir hat sich übrigens auch von Ihnen einen Tisch bauen lassen. Als Dankeschön für den Auftrag haben Sie ihm einen Rotwein geschenkt, den hat er zur Feier des Tages geöffnet. War richtig lecker.«

»Freut mich.«

»Leider trug die Flasche kein Etikett. Was war das eigentlich für ein Wein?« Fletters zuckte mit den Schultern. »Ein Spätburgunder aus Dernau? Wieso interessiert sie das?«

»Ich würde auch gern ein paar Flaschen davon haben. Ich bezahle natürlich.«

»Gute Kunden kriegen schon mal ein Fläschchen geschenkt, aber ich kann Ihnen nichts mehr besorgen.«

»Warum?«

»Ich habe nichts mehr.« Daniel Fletters dachte daran, dass er inzwischen auf Tims Bitten hin die restlichen Flaschen in den Ausguss geleert hatte.

»Schade. Schauen Sie mal, könnte es dieser Wein gewesen sein?« Florian nahm eine Flasche aus der Tüte, die Schäfer ihm mitgegeben hatte und hielt sie Fletters hin. Der schüttelte den Kopf. »Dieser vielleicht?« Florian nahm den unetikettierten 2008er heraus.

»Keine Ahnung, grüne Weinflaschen gibt es viele.«

»Die Flasche hat mir ein Winzer namens Horst Schäfer mitgegeben, ich war heute bei ihm in Dernau.«

Daniel Fletters starrte Florian an.

»Einige der Menschen, die diesen Wein aller Wahrscheinlichkeit nach getrunken haben, sind jetzt tot, andere liegen im Krankenhaus. Es waren allesamt Ihre Kunden oder Freunde Ihrer Kunden.«

»Das glaube ich nicht.« Fletters' Adamsapfel hüpfte auf und ab.

»Es spricht aber vieles dafür. Peter Mallmann, Sportstudent. Er hat bei Ihnen einen Birkenholztisch bauen lassen. Tot. Yvonne Kosuczek, seine Freundin, an sie haben Sie den Tisch geliefert. Tot.«

»Ich erinnere mich.« Daniel Fletters strich sich über die Nase.

»Martin Priebke, Medizinstudent, ebenfalls aus Köln. Er hat eine Birkenholzkommode bei Ihnen gekauft. Tot.«

Daniel Fletters schwieg.

»Max Kilian.«

»Kenne ich nicht. Tot?«

Florian nickte langsam. »Wenn Sie ihn nicht kennen, wieso haben Sie dann mit ihm telefoniert?«

»Ich? Da täuschen Sie sich wohl.«

»Ich habe den Nachweis von der Telefongesellschaft.«

»Hm.«

»Was soll das heißen. Hm?« Florian spie die letzten Buchstaben fast aus.

Daniel Fletters lehnte sich gegen eine Weichholzvitrine und schob die Hände in die Hosentaschen. »Wirklich alle tot?«, fragte er.

»Ja.« Florian atmete tief durch. »Ich will wissen, was Sie mit Max Kilian zu tun hatten. Hat er auch einen Tisch bei Ihnen bestellt?«

»Sind Sie von der Polizei?«

»Nein, aber ich will herausfinden, ob Ihre Kunden und Max Kilian tatsächlich an dem von Ihnen verschenkten Wein gestorben sind. Max Kilian war mein bester Freund.«

Daniel Fletters schluckte. »Also gut. Max Kilian hatte wie Sie den Wein in Verdacht. Er glaubte, dass die Leute hier seinetwegen flach liegen.«

»Wann haben Sie mit ihm gesprochen?«

»Montag vor einer Woche. Er war bei mir in der Schreinerei.«

Derselbe Tag, an dem Max laut Terminkalendereintrag auch bei Schäfer gewesen ist, dachte Florian. Er hielt Daniel Fletters die Namensliste der Erkrankten hin. »Schauen Sie doch bitte mal drauf.«

Daniel Fletters überflog die Liste und schüttelte ratlos den Kopf. »Viele sind tatsächlich meine Kunden. Aber wieso? Ich verstehe das nicht.«

Nach einem Moment fragte Florian: »Haben Sie Max Kilian auch eine Flasche Wein gegeben?«

»Nein, aber er hat danach gefragt.«

Florian runzelte die Stirn. »Und?«

»Ich hatte nichts mehr. Kann man mich etwa wegen dem Zeug drankriegen? Ich habe den Wein nicht vergiftet oder so was, das müssen Sie mir glauben.«

»Entscheidend ist, was die Polizei Ihnen glaubt. Wenn Sie mit der Sache nichts zu tun haben, haben Sie nichts zu befürchten.«

Daniel Fletters schwieg.

»Jetzt sagen Sie schon, wo haben sie den Wein her? Der ist doch noch gar nicht im Verkauf.«

Daniel Fletters starrte ihn an.

»Direkt von Horst Schäfer?«, hakte Florian nach.

Er zog einen Fünfzigeuroschein aus der Tasche und schob ihn über den Tisch des Verkaufsstandes.

Daniel Fletters kniff die Augen zusammen und griff nach dem Geld. »Wenn ich nicht so knapp bei Kasse wäre, könnten Sie so was mit mir nicht machen.« Er schob das Geld in die Hosentasche. »Der Wein stammt tatsächlich vom Weingut Schäfer. Ein Freund hat mir den Wein verkauft, zu einem Superpreis. Er hat ihn ohne Schäfers Wissen abgezapft und dann vertickt.«

»Wer ist dieser Freund?«, insistierte Florian.

Fletters schluckte. »Der Sohn eines mit den Schäfers

befreundeten Ehepaares. Er und Schäfers Tochter hängen viel zusammen rum, meistens in Köln, manchmal aber auch in Dernau.«

»Und er heißt?« Florian merkte, dass er ungeduldig wurde.

Daniel Fletters streckte die Hand aus und Florian legte seufzend einen weiteren Fünfzigeuroschein hinein. Er holte tief Luft. »Er heißt Tim. Tim Weidner.«

36

In seiner Küche war es kalt. Florian fröstelte und drehte die Heizung ein wenig höher. Nach dem Gespräch mit Daniel Fletters war er zur Bonner Straße gegangen, wo Tim Weidner wohnte, gleich bei ihm um die Ecke, aber vergeblich. Er hatte ihn nicht angetroffen. Anschließend war er zum Kommissariat gefahren und hatte Marco Rössner, der selbst am frühen Samstagabend bei der Arbeit war, Schäfers Weinflaschen zur Laboranalyse übergeben. Er war nicht sicher gewesen, ob Rössner tatsächlich dafür zuständig war oder seine Kollegen aus Rheinland-Pfalz, aber der Kriminalhauptkommissar hatte ihn darüber aufgeklärt, dass bei der Kripo in Ermittlungsfragen immer das Tatortprinzip galt. Dort, wo zuerst etwas geschah, lag die Zuständigkeit. In diesem Fall also in Nordrhein-Westfalen und nicht in Rheinland-Pfalz. Wenn er es für notwendig erachtete, konnte Rössner allerdings die rheinland-pfälzischen Kollegen um Unterstützung bitten. So wie Florian ihn jedoch einschätzte, glaubte er nicht einen Moment daran, dass Rössner sich Hilfe holen würde. Er hatte einen erschöpften Eindruck gemacht und Florian gereizt darauf hingewiesen, dass er seine Recherchen über die Krankheitsfälle und Max' Tod auf der Stelle unterlassen solle. Rössner hatte ihm keine Sekunde lang abgenommen, dass er eine Sendung über Weinbauern an der Ahr plane, wie er behauptet hatte.

Florian legte sein Handy griffbereit auf den Küchentisch und betrachtete das Display. Immer noch keine Nachricht von Garcia. Zicke war ihm in die Küche gefolgt und strich miauend um seine Beine. Nun griff er nach einer kleinen Stoffmaus, die auf der Fensterbank lag, warf sie auf den Boden und beobachtete, wie Zicke sich darauf stürzte. Er wiederholte das Spiel einige Male, dann machte er sich einen Latte macchiato und Rühreier mit Speck. Genau das Richtige. Nachdem er den Teller leer gekratzt hatte, griff Florian zum Kölner Blick und widmete sich endlich in Ruhe dem Artikel von Eddie, den er morgens nur kurz überflogen hatte. Das von der Polizei angefertigte Phantombild prangte neben dem Text, und Florian betrachtete es mit Interesse, aber er war sich ziemlich sicher, dass er das Gesicht noch nie zuvor gesehen hatte. Versonnen blickte er aus dem Fenster auf die Äste der Kastanie, dann stand er auf und räumte den Tisch ab. Als es klingelte, ging er missmutig zur Wohnungstür. Er erwartete keinen Besuch.

»Was machst *du* denn hier?«

»Grüß dich«, sagte seine Mutter und nachdem ihr Sohn nicht zur Seite weichen wollte, fragte sie: »Willst du mich nicht hereinbitten?«

»Ehrlich gesagt, du kommst ungelegen. Ich wollte mich gerade an den Computer setzen.« Florian hatte in der Tat weder Zeit für ein längeres Gespräch mit seiner Mutter noch besondere Lust darauf.

»Ich kann auch wieder gehen«, sagte Marie-Louise, blieb aber in der Tür stehen.

»Nein, komm rein, für einen Kaffee wird die Zeit schon reichen.« Florian ließ seine Mutter eintreten und nahm ihr den Mantel ab.

Marie-Louise Halstaff trug ein schlichtes anthrazitfarbenes Strickkostüm, das ihre grazile Figur gut zur Geltung brachte. Florian ging ihr voran in die Küche, und seine Mutter nahm am Tisch Platz, während er begann, mit seiner italienischen Maschine Kaffeebohnen zu mahlen.

»Cappuccino, Espresso, Latte macchiato?«

»Cappuccino bitte.« Marie-Louise beobachtete ihren Sohn, während er mit der Maschine hantierte. »Gut siehst du aus. Ein bisschen blass vielleicht, aber gut.«

Ohne sich umzudrehen, sagte er: »Danke. Du auch. Was macht dein Spielfilm?«

»Es läuft alles bestens. Meine Filmtochter ist zwar ein bisschen zickig, aber ich und der Regisseur, wir haben sie ganz gut im Griff.«

»Eine Konkurrentin?«

»Zumindest glaubt sie das, aber sie kann mir natürlich nicht das Wasser reichen. Umso wichtiger ist es, ihr klar zu machen, wer am Set der wirkliche Star ist.«

Florian nickte und betrachtete seine Mutter nicht ohne Skepsis. Dann setzte er sich ebenfalls an den Tisch, ihr gegenüber.

»Wie hat dir das Match mit Jörg gefallen? Du warst rasch weg«, wechselte seine Mutter das Thema.

»Gut.« Florian sah in seine Kaffeetasse. Er war nicht gewillt, es ihr leicht zu machen.

»Hat dir das Gespräch mit ihm weitergeholfen?« Marie-Louise tat so, als bemerke sie die offensive Zurückhaltung ihres Sohnes nicht. »Ich würde mich sehr freuen, wenn ich dir mit dem Arrangement einen Gefallen getan hätte.«

»Das hast du, vielen Dank.« Florian beugte sich hinunter zu Zicke und widmete ihr seine volle Aufmerksamkeit.

»Nun lass dir doch nicht alles aus der Nase ziehen.«

Florian sah auf. »Also gut. Fresko hat zwar diesen Frischkäse mit dem neuen Glutamatderivat auf den Markt gebracht, von dem einem schlecht wird, wenn man zu viel davon isst, wird aber hierfür nicht groß belangt. Ein kleiner gedruckter Hinweis auf der Produktverpackung reicht aus. « Er setzte die Tasse an seine Lippen und nahm einen vorsichtigen Schluck. Ihm fiel auf, dass die Tasse seiner Mutter schon fast leer war.

»Noch einen?«

»Danke, nein. Aber mit dem Hinweis, das finde ich völlig in Ordnung.« Sie reckte das Kinn.

»Wie man es nimmt.«

»Wieso?«

»Nun, das gestrige Gespräch mit einem der hartnäckigsten Journalisten Kölns hat mich darüber aufgeklärt, dass Fresko der regierenden Partei Spenden in ansehnlicher Höhe in Aussicht gestellt hat. Morgen wird es in der Zeitung stehen.« Eddie hatte ihm diese Info gestern nach der Pressekonferenz gesteckt.

Marie-Louise sah ihren Sohn an, sagte aber nichts. Er bemerkte, dass er ungeduldig wurde, da er sich unbedingt noch an den Computer setzen wollte. Gleichzeitig brannte ihm die Frage nach der Beziehung seiner Mutter zu Fresemann auf der Zunge. Kurz entschlossen beugte er sich über den Tisch. »Ist Fresemann mein Vater? Ich meine, bin ich *Fresemanns* Sohn?«

Marie-Louise starrte Florian an. »Du bist *mein* Sohn.« Sie schüttelte den Kopf. »Daher weht also der Wind. Deine Gereiztheit, dein schneller Aufbruch aus dem Klub …«

»Jetzt rede dich bitte nicht schon wieder heraus, sondern gib mir eine Antwort«, forderte er und spürte die seit Tagen aufgestaute Energie aus allen Poren seines Körpers weichen, als wäre er eine Luftmatratze, der man den Stöpsel herausgezogen hatte. Wenige Sekunden später stellte sich der wohlbekannte Stich im oberen, rechten Backenzahn ein.

»Jörg Fresemann ist nicht dein Vater.«

Florian war sich nicht sicher, ob sie die Wahrheit sagte, denn seine Mutter war eine hervorragende Schauspielerin. »Alexandra Poivrier ist da anderer Meinung«, sagte er.

Marie-Louise Halstaff wurde blass. »Alexandra Poivrier?«

»Ich soll dich herzlich von ihr grüßen.«

»Ihr hattet Kontakt?«

»Ja. Ich habe gestern mit ihr telefoniert. Dabei kam heraus, dass ich in Montreal zur Welt gekommen bin und nicht in Köln, wie ich immer dachte.«

»Aber wieso habt ihr telefoniert? Woher hattest du ihre Nummer? Oder hat sie dich angerufen?«

»Das spielt keine Rolle.«

Marie-Louise erwiderte nichts. Ein lang anhaltendes Schweigen brachte die Luft zum Knistern.

»Wieso hast du mir nie davon erzählt?«, fragte Florian schließlich.

Seine Mutter erhob sich langsam von ihrem Stuhl und stellte sich ans Fenster, den Blick halb nach draußen gewandt.

»Du warst mit Jörg Fresemann nicht nur befreundet, du warst mit ihm zusammen, stimmt's?«

Es dauerte eine ganze Weile, bis Marie-Louise Halstaff antwortete, und als sie sprach, klang ihre Stimme müde. »Ja, und ich war sehr in ihn verliebt. Eine Zeit lang. Als er sich dafür entschied, in Montreal Karriere zu machen, habe ich unsere Beziehung, oder wie immer man es nennen will, beendet.«

Florian schluckte.

»Jörg hatte kein Interesse an einer festen Bindung«, fuhr Marie-Louise fort. »Er liebte die Liebe. Das war schon hier in Köln nur allzu deutlich geworden.« Sie betrachtete ihre Hände, und es dauerte einen Moment, bis sie wieder aufsah. »Damals habe ich mir vorgenommen, ohne Männer klarzukommen. Mein Leben lang. Hörst Du? Mein Leben lang!«

»Das ist dir ja wohl auch geglückt.«

»Ja. Glücklicherweise habe ich bald gemerkt, dass ich sie wirklich nicht brauche.«

Florian lachte bitter.

Marie-Louise sagte mit Nachdruck: »Ich wollte ein Kind, und als ich feststellte, dass ich von Jörg schwanger war, behielt ich es für mich.«

Florian massierte sich mit der linken Hand die Stirn. Sein Vater lebte also. Er war da, auf der Welt, mitten in Köln.

Marie-Louise seufzte tief. »Irgendwann musste es ja mal herauskommen. Was willst du wissen? Starr mich nicht so an.«

»Alles.«

»Also gut.« Sie holte tief Luft. »Ich habe erst gemerkt, dass ich schwanger bin, als dein Vater schon nach Montreal abgereist war, und da war es zwischen uns bereits aus. Deswegen habe ich ihm nichts davon erzählt.«

»Aus wegen einer anderen?«

»Aus wegen *mehrerer* anderer.«

Florian musste daran denken, wie oft er Katharina betrogen hatte.

»Als ich feststellte, dass ich ein Kind erwartete, bin ich Jörg hinterhergeflogen. Ich hatte die naive Hoffnung, dass es mit uns doch noch etwas werden könnte. Ich habe mich erstmal bei Alexandra einquartiert. Sie war damals meine beste Freundin. Ich kannte sie von unserer Zusammenarbeit im Millowitsch Theater, sie hat dort Regie geführt. Nach der Spielzeit ging sie wieder zurück in ihre Heimatstadt Montreal.«

»Und was ist dann aus dir und Fresemann geworden?«

»Gar nichts. Ich bin ihm umsonst hinterhergeflogen.«

»Wieso?«

»Ich rief ihn an, sagte ihm, dass ich da bin, und er schien sich zu freuen. Wir verbrachten einen wunderschönen Tag zusammen. Abends gingen wir essen, und da erzählte er mir, dass er in eine andere Frau verliebt sei. Es war ein Schock.«

»Da hattest du ihm von der Schwangerschaft noch nichts gesagt?«

»Nein, und ich habe mir damals geschworen, dass er auch nie davon erfahren soll. Ich war außer mir, einem Nervenzusammenbruch nahe. Alexandra hat mich aufgefangen, ich weiß nicht, was ich ohne sie gemacht hätte. Ich bin dann irgendwann wieder abgereist, habe es aber in Köln nicht ausgehalten und bin wieder zurück zu Alexandra, da war ich im siebten Monat.«

»Und bist bis nach meiner Geburt geblieben«, schlussfolgerte Florian. Er betrachtete seine Mutter plötzlich mit anderen Augen.

»Deinen Vater habe ich bei meinem zweiten Besuch in Montreal nicht mehr gesehen.«

»Hat sich dein Hass auf ihn inzwischen gelegt?«

»Nach vielen Jahren verblasst der Schmerz.« Marie-Louise zuckte mit den Schultern.

»Ist er verheiratet?«

»Wo denkst du hin? Nein, aber er ist ruhiger geworden.«

Florian schwieg einen Moment, dann fragte er: »Wieso besitze ich dann eigentlich nicht die kanadische Staatsbürgerschaft?«

»Ich wollte, dass du die deutsche bekommst.«

»Warum?«

»Nenne es Patriotismus oder Nationalgefühl, ganz wie du willst. Ich habe entsprechende Anträge gestellt und nach ein paar Monaten warst du Deutscher.«

Florian und seine Mutter hingen beide ihren Gedanken nach.

»Und? Bist du nun zufrieden?«, fragte sie leise.

»Blöde Frage.«

»Es tut mir leid.«

»Ah ja.« Florian biss sich auf die Lippen und atmete tief durch. »Jörg Fresemann weiß nach wie vor nichts von mir?« Mein Vater wollte ihm nicht über die Lippen.

»Nein.«

Seine Kehle wurde eng. »Hast du noch Kontakt zu Alexandra?«

»Ja, alle zwei, drei Monate telefonieren wir miteinander. Sie hat es übrigens nie gut geheißen, dass ich dir nichts von deinem Vater erzählt habe. Hat *sie* dich angerufen?«

»Nein. Wir haben auch nicht telefoniert.«

»Wie bitte?« Marie-Louise starrte Florian entgeistert an.

»Das war gelogen. Ich fand zufällig Alexandras Briefe auf dem Dachboden, ebenso wie ein Foto von dir und Jörg Fresemann, und auch meine kanadische Geburtsurkunde. Es lag alles zusammen in einer kleinen Holzkiste. Ich musste also nur eins und eins zusammenzählen.«

»Du hast mich angelogen? Alexandra hat dir gar nichts von all dem erzählt?« Florians Mutter war fassungslos.

»Nein.« Er schüttelte den Kopf.

Sie stand auf, zog sich ihren Mantel an und verließ ohne ein weiteres Wort die Wohnung.

37

Florian wälzte sich im Bett von der einen auf die andere Seite. In seinem Kopf tobte ein stechender Schmerz. Die Schläge mit dem schweren Knüppel, die ihn nach Mitternacht auf dem Weg vom Bickendorfer Billard Café zur Bushaltestelle getroffen hatten, waren so massiv gewesen, dass er sofort auf dem Bürgersteig zusammengesackt war.

Und zu allem Überfluss war er umsonst ins Billard Café gefahren, Garcia war nicht dort gewesen. Florian hatte in der Kneipe zwar einen seiner Kumpel wiedererkannt, aber der hatte sich kein Sterbenswörtchen über Garcias Aufenthalt aus der Nase ziehen lassen. Nicht einmal das.

Florian stöhnte. Der Mann hatte derart heftig zugeschlagen, dass er nicht die geringste Chance gehabt hatte, sich zu wehren. Noch immer sah er die großen, schwarzen Lederstiefel mit den grünen Schnürsenkeln, die erbarmungslos auf ihn eintraten, vor sich. Militärstiefel. Obwohl er ihm zuwider war, fasste Florian einen Entschluss. In Zukunft würde er seine Wohnung nicht mehr ohne Janas Pistole verlassen.

Vermutlich hatte er nur der Tatsache, dass zwei Fußgänger vorbeigekommen waren, zu verdanken, dass es nicht schlimmer ausgegangen war. Der Mann war Hals über Kopf geflohen. Jetzt, beinahe fünf Stunden nach dem Überfall, der sich ungefähr gegen Mitternacht ereignet hatte, mit schmerzendem Oberkörper und einer genähten Platzwunde im Gesicht, herrschte draußen weiterhin tiefschwarze Nacht. Florian setzte sich auf, griff nach dem Wasserglas, das neben seinem Bett stand, und schluckte mühsam eine Tablette. Jemand hatte wieder und wieder auf ihn eingeschlagen. Aber warum? Ein Raubüberfall war es jedenfalls nicht gewesen, der Mann hatte weder Geld noch Wertsachen eingefordert. Florian schloss die Augen. Im Gegensatz zu Max hatte er Glück gehabt, er lebte. Immerhin. Ein schiefes Lächeln glitt über sein Gesicht.

Seine Retter hatten ihn per Taxi in die Notambulanz des nächsten Krankenhauses bringen lassen, wo der Arzt ihn röntgen ließ. Glücklicherweise war nichts gebrochen, und es war kein inneres Organ verletzt. Prellungen. Florian zog die Bettdecke dichter um sich und legte sich vorsichtig zurück auf den Rücken. Das Bild des Mannes mit den Stiefeln erschien vor seinen Augen. Florian krampfte die Hände zusammen. In der Gezieltheit des Angriffs hatte eine unfassbare Brutalität gelegen. Der Mann musste größer als 1,90 Meter gewesen sein. Er war schlank und durchtrainiert gewesen, aber die dichte Strickmütze, die er über das Gesicht gezogen hatte, ließ keine weiteren Anhaltspunkte zu. Florian fragte sich, ob es Garcias Kumpel aus dem Billard Café gewesen sein könnte. Er hielt es für vorstellbar, aber ihm kamen auch der junge Mann mit dem Pferdeschwanz und Horst Schäfer in den Sinn. Und Curt? Florian erstarrte. Von der Figur her käme Curt tatsächlich in Betracht. Eher jedenfalls als Schäfer, der viel zu kompakt war, oder der Junge mit dem Pferdeschwanz, der ihm zu schmal zu sein schien.

Florian griff neben sich und fummelte eine Schlaftablette aus der Packung, die der Arzt ihm gegeben hatte. Er wollte nicht mehr denken. Einfach die zermürbenden Gedanken ausschalten und ruhig werden, auch, was das Gespräch mit seiner Mutter und die Gedanken an seinen Vater betraf. Als Zicke gegen 10 Uhr morgens hungrig und maunzend ins Schlafzimmer schlich, lag er noch immer im Bett wie ein Toter.

38

Florian erwachte erst gegen 12 Uhr mittags mit einem dicken Kopf, und schluckte sofort zwei Schmerztabletten. Gegen eins fühlte er sich einigermaßen dazu in der Lage, aufzustehen. Er versorgte die Katze, die er erst suchen musste, weil sie sich in seinem Kleiderschrank versteckt hatte, und wankte ins Bad. Die Rippen schmerzten, doch die heiße Dusche, die er sich gönnte, tat ihm gut. Ein vorsichtiger Blick in den Spiegel offenbarte ihm ein geschwollenes Gesicht, das auf der rechten Wange eine dicke Naht aufwies, umgeben von einem dunkelvioletten Bluterguss. Dank der Puderdose, die Katharina bei ihrem Auszug vergessen, die er aus purer Nostalgie nicht entsorgt hatte, gelang es ihm, die gröbsten Hautverfärbungen zu kaschieren. Mit Erleichterung stellte er fest, dass seine Lebensgeister langsam zurückkehrten. Er hatte Hunger. Nachdem er sich satt und entspannt genug fühlte, griff er zum Telefon. Rössner war im Amt, und Florian fragte sich, ob der Kriminalhauptkommissar seit dem gestrigen Abend überhaupt einmal zu Hause gewesen war, doch im Grunde genommen hatte er auch nichts anderes erwartet.

Seine Reaktion fiel kühl aus, von Mitleid keine Spur. Florian hatte sogar den Eindruck, eine leichte Schadenfreude durchs Telefon zu spüren. Der Kriminalhauptkommissar stellte zwar die üblichen Fragen und wollte wissen, ob Florian Anzeige gegen Unbekannt erstatten wolle, aber alles mit einem sarkastischen Unterton. Dafür müsse er persönlich vorbeikommen, sagte er, Anzeige erstatten ginge nur schriftlich und unter Vorlage des Personalausweises. Florian hätte schwören können, dass Rössner am anderen Ende der Leitung sogar grinste. Umso mehr erstaunte es ihn, dass er ihm von ersten Hinweisen zu dem Phantombild erzählte. Der Unbekannte, der mit Max im Fitnessstudio war, sei in Mainz gesehen worden.

Nach dem Telefonat überlegte Florian kurz, ob er auch noch Jörg Fresemann anrufen sollte, verwarf den Gedanken aber sofort wieder. Was sollte er ihm sagen? Hallo, hier spricht dein Sohn? Lächerlich.

Im Büro herrschte wohltuende Stille. Nicht das leiseste Klingeln eines Telefons, keine hektischen Schritte auf dem Flur und auch keine Stimme, die den Druck verriet, unter dem die Redakteure und Redakteurinnen so kurz vor der nächsten Sendung standen. Üblicherweise waren einige für die Sendung verantwortliche Kollegen auch am Wochenende hier, aber am heutigen Sonntag herrschte gähnende Leere, was nur bedeuten konnte, dass die Sendung über die neuartige Behandlung von Brustkrebs in trockenen Tüchern war.

Die Zeiger der Armbanduhr standen auf halb drei. Florian nahm an seinem Schreibtisch Platz und griff sich die Liste der Betroffenen. Den Aussagen Rössners zufolge war zu den insgesamt 46 Opfern wenigstens kein weiteres hinzugekommen.

Um 18.30 Uhr schob Florian endlich das Telefon von sich. Er hatte viele Opfer erreicht, insgesamt 22 Telefonate geführt. Verblüffenderweise hatten die Erkrankten durchgängig von Kopfschmerzen vor ihrem Zusammenbruch berichtet. Die meisten hatten mindestens zwei Kopfschmerztabletten mit dem Wirkstoff Acetylsalicylsäure geschluckt. Florian wählte die Nummer von Ben Blumenthal, dem Betreiber des Fitnessstudios. Von ihm erfuhr er, dass Max gegen seine Kopfschmerzen Paracetamol eingenommen hatte.

Als Jana das Zimmer betrat, stand Florian in Gedanken versunken mit dem Rücken zur Tür am Fenster.

»Sorry, ich wollte dich nicht erschrecken«, sagte sie amüsiert, als sie bemerkte, dass er leicht zusammenzuckte. Nachdem sie Florians entstelltes Gesicht gesehen hatte, wandelte sich ihre Heiterkeit jedoch schnell in Entsetzen. Sie kam näher. »Um Himmels willen, was ist passiert?«

So gelassen es ihm möglich war, berichtete Florian von dem Überfall, und Jana bestürmte ihn mit Fragen. Schließlich nahm sie ihm das Versprechen ab, nicht mehr ohne Waffe aus dem Haus zu gehen. Florian wies auf die Manteltasche seines Trenchcoats, er trug die Pistole bereits bei sich. Als Jana sich wieder gefasst hatte, reichte sie ihm einen Stoß Papier. »Hier, vielleicht hilft dir das weiter. Die Laborergebnisse der Polizei über Schafers Spätburgunder.«

Aufmerksam blätterte Florian die Unterlagen durch, aber was er las, war enttäuschend. Er hatte sich mehr erhofft. »Der Wein scheint einwandfrei zu sein.«

»Ja, kein Hinweis darauf, dass er giftig ist«, sagte sie. »Schade. Das wäre es gewesen. Tut mir leid.«

»Du kannst doch nichts dafür.«

»Ich weiß, aber ich hätte dir zu gern die Lösung präsentiert.«

»Und ich hätte wirklich gern ins Schwarze getroffen«, sagte Florian. »Hast du irgendetwas über Schäfer selbst herausgefunden?«

»Nein, der hat eine lupenreine Weste. Ich muss jetzt leider weg, bin verabredet.«

Florian sah auf. Was hatte er auch anderes erwartet. Also wurde aus dem gemeinsamen Abendessen, zu dem er sie gern eingeladen hätte, nichts. Er zwang sich, ihr viel Spaß zu wünschen. Als sie schon fast aus der Tür war, sagte er leise: »Und danke für alles.«

Jana nickte, deutete kurz Richtung Florians Schreibtisch, wo sich ein Berg von Unterlagen türmte und antwortete: »Dir wünsche ich noch viel Erfolg!«

Nachdem Florian wieder allein war und vor seinem Computer Platz genommen hatte, überlegte er, mit wem Jana verabredet sein könnte.

Seufzend schob er den Stuhl zurück und legte seine Füße vorsichtig auf den Tisch, seine Rippen schmerzten. Mit gedankenverlorenem Blick griff er in die Kekstüte und verleibte sich einen Keks nach dem anderen ein. Die vielen Krümel, die er dabei um sich herum verstreute, beachtete er nicht. Er runzelte die Stirn, als er die Untersuchungsergebnisse der Polizei durchging. Sie besagten, dass Schäfers Spätburgunder einwandfrei war, und trotzdem hatte er Zweifel. Tim Weidner hatte den Wein Daniel Fletters und auch anderen Personen verkauft, die daran erkrankt waren. Florian nahm die Füße vom Tisch und gab Tim Weidners Namen in eine Suchmaschine im Internet ein, aber er erzielte keinen Treffer. Daraufhin tippte er den Namen des Vaters, Burkhard Weidner ein. Diesmal dauerte es nur einen Augenblick, und die Suchmaschine nannte ihm verschiedene Links zur Auswahl. Er klickte sich durch und landete schließlich auf der Internetseite des rheinland-pfälzischen Wirtschaftsministeriums. Burkhard Weidner arbeitete hier als Referatsleiter. In Kürze hatte Florian herausgefunden, dass seine Abteilung auch zuständig war für die Vergabe von Forschungsgeldern. Die Ergebnisse für ›Agrotecc Laboratories‹ machten ihn unruhig. ›Agrotecc Laboratories‹ in Mainz war das Tochterunternehmen eines multinationalen Konzerns, der seinen Stammsitz in Phoenix, Arizona, hatte und Frazer Chemicals hieß.

In Mainz war auch Max' mutmaßlicher Mörder zuletzt gesehen worden.

Florian las weiter. Frazer Chemicals produzierte nicht nur Pharmazeutika, sondern auch Pestizide und Herbizide für den Einsatz in der Landwirtschaft, darüber hinaus gentechnologisch veränderten Mais, Soja und Tomaten. Das Saatgut wurde weltweit angeboten. Neben der Durchführung eigener Forschungsprojekte war ›Agrotecc Laboratories‹ auch dafür zuständig, in den USA entwickelte Produkte an deutsche und europäische Unternehmen zu vertreiben. ›Agrotecc‹ warb auf seiner Homepage für Gentech-Produkte mit dem Argument, sie würden in der Agrarwirtschaft zu bedeutenden Ertragssteigerungen führen und neue Arbeitsplätze schaffen. Weiter hieß es, dass ›Agrotecc‹ derzeit an der Entwicklung gentechnologisch veränderter Weinreben arbeite. Im Vorstand von ›Agrotecc Laboratories‹ saß Paul Seeland. Das war der Bruder von Curts Mutter. Es folgte eine lange Liste von Namen, die ihm nichts sagten, bis er auf den Namen Dr. Barbara Weidner stieß, die als wissenschaftliche Mitarbeiterin aufgeführt war. Er dachte sofort an die kurze Begegnung mit Burkhard Weidner und atmete tief durch. Barbara Weidner, das musste seine Frau sein.

Unruhig ging er nun im Zimmer auf und ab, eine Angewohnheit, die andere nervte, ihm selbst aber zu erhöhter Konzentration verhalf. Er musste unbedingt mit Marco Rössner sprechen. Die Aktivitäten von Burkhard Weidner, seiner Frau Barbara und Paul Seeland sollten von der Kripo dringend unter die Lupe genommen werden. Burkhard Weidner arbeitete immerhin im rheinland-pfälzischen Wirtschaftsministerium, war für die Vergabe von Forschungsgeldern zuständig und darüber hinaus mit Horst Schäfer befreundet.

Dr. Barbara Weidner wiederum war wissenschaftliche Mitarbeiterin von ›Agrotecc‹, und Florian zweifelte nicht daran, dass dies kein Zufall war.

Paul Seeland saß im Vorstand von ›Agrotecc‹ und leitete die Entwicklungsabteilung von Chocolat Royal Suisse.

Florian griff zum Telefonhörer und ließ es lange klingeln, aber Rössner hob nicht ab. Endlich meldete sich die Zentrale und er erfuhr, dass Rössner auf einem wichtigen Einsatz außer Haus sei. Nach kurzer Überlegung rief er Eddie an, da er das dringende Bedürfnis hatte, mit jemandem zu reden. Er war auch sofort am Apparat und hörte sich bis ins letzte Details gespannt an, was sich in den letzten 38 Stunden ereignet und was Florian alles in Erfahrung gebracht hatte. Es blieb erstaunlich ruhig in der Leitung.

»Ich glaube, dass nur, wer den Wein getrunken *und* Kopfschmerztabletten eingenommen hat, krank wurde oder gestorben ist. Es würde auf jeden Fall den Tod von Peter Mallmann, Yvonne Kosuczek und dem Medizinstudenten erklären. Ausgenommen den Tod von Max, aber Max schluckte ja auch Paracetamol statt Acetylsalicylsäure und trank Bier statt Wein.«

»Womit Max nicht einer Nahrungsmittelvergiftung zum Opfer fiel, sondern wahrscheinlich tatsächlich umgebracht wurde. Weil er Dinge herausgefunden hat, die er nicht herausfinden sollte. So wie jetzt du«, schlussfolgerte Eddie.

»Hm.«

»Du bist in Gefahr, weißt du das?«

Florian spürte seinen Zahn. »Nicht mehr als gestern auch.«

»Pass auf dich auf.«

»Mache ich.« Sein Blick fiel auf die Pistole.

Nach einem Moment sagte Eddie: »Übrigens. Auch die von mir Befragten litten unter Kopfschmerzen und nahmen Tabletten.«

»Gut zu wissen.«

Florian und Eddie verabredeten sich für den Abend. Nachdem das Telefonat beendet war, wählte Florian Dr. Sinzigs Telefonnummer, und er hatte Glück, der Rechtsmediziner war bei der Arbeit. Er meldete sich zwar mit einer Stimme, die darauf schließen ließ, dass er gerade Besseres zu tun hatte, als zu telefonieren, aber Florian ließ sich nicht abschrecken. »Gönnen Sie mir einen Augenblick«, insistierte er. »Wäre es vorstellbar, dass ein Zusammenhang zwischen Schmerztabletten und einem von den Opfern getrunkenen Rotwein existiert?«

»Ja«, sagte Dr. Sinzig. »Die haben alle zu tief ins Glas geschaut. Schon mal etwas von einem Kater gehört?«

Florian ignorierte die Ironie seiner Frage. »Wissen Sie, ich habe einen sehr vagen Verdacht. Ist es möglich, dass die Kombination von Acetylsalicylsäure und Wein Übelkeit auslöst oder, schlimmer noch, dass sie tödlich ist?«

Dr. Sinzig dachte einen Moment nach. »Eher unwahrscheinlich, aber es kommt ganz darauf an.«

»Worauf?«

»Auf die Inhaltsstoffe der Produkte. Eine krankmachende Wirkung von Acetylsalicylsäure in Kombination mit Rotwein ist, sofern beides nicht in extrem hoher Dosis eingenommen wird, noch nie da gewesen, solange der Wirkstoff auf dem Markt ist. Er wurde meines Wissens auch nie verändert. Also müssten folglich die Inhaltsstoffe des Weins toxisch sein. Tranken alle Opfer Wein derselben Marke?« Dr. Sinzig war auf einmal interessiert.

»Momentan sieht es ganz danach aus.« Florian vernahm das Klicken eines Feuerzeugs, dann hörte er, wie Dr. Sinzig inhalierte und den Rauch anschließend laut hörbar wieder ausstieß.

»Weiß die Polizei von Ihrem Verdacht?«

»Gestern habe ich Kriminalhauptkommissar Rössner einige Flaschen zur Untersuchung vorbeigebracht. Allerdings habe ich ihm von meiner Überlegung, dass der gleichzeitige Konsum von diesem Wein und Acetylsalicylsäure eine krankmachende oder gar tödliche Wirkung haben könnte, noch nichts erzählt. Die Idee kam mir eben erst, und Rössner ist jetzt nicht erreichbar. Ein wichtiger Einsatz, sagte man mir.«

»So.«

»Ich dachte, Sie könnten Rössner vielleicht informieren, falls er sich bei Ihnen meldet.«

»Das werde ich tun. Er ruft sicherlich nachher an.«

»Sollte die Kripo entsprechende Laboruntersuchungen veranlassen und sich mein Verdacht bestätigen, wird Profi Entertainment am Dienstag eine Sendung zum Thema machen.« Nach einer kurzen Pause ergänzte Florian: »Und als erste TV-Produktion darüber berichten. Würden Sie als Experte zu uns ins Studio kommen?«

»Unsere Pressestelle hat sicher nichts gegen meine Teilnahme einzuwenden.«

»Gut.«

»Ich habe noch eine Nachricht, die Sie nicht besonders freuen wird.«

Florian stockte der Atem. »Ja?«

»Heute Vormittag sind die Laborergebnisse aus dem Referenzlabor in Leipzig eingetroffen.«

»Und?«

»Max Kilian wurde vergiftet. Mit pulverisiertem, synthetisch hergestelltem Botulinumtoxin, aufgebracht auf eine Scheibe Brot, die mit Frischkäse bestrichen war. Ich habe Kriminalhauptkommissar Rössner bereits davon in Kenntnis gesetzt.«

Florians Körper überzog eine Gänsehaut.

»Im Grunde eine schlaue Idee, denn wenn man nicht bereits den konkreten Verdacht hat und die erforderlichen Spezialanalysen durchführt, bleibt ein Mord mit Botox in der Regel unerkannt. Ohne Ihre Anregung vor ein paar Tagen wüssten wir wahrscheinlich immer noch nicht, dass Max Kilian umgebracht wurde.«

»Hat er lange gelitten?«, fragte Florian leise.

»Es war bestimmt kein schöner Tod, aber quälen Sie sich nicht mit den Einzelheiten. Niemand verdient es, so zu sterben.«

»Also war es ein schlimmes Ende?«

»Bestimmt kein schönes. Vielleicht tröstet es Sie, zu hören, dass er nach einer halben Stunde alles überstanden hatte. Ihm wurde eine hohe Dosis verabreicht.«

Nein, es tröstete Florian nicht. Er legte auf und zwang sich, nicht weiter über die letzten 30 Minuten in Max' Leben nachzudenken.

39

Gegen 21 Uhr traf Florian in der Schreckenskammer ein, wo er mit Eddie verabredet war. Florian mochte die Legende, wonach sich der Name des Brauhauses darauf zurückführen ließ, dass in früheren Zeiten Gefangene, die im Gerichtsgebäude in der Nähe des Rathauses verurteilt worden waren, auf dem Weg zu ihrer Richtstelle hier ihre Henkersmahlzeit eingenommen hatten. Eine andere, harmlosere Erklärung, die Florian ebenso nachvollziehbar fand, besagte, dass wegen Platzmangels im Amt früher offenbar schreckliche Prüfungen für Eisenbahner hier stattfanden.

Eddie saß bereits an der Theke. Die Kneipe war relativ voll, aber die Gäste waren noch nicht übermäßig angetrunken. Zu späterer Stunde war es durchaus normal, dass mit alkoholdurchweichten Hirnen so lange hinter krausen Stirnen philosophisches Gedankengut hin und her gewälzt wurde, bis man endgültig von allem genug hatte und sich schwankend auf den Nachhauseweg machte. Bruno, der über 60-jährige Kellner mit dem halblangen Haar, war gerade dabei, Gläser zu polieren, als Florian das typische Schreckenskammer Kölsch bestellte, das nach altem Hausrezept ohne den Zusatz von Kohlensäure gebraut wurde. Bruno war ein übrig gebliebener 68er, der normalerweise stundenlang darüber sprach, wie er damals mit einigen führenden Politikern von heute auf den Straßen Kölns demonstriert hatte, und was aus denen für Idioten geworden waren. Doch jetzt machte er einen bedrückten Eindruck. Als Florian sich setzte, sprach er sofort von Max. Er sagte, wie leid es ihm um Max tue, er habe ihn sehr gemocht.

Nach einer Weile deutete Bruno auf Florians Gesicht. »Ärger gehabt?«

Florian winkte ab. »Halb so wild.«

Bruno sah ihn prüfend an, dann legte er das Geschirrtuch beiseite, stellte zwei Kölsch vor ihn und Eddie hin, zog einen Ramazzotti aus dem Regal und schenkte ein. »Kleines Trostpflästerchen. Geschenk des Hauses.«

Florian musste unwillkürlich lächeln. Brunos freundschaftliche Geste tat ihm gut. Nachdem Bruno auch Eddie und sich selbst eingeschenkt hatte, prosteten sie sich zu.

»Auf Max!«

»Auf Max.«

Eddie sah Bruno, der sich nach dem letzten Schluck Ramazzotti von ihnen entfernte, um das stählerne Spülbecken auf Hochglanz zu bringen, mit leeren Augen hinterher. Dann schaute er zu Florian und sein Blick wurde nachdenklich. »Du siehst wirklich mitgenommen aus.« Eddie war nicht verborgen geblieben, dass nicht nur der Überfall Florian zu schaffen machte.

Aus Florian brach es hervor: »Max wurde umgebracht, es ist bewiesen. Ich habe vorhin mit dem Rechtsmediziner telefoniert.«

»Also doch.« Eddie griff zum Glas. »Eigentlich haben wir ja damit gerechnet, aber jetzt, wo es wirklich wahr zu sein scheint – wie wurde er ermordet?«

»Mit Botox.«

»Wie, Botox? Ich denke, das ist was gegen Falten.«

»Ja, auch. Aber es ist zudem ein starkes Gift, das sich in verdorbenen Fisch- und Fleischkonserven bilden kann und in Käse. Es lässt sich aber auch in Pulverform synthetisch im Labor herstellen und leicht auf Lebensmittel streuen. Da das Pulver quasi geschmacksneutral ist, merkt kein Mensch, dass er gerade Gift geschluckt hat. Max hat es jedenfalls nicht gemerkt. Ungefähr 30 Minuten später war er tot.«

»Der Mörder wurde noch nicht gefasst, nehme ich an?«

»Nein.«

Eddie nahm einen großen Schluck Kölsch. Dann setzte er die Brille ab und legte sie auf die Theke. »Ich hätte Max ein langes Leben gegönnt.«

»Und ich erst.« Florian sah Eddie an. »Ich bin übrigens davon überzeugt, dass der Dernauer Winzer Horst Schäfer im Auftrag von ›Agrotecc Laboratories‹ gentechnisch veränderte Reben anpflanzt.«

»Wie kommst du darauf?«

»Die Muttergesellschaft, Frazer Chemicals aus den USA, ist Vorreiter in der Gentechnologie, zumindest bei Agrarprodukten. Es würde mich daher nicht wundern, wenn auch ›Agrotecc Deutschland‹ Gentech-Produkte für die Agrarwirtschaft entwickelt, und zwar ganz speziell für kleinere deutsche Winzer. Falls sie tatsächlich entsprechende Produkte zu Versuchszwecken anpflanzen, müsste es hierüber allerdings ein Gentech-Kataster geben, es sei denn, die Pflanzungen werden in Absprache mit dem Ministerium vor der Öffentlichkeit geheim gehalten. Du weißt, Bürgerinitiativen gegen Gentechnologie verwüsten gern mal das eine oder andere Feld.«

»Gentechnisch veränderte Reben sind doch in Deutschland noch gar nicht zugelassen.«

»Ja, aber es wäre doch möglich, dass ›Agrotecc‹ den deutschen Markt gezielt vorbereitet und im Vorfeld für nützliche Verbindungen zur Politik sorgt. Falls in der Entwicklungsarbeit also Reben mit außerordentlichen Eigenschaften herauskämen, beispielsweise mit deutlichen Geschmacksverbesserungen, Schädlingsresistenzen oder Eigenschaften, die den Ertrag steigern, ließe sich der Markt ganz anders öffnen. Winzer in diesem Fall vom Anbau gentechnisch veränderter Reben zu überzeugen, wäre sicher erheblich leichter als jetzt, da deutsche Winzer der Gentechnologie sehr skeptisch gegenüberstehen, zumal auch die Haftungsfrage noch immer ungeklärt ist.«

»Die Haftungsfrage?«

»Niemand will dafür haften, wenn gentechnisch veränderte Pflanzen Schaden anrichten, ob am Menschen oder nur auf dem Feld. Nach Informationen aus dem Internet ist in Deutschland aber ein neues Gentechnikgesetz in Vorbereitung, wonach die Genbauern bei Kontamination der Felder benachbarter Landwirte mit gentechnisch verändertem Material gesamtschuldnerisch und verschuldungsunabhängig haften sollen, vorausgesetzt, wirtschaftliche Einbußen sind nachweisbar und die Kontamination liegt über dem gesetzlich festgelegten Schwellenwert.«

»Wahrscheinlich eher ein schwieriges Unterfangen, wirtschaftlichen Schaden nachzuweisen, oder?«, überlegte Eddie und setzte seinen Gedanken fort: »Wie kann sich ein herkömmlicher Landwirt oder gar ein Biobauer überhaupt vor ungewolltem Gentech-Saatgut schützen?«

»Solange er nicht mindestens fünf Meter hohe Mauern um seine Felder zieht, die Wind und Bienen abhalten, praktisch gar nicht, das ist nahezu ausgeschlossen«, antwortete Florian.

»Hm.« Eddie putzte seine Brille.

»Aber zurück zu ›Agrotecc‹. Die haben natürlich dort, wo kleinere Winzer Probleme haben, mit der Konkurrenz mitzuhalten, das optimale Versuchsgebiet. Gelänge es ›Agrotecc‹, erst einmal einige für sich zu gewinnen, wäre der wichtige erste Schritt getan. Nach und nach ließe sich auch der Weg zu passenden Gesetzen leichter ebnen. Vor allem, wenn der Gatte einer wissenschaftlichen Mitarbeiterin von ›Agrotecc Laboratories‹ im Wirtschafts- und Landwirtschaftsministerium an der Quelle von Forschungsgeldern sitzt und darüber hinaus Empfehlungen zu Gentechnikverordnungen ausspricht.«

»Du meinst Burkhard und Barbara Weidner?«

Florian nickte.

Eddies Gesichtsausdruck verriet, dass er das soeben Gehörte noch einmal Revue passieren ließ, dann sagte er: »Falls Schäfer tatsächlich auf seinen Weinbergen solche Reben stehen hätte, wäre das ein Riesenskandal, ob nun mit oder ohne Wissen des Ministeriums, ob nun mit oder ohne Genehmigung. Nicht auszudenken, wenn dann auch noch der daraus gewonnene Wein in Kombination mit Acetylsalicylsäure gesundheitsschädlich oder gar tödlich wäre.« Eddie legte den Kopf in den Nacken und ließ den gesamten Inhalt des Kölschglases in seine Kehle laufen.

»Ich würde mich gern mal etwas genauer auf Schäfers Grund und Boden umsehen. Vielleicht gibt es da irgendetwas von Interesse für uns.« Florian sprach leise, um zu vermeiden, dass jemand anderes als Eddie hörte, was er sagte.

»Was hast du vor?«

»Ganz einfach. Reben ausgraben und Rössner zur Untersuchung auf den Tisch setzen. Außerdem würde ich gern auch mal Schäfers Büro unter die Lupe nehmen. Vielleicht finden sich aufschlussreiche Unterlagen. Bankauszüge, Verträge, Schriftverkehr …«

Eddie setzte die Brille wieder auf und strich sich nachdenklich über das Kinn.

»Am Samstag, als ich Schäfer einen Besuch abgestattet habe, war Weidner übrigens auch dort, Schäfer hat ihn mir höchstpersönlich vorgestellt. Ich frage mich nur, was Weidner dort wollte? Er machte einen ziemlich nervösen Eindruck. Irgendetwas treibt ihn um. Das sagt mir mein Bauch.«

»Wann willst du hin?«, fragte Eddie.

»Morgen Abend.«

»Wie wäre es mit ein bisschen Personenschutz? Ich glaube, den könntest du ganz gut gebrauchen.« Er grinste breit.

Florian grinste zurück. »Dann musst du vorher nur ein bisschen die Muskeln trainieren. Nein, im Ernst, ich freue mich, dass du mitkommst. Gibt es inzwischen eigentlich Neuigkeiten über Chocolat Royal Suisse?«

»Dein Kollege Curt Kasten ist der Sohn von Magda Frings.«

Das wusste Florian bereits von Jana.

»Sie hat die Kinder des alten Frings sauber ausgetrickst. Frings arbeitet gerade einen sehr großzügigen Geschäftsführervertrag für seine zweite Gattin aus. Sie wird die Stelle innehaben, und nicht, wie ursprünglich vorgesehen, Frings' Sohn. Außerdem hat der Alte sein Testament ändern lassen. Die Kinder bekommen nur ihren Pflichtteil, alles andere erhält Magda.«

»Dann hat sie es also geschafft.«

»Scheint so.«

Florians Handy klingelte, und er überlegte, ob er das Gespräch überhaupt annehmen sollte. Ein Blick auf das Display zeigte ihm jedoch, dass es Marco Rössner war, und Florian drückte umgehend auf den grünen Knopf.

Der Kriminalhauptkommissar kam sofort zur Sache. »Gar nicht so dumm Ihre Idee, dass der Wein in Kombination mit Acetylsalicylsäure toxisch sein könnte. Wird schon untersucht.«

»Das freut mich.«

»Sie können es wohl einfach nicht lassen.«

»Was?«

»Ihre Nase in die Angelegenheiten der Kripo zu stecken.«

Florian schwieg.

»Wir haben übrigens die Stimme von Ihrem Anrufbeantworter.«

»Die Fangschaltung hat funktioniert?« Florian rutschte auf seinem Barhocker hin und her.

»Ja, er hat noch einmal angerufen. Schneller, als wir gehofft hatten.«

»Glückwunsch. Kenne ich ihn?«

»Er heißt Tim Weidner. Sagt Ihnen der Name etwas?«

»Ja. Wahrscheinlich ist das der Mann, der den Wein, den ich Ihnen aus Dernau mitgebracht habe, unters Volk gebracht hat. Aber persönlich kenne ich ihn nicht, ich habe ihn noch nie gesehen.«

»Kommen Sie doch morgen früh um 9 Uhr ins Kommissariat, dann können Sie mal einen Blick auf ihn werfen. Vielleicht war er es ja, der Sie überfallen hat.«

»Was hat er mir eigentlich diesmal für eine Nachricht auf dem Anrufbeantworter hinterlassen?«

»Das Übliche. Keine Sendung über die Krankheitsfälle und so weiter. Sie kennen doch den Text. Weidner wird noch verhört. Übrigens, er war auch bei einem Drogendeal dabei.«

»Was?« Florian riss die Augen auf.

»Sie haben richtig gehört. Tim Weidner hat Schmiere gestanden, als der Bickendorfer Chef einer Jugendbande von einem Zwischenhändler ein Kilo Kokain entgegengenommen hat. Schwer bewaffnet die Jungs. Messer, Schlagringe, alles mögliche. Da haben wir zwei Fliegen mit einer Klappe geschlagen, sozusagen.«

»Wow. Dieser Bandenchef, heißt der Alex Weyer?«

»Richtig.« Marco Rössner lachte plötzlich auf. »Aber wer stellt hier eigentlich die Fragen? Sie oder ich?«

»Sie natürlich«, sagte Florian.

»Gut, dass wir einer Meinung sind«, erwiderte Rössner, aber er hörte sich nicht unfreundlich an. Offenbar hatte ihn der Erfolg milde gestimmt.

Nachdem sie sich voneinander verabschiedet hatten, bestellte Florian zwei weitere Kölsch. Mit einem leichten Kribbeln in der Magengegend und leuchtenden Augen sah er Eddie an. »Es ist so weit. Jetzt kommt Bewegung ins Spiel.«

40

Florian konnte es kaum erwarten, Tim Weidner auf dem Polizeirevier gegenüberzutreten.

Sein Schlaf war alles andere als erholsam gewesen. Selbst der Ramazzotti und die diversen Kölsch sowie der Umstand, dass er schon gegen 23 Uhr im Bett gelegen hatte, hatten nichts genützt, er war wieder mehrmals in der Nacht aufgewacht. Wegen der geprellten Rippen hatte er nicht gewusst, wie er liegen sollte, und außerdem hatte er an Jana und Jörg Fresemann denken müssen. Von seiner Mutter hatte er seit ihrem Besuch am Samstagnachmittag auch noch nichts gehört.

Er hatte ausgiebig geduscht und gefrühstückt. Nachdem er einigermaßen die Küche in Ordnung gebracht hatte, hatte er auf der Mailbox seines Handys eine Nachricht vorgefunden, die erstaunlicherweise von Paul Seeland stammte. Er wollte ihn dringend sprechen und Florian hatte sofort versucht, ihn zu erreichen, aber Seeland war in einer Besprechung gewesen.

Jetzt sagte ihm ein Blick auf die Uhr, dass er spät dran war, es war bereits kurz vor halb neun, und um 9 Uhr sollte er auf dem Kommissariat sein. In Windeseile verließ er die Wohnung. Die Morgenluft auf dem Weg zur Bahn tat ihm gut, sie half, die dunklen Geister der vergangenen Nacht zu vertreiben.

Kriminalhauptkommissar Marco Rössner präsentierte ihm Tim Weidner hinter einer Glasscheibe. Florian und er konnten ihn sehen, Tim Weidner sie aber nicht. Er erkannte ihn sofort. Es war der Junge mit dem Pferdeschwanz, aber nicht der Mann, der ihn angegriffen hatte. Der Angreifer war mindestens 20 Zentimeter größer und von kräftigerer Statur gewesen.

»Er war es nicht, aber er ist derjenige, der mich beobachtet hat.«

»Wie bitte?«

»Ja.« Florian erzählte von der Situation bei der Rechtsmedizin und dem Secondhand-Babymodengeschäft.

Rössner schnalzte mit der Zunge. »Wir nehmen ihn weiter in die Mangel. Der Präsentkorb stammt definitiv von ihm, das hat er gestanden. Warum er allerdings die Sendung über die Krankheitsfälle auf Teufel komm raus verhindern wollte, darüber schweigt er sich noch aus. Nicht mehr lange, wie ich hoffen will.«

Florian wandte sich von der Glasscheibe ab, hinter der Tim Weidner zusammengekrümmt, als hätte er Schmerzen, auf einem Holzstuhl saß.

»Braucht er Stoff?«

»Wir geben ihm Methadon.«

Florian sah sich um. »Und wo ist der Bandenchef?«

Rössner nahm einen Ordner zur Hand. »Wird gerade verhört. Alex Weyer. Schauen Sie mal diese Fotos an, könnte er Sie überfallen haben?«

Florian nahm die Fotos entgegen, betrachtete sie genau, einige zeigten Alex Weyers Gesicht im Profil und von vorn, andere waren Ganzkörperaufnahmen.

Alex Weyer war etwa 1,70 Meter groß, aber der Angreifer war größer gewesen, soweit Florian sich erinnern konnte.

»Nein, aber vielleicht ist er Max' Mörder?«

Marco Rössner schüttelte den Kopf. »Das ist unwahrscheinlich. Max Kilian wusste zwar durch Garcia Marquez von dem Drogendeal und hat uns vor seinem Tod noch einen Tipp gegeben, aber ich glaube nicht, dass Alex Weyer ihn umgebracht hat. Er hätte ihren Freund bestimmt nicht vergiftet, sondern einfach abgestochen. Ein Giftmord passt nicht zu ihm und seinem Umfeld. Die Jungs sind einfacher gestrickt. Wir gehen davon aus, dass der Mörder ihres Freundes noch frei herum läuft.«

Das klang plausibel. Florian dachte an Max, dann war es also ihm zu verdanken, dass Alex Weyer geschnappt worden war. »Wann rechnen Sie mit den Untersuchungsergebnissen von dem Wein und den Kopfschmerztabletten?«

»Ihre Neugier ist wohl nicht zu bremsen, was?« Über Rössners Gesicht glitt der Anflug eines Lächelns, aber kurz darauf machte er schon wieder ein ernstes Gesicht. »Spätestens in 24 Stunden. Vorsorglich haben wir Schäfers gesamten Bestand beschlagnahmt.«

»Ich nehme an, das hat ihn nicht sehr gefreut.«

»Er steht am Rande eines Nervenzusammenbruchs.« Kriminalhauptkommissar Rössner räusperte sich. »Mit Ihrem Freund, das tut mir leid.«

Erstaunt sah Florian auf.

»Nicht schön zu wissen, dass er tatsächlich umgebracht wurde, was?«

»Nein.« Florian schloss für einen Moment die Augen.

»Wir werden den Mann schnappen, glauben Sie mir.«

»Sind Sie schon weitergekommen? Ich meine, haben Sie den Mann von dem Phantombild?

»Wir sind dran, mehr kann ich Ihnen zurzeit nicht verraten. Haben Sie einfach noch ein bisschen Geduld.«

Florian dachte, dass er in den letzten Stunden schlagartig in Rössners Achtung gestiegen sein musste, und irgendwie fand er seine ungewohnte Freundlichkeit irritierend. Während er darüber nachsann, was genau den Stimmungswechsel bewirkt haben mochte, richtete er wieder den Blick auf Tim Weidner hinter der Glasscheibe, der seinen pendelnden Oberkörper fest umklammert hielt und auf seine Schuhe starrte. Er gab ein jämmerliches Bild ab, und tat Florian beinahe leid.

Er verabschiedete sich. Auf dem Flur begegnete er Sylvia Gerlach, die gerade dabei war, den Getränkeautomaten mit Münzen zu füttern.

»Schön, Sie zu sehen.« Die Polizistin strahlte ihn an.

Florian lächelte und blieb stehen. »Hi. Sagen Sie mal, der Mann auf der Phantomzeichnung …« Er räusperte sich, nahm Sylvia Gerlach die letzte Münze aus der Hand und steckte sie in den Schlitz des Automaten. »Kaffee oder Tee?« Er nahm den etwas dumpfen Geruch ihrer Jacke wahr und sah ihr in die Augen.

»Tee. Mit Zucker.«

Florian drückte auf den entsprechenden Knopf. Sylvia Gerlach streckte die Hand nach dem Plastikbecher aus und rückte ihn ein wenig mittiger unter den Strahl rotbrauner Flüssigkeit, die der Automat röchelnd ausspie.

»Rössner sagte mir, sie hätten diverse Hinweise aus der Bevölkerung.«

»Wir verfolgen alles.«

»Ich dachte …«

»Tim Weidner war es definitiv nicht, wenn Sie das meinen, er hat für den betreffenden Abend ein Alibi. Es stimmt, das können Sie mir glauben. Wir haben es überprüft.«

Florian dachte an Curt. »Ist der Verdächtige Deutscher? Ich meine, spricht er deutsch?«

»Er spricht mit slawischem Akzent.« Sylvia Gerlach starrte ihn an. »Rössner bringt mich um, wenn er erfährt, dass ich Ihnen das erzählt habe.«

»Er wird es nicht erfahren«, sagte er, zog den Becher aus dem Automaten und drückte ihn der Polizistin vorsichtig in die Hand. Er war glühend heiß.

»Hören Sie, lassen Sie uns den Job machen, das ist nichts für Sie.« Sylvia Gerlach pustete Wellen in ihren Tee. »Mister X ist gefährlich.«

41

Regine Liebermann war allein in ihrem Büro. Sie studierte Unterlagen, als Florian an die Tür klopfte. Wahrscheinlich saß sie seit 7 Uhr in der Früh schon wieder am Schreibtisch, mutmaßte er. Es wunderte ihn nicht, dass sie so viel arbeitete, denn jeder in der Firma wusste, dass es ihre Gewohnheit war. Erst recht, weil sie allein lebte.

»Komm doch herein«, sagte sie und machte eine entsprechende Geste. Florian trat näher.

»Setz dich.«

»Was gibt es Neues?« Regine verlor selten Zeit mit Small Talk.

»Max ist vergiftet worden, wahrscheinlich weil er etwas über die Ursachen der Krankheitsfälle in Erfahrung gebracht hat und jemand verhindern wollte, dass seine Recherchen ans Tageslicht gelangen.«

Regine Liebermann lehnte sich in ihrem Sessel zurück und stieß einen Schwall Luft aus. »Ich habe es fast befürchtet.«

Florian erzählte ihr alles, was er wusste. Dann sah er aus dem Fenster hinunter auf den Hansaring, wo wie immer Passanten aneinander vorbeihasteten. Er dachte daran, wie fassungslos Marianne auf die Nachricht von Max' Tod reagiert hatte.

»Pass auf, dass dir nicht auch noch etwas Schlimmes zustößt.« Regine deutete auf sein Gesicht. »Das hat hoffentlich private Ursachen.« Florian nickte. Vorsichtig fragte sie: »Du recherchierst doch weiter?«

Er musste grinsen. Demnach konnte ihre Sorge um ihn also nicht so groß sein.

»Ja, und wenn mich nicht alles täuscht, verfolge ich die gleichen Spuren wie Max. Vielleicht können wir doch morgen schon mit dem Thema auf Sendung gehen. Carlo wäre dann der Erste, der brandaktuell im Fernsehen über die Ursachen für die Krankheits- und Todesfälle berichtet.«

»Das wäre sensationell.« Regine Liebermann hielt einen Moment inne, bevor sie weitersprach: »Aber bitte, begib dich nicht in Gefahr, ein toter Mitarbeiter reicht. Ich meine es ernst.«

Sie war zwischen einer Sendung, die eine hervorragende Quote versprach, und der Gefahr, der sich ihr Angestellter bei seinen Recherchen aussetzte, hin und her gerissen. Aber sie war Geschäftsfrau genug, um im tiefsten Inneren zu hoffen, dass sie mit der Sendung einen Coup landen könnte, über den man in der Branche noch lange reden würde.

Florian, der seiner Chefin ansah, welche Gedanken ihr durch den Kopf gingen, nahm es ihr nicht einmal übel, denn er wusste, was für Regine beim Sender in der letzten Zeit auf dem Spiel stand. Er beugte sich vor. »Morgen früh weiß ich, ob wir genug Input für die Sendung haben. Die über Brustkrebstherapien steht doch?«

»Absolut. Curt und Katja haben hervorragende Arbeit geleistet.« Regine sah ihn prüfend an. »Wir könnten die Sendung über den Brustkrebs auch problemlos verschieben … wenn sich der Aufwand lohnt.«

Florian überlegte bereits, wie sich eine Sendung über die Krankheitsfälle so kurzfristig stemmen ließe. Er ging im Zimmer auf und ab. »An Talkgästen hätten wir: Einen Rechtsmediziner, der die Toten obduziert hat, einen Kriminalhauptkommissar, der in Laboren gerade an Ratten testen lässt, ob der Konsum des verdächtigen Weins in Verbindung mit Acetylsalicylsäure tödlich sein könnte, sowie einen Betroffenen, der inzwischen genesen ist und das Krankenhaus soeben verlassen hat. Fehlt nur noch jemand aus der Politik, aber da finde ich bestimmt einen.«

Regine hatte aufmerksam zugehört. Jetzt betrachtete sie ihren Kugelschreiber, den sie zwischen den Händen hin und her drehte, um ihn dann mit einer entschlossenen Geste wieder auf den Tisch zu legen. »Denk dran, morgen um 13 Uhr kommt Barrick zur Ablaufbesprechung, dann müssen wir die Inhalte der Sendung klar haben.«

»Ich weiß.«

Florian fuhr mit dem Fahrstuhl hinunter in den ersten Stock, wo Jana arbeitete. Er hatte an einem Büdchen ein paar Narzissen und Ringelblumen erstanden, erste Frühlingsboten, die nun, zusammengedrückt in grünem Papier, darauf warteten, ins Wasser gestellt zu werden. In der Etagenküche suchte er nach einer Vase. Was er fand, war zwar nicht unbedingt passend, aber er arrangierte die Blumen so gut es ging. Eilig trug er sie über den Flur, konnte allerdings nicht verhindern, dass Wasser überschwappte, als sein Handy klingelte und er danach griff.

Eddie war am Apparat. »Paul Seeland ist tot.«

Florian hielt die Luft an. »Umgebracht?«

»Das weiß man noch nicht genau. Er wurde vor zwei Stunden in seinem Büro gefunden.«

»In welchem?«

»Bei ›Agrotecc‹. Ich bin gerade vor Ort. Riesenbetrieb hier, Polizei, Krankenwagen, Spurensicherung …«, sagte Eddie und fuhr hektisch fort: »Magda Frings und Paul Seeland besitzen übrigens diverse Konten in Luxemburg, es sind fast eineinhalb Millionen Euro drauf, das habe ich gestern herausgefunden. Ich muss jetzt Schluss machen.«

Noch ehe Florian etwas erwidern konnte, hatte Eddie aufgelegt. Nachdenklich setzte er seinen Weg über den langen Büroflur fort. Als er vor Janas Tür stand, hörte er aufgebrachte Stimmen.

»Sei doch nicht albern«, sagte sie ärgerlich.

»Das hat mit Albernheit nichts zu tun.«

Die Stimme gehörte zweifelsfrei Curt.

Er blaffte Jana an: »Das Ausspähen von fremden Daten steht unter Strafe!«

»Du täuschst dich, Curt. Ich spähe keine Daten aus. Dies hier ist eine ganz normale Internetrecherche.«

»Gehört die Datenbank der Polizei neuerdings zu den öffentlichen Rechercheplattformen?«

»Red keinen Unsinn.«

»Verharmlosen nützt nichts. Die Polizei wird das genauso sehen wie ich.«

Schwungvoll öffnete Florian die Tür. »Störe ich?«, fragte er betont gut gelaunt.

»Könnte man so sehen«, erwiderte Curt. »Unsere Schöne surft heimlich im Datennetz der Polizei.«

»Was du nicht sagst.« Florian wunderte sich, dass Curt so viel Energie darauf verwendete, Jana anzugreifen. Er wusste offensichtlich noch nichts vom Tod seines Onkels. Als gäbe es im Moment nichts Wichtigeres als einen Strauß gelber Narzissen mit orangefarbenen Ringelblumen, stellte Florian Jana die Vase auf ihren Schreibtisch. »Es waren die schönsten, die ich kriegen konnte.«

»Vielen Dank.« Sie war überrascht, doch selbst die Freude über den Strauß konnte die Falte, die sich steil auf ihrer Stirn abzeichnete, nicht glätten.

»Und was ist das hier, wenn ich fragen darf?« Curt deutete auf den Bildschirm. Florian beugte sich vor und las. Es war offenkundig, dass Jana eine Seite der Polizei aufgerufen hatte, abgebildet war das Vernehmungsprotokoll von Tim Weidner. Schlagartig wurde Florian bewusst, dass jeder Versuch, die Sache herunterzuspielen, zwecklos war und so sagte er: »Jana hat es für mich gemacht. Sie hat mir bei der Recherche geholfen. Du weißt, ich versuche, die Ursachen über diese Krankheitsfälle herauszufinden, und natürlich auch die wahre Todesursache von Max.«

»Du meinst, du hast Jana zu kriminellen Handlungen angestiftet?«

»Nenne es, wie du willst. Du spionierst doch auch. Oder warum hast du klammheimlich Max' Laptop entwendet und Dateien gelöscht?«

»Das ist etwas ganz anderes.«

»So? Das glaube ich kaum. Du wolltest herausfinden, was Max über die Erbstreitigkeiten im Hause Chocolat Royal Suisse wusste, und ob er Ahnung hatte von den Konten deiner Mutter und deines Onkels in Luxemburg. Du wolltest deine Mutter rechtzeitig warnen, stimmt's? Vielleicht warst du es, der Max ermordet hat?«

Curt wurde blass. Er zog einen Stuhl heran und setzte sich.

Florian holte den Kölner Blick aus seiner Manteltasche und schmiss ihn auf den Tisch. »Heute schon gelesen?« Curt Kasten antwortete nicht. »Da steht einiges über die Machenschaften deiner Mutter im Hause Chocolat Royal Suisse drin. Allerdings noch nichts über die ausländischen Konten und die verwandtschaftlichen Beziehungen eines TV-Journalisten namens Curt Kasten und seine persönlichen Interessen. So viel ist klar: Ein Journalist, der davon weiß, dass seine Angehörigen sich auf kriminelle Art bereichern und der das Ganze mit bestenfalls halb legalen Methoden deckt, ist als Redaktionsleiter mindestens so untragbar wie eine EDV-Angestellte, die auf Anweisung eines Kollegen recherchiert, selbst, wenn dies auf nicht amtlichen Wege geschieht. Zumal du auch noch damit rechnen musst, dass herauskommt, dass deine Mutter dich monatlich mit einem ganz hübschen Sümmchen unterstützt.«

Curt blieb stumm, aber allein die Tatsache, dass er den letzten Punkt nicht abstritt, gab Florian recht. Er gönnte ihm eine kleine Pause und fuhr mit seinen Anschuldigungen fort. »Ich bin sicher, dass die Öffentlichkeit sich sehr für die illegalen Geldtransfers ins Ausland interessiert.«

Der Redaktionsleiter knetete nervös seine Hände. Nach einem Augenblick, in dem man nichts hörte außer den Geräuschen vorbeifahrender Autos unten auf dem Hansaring, sagte Florian in einem Ton, als handele es sich um eine Belanglosigkeit: »Ich könnte mir aber auch vorstellen, dass der Journalist, der heute den Artikel geschrieben hat, und der auch alles über die Konten weiß, unter bestimmten Voraussetzungen darauf verzichtet, in seinem nächsten Artikel auf die Verbindung von Curt Kasten zu Magda Frings beziehungsweise Chocolat Royal Suisse einzugehen.« Florian beobachtete Curt genau, in dessen Gesicht sich ein Funken Hoffnung geschlichen hatte. »Du hast Janas Polizeirecherchen nie bemerkt. Nichts gesehen und nichts davon gehört. Jetzt nicht und in Zukunft nicht. Niemals, verstehst du?«

Ihr direkter Vorgesetzter starrte beide an, nickte, erhob sich langsam vom Stuhl und verließ, um aufrechte Haltung bemüht, das Zimmer.

42

»Du hast meinen Kopf gerettet, danke.« Jana sah nach dem Gespräch mit Curt ziemlich mitgenommen aus.

»Hör auf, dich bei mir zu bedanken. Wer hat dich denn in all das hineingezogen? Ich bin heilfroh, dass wir ihn ausbremsen konnten.«

»Und ich erst.« Sie versuchte zu lächeln, aber der Schreck steckte noch tief in ihren Gliedern.

»Komm, entspann dich.« Florian öffnete weit das Fenster. Der Schwall frische Luft tat gut. »Magst du Ringelblumen überhaupt?«

»Ich liebe sie. Der Inbegriff von Frühling.« Jana lächelte.

Florians Blick fiel auf einen großen, schwarzen Instrumentenkasten, der an der Wand lehnte.

»Deiner?«, fragte er.

Sie nickte. »Ja, da ist eine Gitarre drin.« Als sie Florians fragenden Blick bemerkte, begann sie zu erklären: »Ich spiele klassische Gitarre und Geige. Den ersten Unterricht bekam ich, da war ich neun. Ich habe Musik studiert, an der Hochschule in Köln.«

»Und warum arbeitest du dann als EDV-Fachfrau?«, fragte er überrascht.

»Weil ich mit Musik nicht genug Geld verdienen kann, es reicht nicht zum Leben. Der Privatunterricht, den ich früher mehr oder weniger begabten Menschen gab, war keine große Herausforderung für mich.« Jana lachte. »Es kam sogar vor, dass ich während der Unterrichtsstunden eingeschlafen bin.«

Sie bemerkte Florians ungläubigen Blick und sagte: »Doch, das ist wirklich wahr.« Nach einer kurzen Pause fuhr sie fort: »Einen festen Job in einem Orchester habe ich leider nie bekommen, also habe ich vor ein paar Jahren umgeschult. Jetzt spiele ich nur noch hobbymäßig.«

Florian strich sich über das Kinn, das unter seinen Fingern spürbar kratzte. Jana mochte klassische Musik, wenn das kein Zeichen war. »Und was spielst du?«

»Zurzeit ganz viel Paganini. Er war Meister auf der Gitarre wie auf der Violine. Meist spiele ich kurze Menuette, auch kurze Andantes, einige Sonaten, Romanzen. Sie sind voller Leben.« Nach einem Augenblick fügte Jana vorsichtig hinzu: »Zusammen mit einer Freundin, die Violine spielt, habe ich hin und wieder kleine Auftritte.«

Fasziniert betrachtete Florian ihre Gesichtszüge, die einen weichen, strahlenden Ausdruck angenommen hatten. Ehe er sich bremsen konnte, hörte er sich auch schon sagen: »Hast du Lust, Mittwochabend mit mir essen zu gehen?«

Jana sah ihn überrascht an. Das Strahlen war aus ihrem Gesicht verschwunden. »Ich dachte, du hättest ein Problem mit mir?«

»Ich habe ein Problem, aber es hat nichts mit dir zu tun. Es ist mein Problem, verstehst du? Ich …«

»Du musst dich nicht erklären.« Jana machte sich an ihrem Computer zu schaffen.

Florian sah ihr einen Moment lang zu. »Hast du Lust?«

»Das würde ich gern am Mittwoch entscheiden.«

»Hm.«

»Sagtest du etwas?«

Florian schluckte. »Ich fänd' es schön, den Abend nach der Sendung mit dir zu verbringen. Ich glaube, ich bin ...« Er sprach nicht weiter, Janas Blick brachte ihn zum Schweigen.

»Du glaubst, du kriegst die Sendung über die Krankheitsfälle noch gestemmt?«, wechselte sie das Thema.

Florian wusste, es hatte keinen Sinn, sie zu drängen. »Ich denke schon. Regine stellt sich jedenfalls inzwischen darauf ein. Willst du hören, was es Neues gibt?«

»Ja, klar.«

Er schloss das Fenster und brachte Jana auf den aktuellen Stand. Danach setzte er sich ihr gegenüber an den freien Schreibtisch, Janas Kollegin war in Mutterschutz, und startete den PC. »Wenn du nichts dagegen hast, schaue ich mal schnell nach, was ich im Internet über das Gentechnikkataster finde. Das kann ich hier genauso gut wie in meinem Büro, aber vielleicht kommt Curt ja noch mal zurück und du bist froh, wenn ich hier bin.«

Jana sagte: »Das Passwort lautet übrigens Liebling.«

»Verdient der PC den Namen denn?«, fragte Florian.

»Er stürzt nie ab.«

Florian lachte. »Braves Ding. Würdest du checken, ob du bei Verbraucherschutzorganisationen Informationen über Frazer Chemicals findest?«

»Ich habe es geahnt, kaum tauchst du auf, willst du schon wieder etwas von mir.« Sie seufzte, aber als sie in seine Augen sah, sagte sie: »O. k. Überredet.«

Eine ganze Weile hörte man im Raum nichts außer dem Tippen von Fingern auf der PC Tastatur. Nach einigen Minuten sah Florian auf. »Hör mal, das hier ist wirklich interessant.«

»Ja?«

»Das Gentechnikkataster gibt zwar parzellengenaue Auskunft über geplante Kulturen mit Gentechnikmerkmalen, aber nur denjenigen, die, wie es hier heißt, ein berechtigtes Interesse daran haben. Journalisten gehören jedenfalls so ohne Weiteres nicht dazu.«

»Wundert dich das?«

»Nein.«

»Es werden spezielle Berufsgruppen definiert. Imker, Biobauern und Landwirte zum Beispiel. Ihr berechtigtes Interesse, so heißt es, bestehe darin, zu erfahren, ob der Nachbarbauer unter anderem Genmais oder Gensoja anpflanzt, denn der könnte sich auch auf ihre Felder ausbreiten und damit den eigenen gentechnikfreien Bestand kontaminieren.«

»Klar, der Bioimker will natürlich nicht, dass seine Bienen Nektar aus Pollen von Genpflanzen sammeln«, sagte Jana.

»Ich ruf da mal an.« Florian griff kurzerhand zum Hörer, und Jana hörte, wie er sich als Student der Agrarwirtschaft vorstellte, der eine Diplomarbeit über den Einsatz von gentechnisch verändertem Saatgut in

Deutschland vorbereite und hierfür unter anderem eine Bestandsaufnahme sämtlicher regionaler Genpflanzungen benötige.

Sie lächelte. Das war ein Recherchetrick, der meistens funktionierte, es sei denn, man hatte die Stimme eines Sechzigjährigen. Nachdem Florian mehrfach hin und her verbunden worden war und diversen Menschen die spontan ausgedachten Inhalte seiner Arbeit erklärte, die er sich, wie Jana fand, sehr überzeugend aus den Fingern gesogen hatte, schien es zu klappen. Er sprach ganz offensichtlich mit jemandem, der bereit war, ihm die entsprechenden Katastereintragungen herauszusuchen, allerdings nicht sofort. Florian notierte einen Termin und nannte erneut seinen Namen. Ein Grinsen breitete sich auf seinem Gesicht aus. »Ganz recht, Halstaff.« Er buchstabierte: »H – A – L – S – T – A – F – F, Florian Halstaff.« Er deckte die Hörermuschel mit der Hand ab und flüsterte: »Gleich will er wissen, ob ich verwandt bin mit …«

Einen Moment später lehnte er sich wieder zurück und sagte laut: »Ja, ich bin ihr Sohn. Wirklich. Freut mich, dass Sie ein Fan sind, wie bitte?… Nein, sie dreht gerade einen Fernsehfilm, Theater spielt sie augenblicklich nicht … Sagen Sie, könnten Sie mir die Liste zufaxen? Das würde mir eine Menge Mühe ersparen …«

Kurze Zeit später ging ein Leuchten über Florians Gesicht. »Das ist wirklich nett, vielen Dank.« Er nannte die Faxnummer des Büros und legte auf.

»Hin und wieder ist es ganz praktisch, eine berühmte Mutter zu haben, was?«, fragte Jana ironisch.

»Ja.« Florian grinste.

»Ich habe Hunger. Soll ich dir was mitbringen?« Sie erhob sich.

»Ein Sandwich vielleicht. Schlimm, wenn ich dich nicht begleite?«

»Nein. Willst du noch wissen, was ich eben über Frazer herausgefunden habe?«

Er nickte und während sie sich auf den Schreibtisch setzte, fielen ihm ihr halblanger Rock, der die Knie bedeckte, und ihre schwarzen, schlichten Stiefel auf.

»Kein Geringerer als der amerikanische Landwirtschaftsminister sitzt im Vorstand der Biotech Firma Plantus.«

Florian sah Jana fragend an. »Wer ist Plantus und was hat Plantus mit Frazer zu tun?«

»Plantus brachte in den USA erstmalig gentechnisch veränderte Nahrungsmittel auf den Markt und wurde vor fünf Jahren von Frazer Chemicals aufgekauft.«

»Saubande. Dann kaufen die sich also Politiker.«

»Scheint so, und zwar solche, die für die Wirtschaftspolitik des Konzerns nützlich sein könnten«, fasste sie zusammen.

»Und das funktioniert in den USA wahrscheinlich genauso wie in Deutschland«, schlussfolgerte Florian. Er überlegte einen Augenblick. »Also: Die Gattin eines Ministerialbeamten ist bei der deutschen Tochterfirma ›Agrotecc‹ angestellt, womit auch ›Agrotecc‹ einen Draht ins Ministerium hätte, zwar indirekt, aber immerhin. In diesem Fall ins Wirtschafts- und Agrarministerium.«

»Siehst du, das passt doch. Aber ich mache mich jetzt erst mal auf den Weg, sonst verhungere ich.« Jana zog ihren Mantel an und ging.

Als die Tür sich hinter ihr geschlossen hatte, gab Florian das Stichwort ›Märkte Biotechnologie‹ in eine Suchmaschine im Internet ein. Schon wenig später spuckte sie einige Links aus, die er der Reihe nach anklickte. Er überflog die Inhalte und las eine Information, die seine Aufmerksamkeit fesselte: ›Es gibt sechs große multinational agierende Unternehmen, die den weltweit milliardenschweren Markt mittels Fusionen, Kartellbildungen und illegalen Preisabsprachen untereinander aufteilen. Frazer Chemicals ist der Größte.‹ Florian pfiff durch die Zähne. ›Frazer verfügt mit einem Marktanteil von knapp 90 Prozent des weltweit gehandelten gentechnisch veränderten Saatguts fast über eine Monopolstellung.‹

Ein ganz großer Fisch also, dachte er. ›Untereinander gibt es eine Menge Patentstreitigkeiten. Gentechnologie-Unternehmen können alle Pflanzen, in die ein bestimmtes Gen eingebracht wurde, auf einmal für sich schützen. So umfasst beispielsweise ein einziges Patent von Frazer Chemicals gleich 20 Nutzpflanzen.‹

Florian hörte Jana zurückkommen. Als die Tür sich öffnete, kam ein Schwall frischer Luft mit herein. Sie legte ihm ein Sandwich auf den Tisch und sah ebenfalls auf den Bildschirm. Er drehte sich zu ihr um. »Ich sage dir, das sieht in der Gentechnologie ganz nach einem Kampf im Haifischbecken aus.« Sein Blick fiel auf das Sandwich. »Tomate?«

Jana nickte. »Mit Käse.«

Florian nahm einen großen Bissen, während sie sich neugierig vorbeugte und las: »Frazer Chemicals unterstützte den letzten amerikanischen Präsidenten im Wahlkampf mit mehreren Millionen US-Dollar und verhinderte vor einem Jahr erfolgreich ein Gesetz, das eine Kennzeichnung gentechnischer Beigaben in Lebensmitteln vorschreibt. Beispielsweise Glutamat …«

»… gentechnologisch veränderte Hefen, Vitamin E, hergestellt aus gentechnologisch veränderten Mikroorganismen und so weiter«, fuhr Florian fort. Er drehte sich mit einem Schwung in seinem Sessel um und sah Jana an.

»Wenn das Glutamat in der Chocolat Royal Suisse Schokolade und dem Fresko Frischkäse gentechnisch verändert sein sollte, wäre das doch längst bekannt geworden.« Florian hielt inne. »Oder auch nicht?«

Jana zuckte mit den Schultern. »Ich habe nirgendwo einen entsprechenden Vermerk entdeckt.«

Das Faxgerät begann zu piepen. Florian ging hinüber und nahm Blatt für Blatt der neuen Sendung einzeln entgegen, aber so sehr er sich auch anstrengte, Hinweise über Versuchspflanzungen gentechnisch veränderter Reben in Dernau zu entdecken, er wurde nicht fündig. Florian blätterte hin und her. Es gab keine Eintragungen.

43

Florian hatte es sich im Hotel am Dom in einem Klubsessel gemütlich gemacht. Er saß an einem der Tische vor dem Fenster, wo auch der Kaffee serviert wurde und blickte gedankenverloren hinaus auf die Domplatte. Jugendliche versuchten sich in akrobatischen Übungen auf ihren Skateboards, und Touristen liefen wie immer mit emporgereckten Köpfen vor dem Kölner Dom auf und ab. Florian vermutete, dass sich die meisten von ihnen im Innern des Bauwerks auch das moderne, von Gerhard Richter gestaltete Südquerhausfenster angesehen hatten. Seit seiner Enthüllung im Jahr 2007 spaltete das Mosaik die Gemüter. Die einen bezeichneten es als Scherbenhaufen, die anderen feierten es als Symphonie des Lichts. Für ihn war es ein wundervolles Kunstwerk, das die Farben des Doms auf einzigartige Weise widerspiegelte. Während er aus dem Hotel hinausblickte, fiel ihm auf, dass die Touristen heute einen sehr entspannten Eindruck machten und sich mit erstaunlicher Leichtigkeit bewegten. Das lag mit Sicherheit an den Sonnenstrahlen und dem blauen Himmel.

Garcia hatte sich nicht mehr bei ihm gemeldet. Wahrscheinlich hatte er längst von Alex' Festnahme gehört und sonnte sich in dem Bewusstsein, wieder unangefochtener Bandenchef von Bickendorf zu sein. Florian sah auf die Uhr. Fresemann müsste jeden Moment eintreffen.

Nach der Internetrecherche über Frazer Chemicals hatte er sich mit Jörg Fresemann verabredet. Jetzt wippte er nervös mit dem Fuß auf und ab und dachte daran, dass sein Vater erstaunlich schnell dazu bereit gewesen war, sich mit ihm zu treffen.

Als er den Raum betrat, war Florians erster Gedanke, dass er verdammt gut aussah. Vital und attraktiv, und das mit Mitte 60. Kein Wunder, dass seine Mutter sich in ihn verliebt hatte. Er beobachtete ihn genau, auch seine Bewegungen erinnerten nicht an die eines älteren Mannes. Als Fresemann näher kam, behielt seine Miene einen neutralen, unverbindlichen Ausdruck, und Florian fand kein Anzeichen dafür, dass er irgendetwas von seiner Vaterschaft wusste.

Sie tauschten ein paar Begrüßungsfloskeln aus, und nachdem Fresemann sich etwas bestellt hatte, plauderten sie über das Wetter, Marie-Louises verstauchten Fuß und gemeinsame Bekannte aus dem Tennisklub. Irgendwann jedoch fragte Fresemann: »Du wolltest mich doch wohl nicht treffen, um Belanglosigkeiten auszutauschen?«

Florian wurde ernst. »Nein. Ich habe eine Frage an dich, aber sie könnte dich durchaus in deiner Position als Geschäftsführer von Fresko in Bedrängnis bringen.«

»Schieß einfach los.«

»Wurde das Glutamatderivat, das ihr in eurem Frischkäse verarbeitet, mithilfe von gentechnischen Verfahren hergestellt?«

Fresemann seufzte. »Dreh mir bitte keinen Strick daraus, ja?«

»Nein.«

Er zögerte noch etwas, sagte dann aber: »Du hast recht, das Glutamat ist mithilfe gentechnischer Verfahren hergestellt worden, aber wie wir alle längst wissen, ist das überhaupt kein Problem. Sämtliche Untersuchungen belegen es.«

»Darum geht es mir auch gar nicht«, erwiderte Florian. »Ich will nicht erneut die Wirkung infrage stellen, sondern von dir wissen, woher das Glutamatderivat stammt. Stellt ihr es selbst her?«

»Wo denkst du hin. Da gibt es ganze Konzerne, die sich auf so was spezialisiert haben. Wir beziehen das Glutamat von einer Firma in Mainz.«

»›Agrotecc Laboratories‹?«

»Richtig. Die forschen in großem Stil und vertreiben gentechnisch veränderte Zusatzstoffe im Auftrag der amerikanischen Muttergesellschaft, die auch die Patentrechte daran hält. Sie lassen sich das übrigens gut bezahlen.«

»Als der Frischkäse noch unter Verdacht stand, für die ominösen Krankheitsfälle verantwortlich zu sein, habt ihr da bewusst verschwiegen, dass es sich beim Glutamatderivat um einen gentechnologisch veränderten Zusatzstoff handelt?«

»Nein. Wir haben die Tatsache lediglich nicht vor uns her getragen, denn wir wollten die Öffentlichkeit nicht verrückt machen, wie du dir denken kannst. Du kannst dir vielleicht vorstellen, was das für einen Aufruhr verursacht hätte. Außerdem ist die Verwendung von gentechnisch veränderten Zusatzstoffen in Nahrungsmitteln in Deutschland absolut legal und nicht deklarationspflichtig.«

»Von der Allergie und dem Durchfall einmal ganz abgesehen«, sagte Florian.

Jörg Fresemann ließ sich nicht beirren. »Auch Vitamin B2, die Vitamine B12, C und E, bestimmte Enzyme in Backmischungen, oder das Lab-Enzym in Käse, sie alle können mithilfe gentechnischer Verfahren hergestellt werden, unterliegen aber nicht der Kennzeichnungspflicht. Noch nicht.«

»Ich kaufe mir also Vitaminbrausetabletten und nehme vielleicht, ohne dass ich es weiß, gentechnisch veränderte Substanzen zu mir? Esse Frischkäse oder Schokolade, und erfahre nicht einmal, dass sie gentechnisch verändertes Glutamat enthalten?«

»Ja.«

»Und das habt ihr in Absprache mit Kripo und Ministerium mal ganz fix unter den Tisch fallen lassen. So einfach ist das also«, sagte Florian und massierte seine Stirn.

»Nicht immer, aber manchmal. Außerdem hätte jeder Journalist es recherchieren können.« Fresemann atmete tief durch und fragte nach einer Weile: »Wie wäre es mal wieder mit einem Tennismatch? Du weißt, ich fordere Revanche. Nächsten Samstag vielleicht?«

Florian fasste instinktiv an seine geprellten Rippen, sagte aber: »Das ginge. Um wie viel Uhr?«

»Um drei. Wir könnten anschließend bei mir zu Hause eine Kleinigkeit essen. Deine Mutter kommt auch.«

Florian runzelte die Stirn. »Du hast sie bereits eingeladen?«

»Ja. Wir dachten, es wäre vielleicht ganz schön, wenn wir mal gemeinsam mit unserem Sohn an einem Tisch sitzen.«

»Du weißt es?« Florian wurde abwechselnd heiß und kalt.

Er nickte. »Deine Mutter kam Samstagabend zu mir und hat es mir erzählt, ich konnte es zuerst gar nicht glauben. Inzwischen freue ich mich natürlich. *Ich freue mich*!« Fresemann lächelte. »Nicht zu fassen, ich habe einen Sohn. Dich!« Er schüttelte den Kopf. »Aber du siehst mir überhaupt nicht ähnlich, oder?«

»Ich glaube nicht.«

Wenigstens nimmt er mich jetzt nicht in den Arm, überlegte Florian und sagte: »Meine Mutter ist ziemlich enttäuscht von dir.«

»Hm.«

»Du hast sie betrogen?«

»So, wie sie es darstellt, war es nicht.«

»Sie behauptet, du hättest immer wieder andere Frauen gehabt, obwohl ihr zusammen wart«, insistierte Florian.

»Quatsch.« Fresemann bewegte sich unruhig auf seinem Stuhl hin und her, beugte sich dann etwas vor und sprach leise: »Verzeih die offenen Worte, aber deine Mutter war damals notorisch eifersüchtig, und sie war extrem anstrengend. Es ging fast immer nur um sie, ihre Rollen, die Presse, die Ruhe, die sie brauchte. Ist doch klar, dass das kein Mensch lange aushalten kann. Ich konnte es jedenfalls nicht.«

»Aber rechtfertigt das deine Verhältnisse mit anderen Frauen?«

»Ich hatte keine Verhältnisse. Ich habe deine Mutter nicht betrogen, ich schwöre es.«

Florian sah ihn eindringlich an.

»Ein einziges Mal habe ich in dieser Zeit eine andere Frau geküsst, das war aber auch alles. Den Rest hat deine Mutter sich eingebildet, einfach dazufantasiert.«

Florian dachte, da sitzt er also, mein Vater, und wo bleibt die Freude? Lang ersehnter Moment. Zerplatzte Seifenblase.

»Nachdem wir uns immer häufiger und immer heftiger gestritten hatten, begann ich, wieder öfter bei mir zu Hause zu schlafen. Ich brauchte Luft. Für deine Mutter Grund genug, mir Szenen zu machen. Sie hat mich unter Druck gesetzt.«

»Wieso?«

»Sie wollte unbedingt ein Kind.«

Florian spürte ein Kratzen im Hals. »Du nicht?«

»Irgendwann nicht mehr, nein.«

»Warum?«

»Weil ihr Wunsch in meinen Augen zwanghaft war, und je mehr sie mir damit zusetzte, desto mehr stieß sie damit bei mir auf Granit. Außerdem bekam ich, je mehr wir uns entfremdeten, das starke Gefühl, ich sei nichts anderes als ihr Erfüllungsgehilfe. Ein Samenspender, wenn du so willst. Ich habe deine Mutter sehr bewundert und geliebt, das kannst du mir glauben, und im Grunde liebe ich sie sogar heute noch, aber ihre Egozentrik und ihre Eifersucht haben unsere Beziehung zerstört, da bin ich sicher. Als ich das Stellenangebot in Montreal bekam, war es wie eine Erlösung. Es war *die* Chance, mich von deiner Mutter zu lösen.«

»Aber du hast dich ziemlich schnell getröstet, oder nicht? Als sie dich in Montreal besuchte, hattest du doch schon eine andere.«

»Nein, hatte ich nicht. Das hatte ich mir aus den Fingern gesogen. Ich wollte einfach nicht, dass mit deiner Mutter alles wieder von vorn begann.« Fresemann holte tief Luft. »Heute weiß ich, dass ich damals einen großen Fehler gemacht habe. Es tut mir leid.«

»In Montreal war sie drauf und dran, dir davon zu erzählen, dass sie schwanger war.« Florian konnte nicht gegen den Groll ankommen, der in ihm aufstieg.

»Vielleicht auch nicht. Bei deiner Mutter weiß man nie.«

»Auf jeden Fall wäre alles anders geworden«, sagte Florian. »Die ganze Welt hätte sich anders angefühlt.«

Fresemann nickte. »Für uns alle, nicht nur für dich, aber das kann ich jetzt nicht mehr ungeschehen machen.«

»Nein.«

»Ich habe mir so manches Mal einen Sohn gewünscht.«

Florian sah Fresemann an, dieser erwiderte den Blick.

»Und ich mir einen Vater.« Er sah aus dem Fenster und wusste nicht, was er von Fresemann halten sollte, diesem Fremden, der ihm gegenüber saß und der sein Vater war, aber je länger er ihm zuhörte, desto glaubwürdiger fand er seine Version der Geschichte im Grunde genommen. In jedem Fall geriet das negative Bild, das Marie-Louise jahrelang von seinem Vater gezeichnet hatte, ins Wanken. Die Wahrheit, oder das, was Florian jahrelang für die Wahrheit gehalten hatte, war plötzlich in zwei Hälften zerbrochen. Sein Blick kehrte zurück zu Fresemann. Er begann zu lächeln. Irgendwie war sein Vater ihm sympathisch.

44

Gegen 16 Uhr verabschiedeten sich Florian und Jörg Fresemann, und zum allerersten Mal umarmten sie sich, etwas unbeholfen zwar, aber Florian konnte die Zuneigung, die von seinem Vater ausging, deutlich spüren. Die Verabredung für den kommenden Samstag war getroffen.

Auf dem Nachhauseweg fragte er sich, wie es seiner Mutter in den letzten Tagen gegangen sein mochte. Er fühlte sich wirr und wie zerschlagen. Seine Rippen schmerzten nach wie vor, und in seinem Kopf geisterten Fetzen des Gesprächs mit seinem Vater herum. Zu Hause angekommen, legte er sich völlig erledigt aufs Sofa, und es dauerte nicht länger als zwei Minuten, da war er eingeschlafen. Irgendwann wurde er aus dem Tiefschlaf gerissen, es klingelte. Er schreckte hoch und horchte. Es hörte sich an, als ob jemand am Türschloss herumfummelte. Unwillkürlich griff er hastig nach der Pistole, die er unter die Tageszeitung geschoben hatte, aber das Rascheln des Papiers überdeckte jedes andere Geräusch und hinderte ihn an einer differenzierten Wahrnehmung. Florian spürte, wie sein Herz klopfte, und er schwer atmete. Die Pistole in der Hand, schlich er leise durch den Flur zur Tür und sah vorsichtig durch den Spion. Es machte sich tatsächlich jemand am Schloss zu schaffen. Florian überlegte einen Moment, dann riss er mit einem Ruck die Tür auf.

Erstaunt ließ er die Pistole sinken und sagte: »Hallo, komm doch rein.«

Curt taumelte zurück. »Ich dachte, du wärst nicht da. Ich habe ein paar Mal geklingelt.« Entgeistert starrte er Florian an, dann fiel sein Blick auf die Pistole.

»Ich habe geschlafen«, antwortete er. »Hast du für solche Fälle immer einen Dietrich dabei?«

Curt schüttelte den Kopf. »Rennst du immer gleich mit einer Pistole herum?«

»Nein.«

Beide mussten lachen.

»Ich kann dir alles erklären.«

»Hoffentlich.« Florian steckte die Pistole in die Hosentasche und führte Curt ins Wohnzimmer.

»Wärst du nicht zu Hause gewesen, hätte ich hier drinnen auf dich gewartet. Ich muss mit dir reden. Hat Max mit dir über meine Mutter und meinen Onkel gesprochen?«

»Du redest wirr.«

»Mein Onkel, Paul Seeland, wurde umgebracht. Ein glatter Kopfschuss, es sollte aussehen wie Selbstmord, war aber Mord. Die Kripo ist sich sicher.«

»Und was habe ich damit zu tun oder Max?«

»Mein Onkel ist im Vorstand von ›Agrotecc Laboratories‹ und Chef der Entwicklungsabteilung von Chocolat Royal Suisse. Dort hat er sich in etwas hineingeritten, das ihn das Leben gekostet hat, und ich glaube, Max hat davon gewusst.« Curt sah Florian bedrückt an. »Im Grunde wäre mir das alles ziemlich egal, wenn ich nicht davon überzeugt wäre, dass auch das Leben meiner Mutter in Gefahr ist.«

»Wieso?«, fragte Florian unverhohlen neugierig.

»Chocolat Royal Suisse hat doch diese Schokolade hergestellt, die unter Verdacht stand, die Krankheiten und Todesfälle auszulösen. Darin ist ein gentechnologisch verändertes Glutamatderivat enthalten, für dessen Nutzung Lizenzen fällig werden. Genau diese Lizenzen haben mein Onkel und meine Mutter veruntreut. Anstatt sie ›Agroteccs‹ Muttergesellschaft Frazer Chemicals in vollem Umfang zu überweisen, haben sie einen Teil des Geldes auf Luxemburger Konten transferiert. Die Sache ist aufgeflogen und mein Onkel sollte entlassen werden, aber der Vollidiot hat Frazer mit Polizei und Presse gedroht, falls sie ihn rausschmeißen.«

Florian hob fragend die Augenbrauen.

»Mein Onkel hatte inzwischen herausgefunden, dass die von ›Agrotecc‹ entwickelten gentechnisch veränderten Reben gesundheitsschädigend, ja tödlich sein können.«

»Und die Presse, das war Max?«

Curt nickte.

F. W., Forschungsanstalt für Weinbau, dachte Florian.

»Frazer schreckt vor nichts zurück. Das beste Beispiel ist mein Onkel. Die bringen die Leute einfach um«, sagte Curt.

»Dein Onkel hat mich heute früh angerufen und die Nachricht hinterlassen, dass er mich dringend sprechen müsse. Warum hat er sich nicht an dich gewandt?« Florian ging unruhig im Zimmer auf und ab.

»Er wusste von mir, dass du die Sendung vorbereitest. Außerdem wusste er, dass du mit Max befreundest warst. Sag mal, hast du noch irgendwelche Unterlagen von Max? Dateien, Notizblöcke, Agenda? Wenn du irgendeinen Hinweis hast, der auf die Spur des Mörders führen könnte, dann ist jetzt der Zeitpunkt, damit herauszurücken.« Curt sah Florian an.

»Ich habe nichts, vergiss es.«

»Sicher?« Curts Augen flackerten. »Das Leben meiner Mutter ist in Gefahr, sie hat Gelder veruntreut, und sie weiß von den Reben.«

Florian nahm eine Flasche Ramazzotti und zwei Gläser aus dem Regal und goss ein. »Tut mir leid, Curt, ich kann dir da nicht helfen. Wirklich nicht.«

45

Die Reben waren auf der Ladefläche von Eddies Kombi verstaut. Alles in allem war es erstaunlich leicht gewesen, die Pflanzen auszugraben. Eddie, der sich den ganzen Tag bei ›Agrotecc‹ in Mainz und bei Chocolat Royal Suisse in Köln herumgetrieben hatte, erzählte Florian auf ihrer Fahrt nach Dernau, dass die Kripo voll und ganz damit beschäftigt gewesen war, relevant erscheinende Firmenunterlagen zu durchforsten.

»Paul Seeland hinterlässt eine Frau und zwei Kinder.«

»Ob sie auch von den Konten in Luxemburg wusste?«

»Oft haben die Ehefrauen ja keinen blassen Schimmer von dem, was ihre Gatten so treiben.«

Florian nickte. »Eddie?«

»Ja?« Eddie, der den Kombi lenkte, konzentrierte sich auf die Straße, die nur spärlich beleuchtet war. Es nieselte leicht, was die Sicht zusätzlich erschwerte.

»Du darfst im Augenblick auf keinen Fall von den Konten berichten.«

»Spinnst du?« Er trat auf die Bremse und wandte den Kopf. »Sonst noch Wünsche?«

»Wenn du auch nur eine Zeile über die unterschlagenen Lizenzgelder veröffentlichst, wird Magda Frings wahrscheinlich sterben.«

»Jetzt mach mal halblang.« Er fuhr rechts ran. Als

sie standen, erzählte Florian ihm von seinem Gespräch mit Curt. Am Ende schüttelte Eddie den Kopf. »Die Polizei wird es sowieso herausfinden.«

»Bis dahin ist aber hoffentlich der Mörder gefasst und Magda Frings außer Gefahr.«

Eddie drehte den Zündschlüssel um und seufzte: »Das ist ein Argument.«

Er gab Gas und schweigend fuhren sie weiter. Als sie vor Schäfers Hof ankamen, fragte Florian sich, in was er da eigentlich hineingeraten war. Die Pistole wog schwer in seiner Manteltasche, sie fühlte sich wie ein Fremdkörper an, von dem er wusste, dass er sich niemals an ihn gewöhnen würde. Seine Finger tasteten nach dem Abzug, er vergewisserte sich, dass die Pistole gesichert war. Auch wenn er ihre Handhabung hinter geschlossenen Gardinen geübt hatte und wusste, wie er mit ihr umgehen musste, flößte sie ihm einen Heidenrespekt ein.

Schäfers Haus lag in blauschwarzer Dunkelheit. Das dünne Licht des blassen Mondes, der schräg am Himmel hing, erhellte den Hof gerade genug, um die Eingangstür auszumachen.

Florian und Eddie horchten in die Dunkelheit, aber alles blieb still. Die Hundehütte war leer, davon hatte Florian sich überzeugt, gleich als sie den Hof betreten hatten. In weiser Voraussicht hatten sie sich die Taschen mit geräucherter Gänsebrust voll gestopft, angeblich das beste Mittel, um einen Hund zutraulich zu machen.

Auf der Rückseite des Gebäudes angekommen,

blickten beide mitten ins Wohnzimmer der Schäfers, wo ein Film mit John Wayne lief. Horst Schäfer lag auf dem Sofa und sah gebannt zu. Seine Frau saß neben ihm im Sessel und stopfte Socken.

»Klassisches Altherrenprogramm«, grinste Eddie.

»Damit sind sie hoffentlich erst mal eine Weile beschäftigt«, sagte Florian.

Nach nur wenigen Minuten hatten sie wieder die Vorderseite des Hauses erreicht. Florian blickte auf seine Armbanduhr. »Der Film läuft mindestens noch eine Stunde.«

Eddie streifte sich Handschuhe über und zog einen Satz Schließhaken aus der Tasche. »Ich brauche mehr Licht.«

Florian knipste seine Taschenlampe an und hielt sie dicht über das Schloss. Behutsam steckte Eddie das Einbruchwerkzeug hinein und bewegte es vorsichtig hin und her. Plötzlich sah er erstaunt auf. »Die Tür ist überhaupt nicht verschlossen!«

»Seltsam«, flüsterte Florian.

Vorsichtig drückte Eddie die Klinke nach unten. Beide traten ein und benötigten einen Augenblick, um sich zu orientieren. Florian erkannte aber schnell den kleinen Flur wieder. Alles blieb ruhig. Auf Zehenspitzen schlichen sie ins Büro. Der Lichtkegel der Taschenlampe fiel auf einen wuchtigen Schreibtisch, der mitten im Raum stand. Während Eddie die Lampe hielt, blätterte Florian durch verschiedene Papiere, überwiegend Rechnungen. In einer weiteren Schublade fand er Briefmarken, einen Firmenstempel sowie Stifte und Büroklammern und eine kleine grüne Geldkasse, die jedoch verschlossen war.

»Da sind bestimmt die dicken Scheine drin«, sagte Eddie leise.

»Glaube ich nicht. Der ist eher arm wie eine Kirchenmaus.« Er hatte mit Janas Hilfe Schäfers Konten gecheckt und Florian wusste, wovon er sprach. Nach wenigen Minuten bückte er sich und öffnete die unterste Schublade. »Das ist er.« Er zog rasch einen flachen Ordner heraus. »Leuchte mal hierher. Ich glaube, da ist der Vertrag, den ich gesucht habe.« Seine Stimme klang aufgeregt.

Der runde Lichtkreis der Taschenlampe erhellte das Schriftstück.

»Volltreffer.« Florian vertiefte sich in den Text. »›Agrotecc‹ zahlt Schäfer und Dr. Barbara Weidner eine Aufwandsentschädigung, wenn sie sich dazu verpflichten, gentechnologisch veränderte Reben mindestens drei Jahre lang zu Versuchszwecken anzubauen und für den Pflanzenschutz Pestizide von ›Agrotecc‹ abzunehmen.« Er sah Eddie an. »Allerdings ist der Vertrieb des Weins so lange untersagt, bis entsprechende Gesetze es erlauben.«

»Saubande!«, stieß Eddie hervor.

»Fotografier das mal.« Florian deutete auf die entsprechende Seite und Eddie drückte ihm die Taschenlampe in die Hand, um seinen Fotoapparat besser auspacken zu können.

»Barbara Weidner und Schäfer sind also tatsächlich Geschäftspartner«, sagte Florian und spürte plötzlich an seiner Schläfe einen eiskalten Druck. Es fühlte sich an wie der Lauf einer Pistole.

»Danke fürs Suchen«, flüsterte eine aalglatte Stimme.

Florian versuchte, zur Seite zu sehen, seine Knie fingen an zu zittern.

»Mit dem Gesicht an die Wand, alle beide.«

Sie taten, wie ihnen befohlen wurde. Florians Blick fiel auf ein Paar halbhohe Militärstiefel mit grünen Schnürsenkeln. Er glaubte, sein Herz bliebe jeden Moment stehen. Neben ihm stand der Mann, der ihn überfallen hatte.

»Hände hoch.« Diese Aufforderung galt Eddie. Der Fremde hieb ihm in die Rippen, aber über Eddies Lippen kam kein Laut. Florian registrierte, dass der Mann mit slawischem Akzent sprach. Vorsichtig drehte er den Kopf, aber eine Sekunde später schon spürte er, wie sich die Pistole erneut mit schmerzhaftem Druck in seine Schläfe bohrte. Daraufhin vernahm er ein Klicken, das sich anhörte, als sei die Pistole gerade entsichert worden. Sein Herz schlug bis zum Hals. Seine Augen brannten, und sein Mund war staubtrocken. Plötzlich schoss ihm ein Gedanke durch den Kopf: Wenn ich schon sterben muss, dann wenigstens nicht, ohne zu kämpfen. Unwillkürlich spannte er die Muskeln, eine tiefe Wut überkam ihn, und er war drauf und dran, dem Fremden an die Kehle zu gehen. Doch genau in diesem Moment hörte er draußen lautes Bellen und eilige Schritte. Der Druck der Pistole an seiner Schläfe ließ nach.

»Ist da jemand? Emma, such!«

Das war Schäfer. Florian atmete auf. Der Mann ließ von ihm ab und schlich mit erhobener Pistole zum Fenster. Schäfer stand, ein Jagdgewehr in der Hand, kurz davor. Sein Hund schnüffelte hektisch über das Pflaster.

Florian fühlte sich unbeobachtet. Er tastete nach seiner Pistole, entsicherte sie vorsichtig, und dann drehte er sich um und schoss. Einmal, zweimal. Der Schweiß trat ihm auf die Stirn. Plötzlich schoss jemand durchs Fenster, ein anderer schoss durch die Tür. Herein stürmte Marco Rössner, gefolgt von weiteren Polizisten. Den Überraschungsmoment nutzend, preschten sie nach vorn, aber dem Fremden gelang es, ihnen zu entwischen.

Rössner heftete sich an seine Fersen. Weitere Schüsse fielen. Florian spähte hinaus, er sah, wie der Hund zähnefletschend hinter dem Fremden her rannte, der drehte sich um und zielte, dabei verfehlte er Rössner nur knapp.

Florian sah, wie der Hund den Mann zu Fall brachte und sich wütend in ihn verbiss. Laute Schreie gellten über den Hof. Rössner rief nach Schäfer, der seine Hündin mit Mühe von dem Mann wegzerrte. Rössner legte dem Mann Handschellen an.

Florian lehnte sich an die Wand und atmete tief durch. Es war vorbei. Nach einem Moment packte er Eddie, der am Arm blutete, und wankte mit ihm nach draußen.

»Wenn wir Sie nicht observiert hätten, wären Sie jetzt tot«, brüllte Rössner Florian an.

Florian schluckte. Ihm fehlten die Worte, die auszudrücken vermocht hätten, was er in diesem Augenblick fühlte.

46

Eddie hatte eine Schusswunde am linken Oberarm erlitten. Bevor er am Dienstagmorgen in die Redaktion fuhr, schaute Florian noch kurz in der Klinik vorbei. Als er gegen 11 Uhr wieder ging, war er davon überzeugt, dass Eddie das Krankenhaus bald wieder verlassen konnte. Er hatte ihm gesagt, dass es ihm doch noch geglückt war, den Vertrag zwischen ›Agrotecc‹, Schäfer und Barbara Weidner zu fotografieren, und jetzt steckte die Speicherkarte aus seiner Kamera sicher in Florians Manteltasche. Die Fotos würden sich in der Sendung bestimmt gut machen. Gegen halb zwölf erreichte Florian die Redaktion, und er fühlte sich so gut wie lange nicht mehr. Sein Kopf tat nicht mehr weh, die Rippenschmerzen waren fast weg und die Tatsache, dass er den gestrigen Abend überlebt hatte und der Mann, der ihn vor wenigen Tagen überfallen hatte, hinter Schloss und Riegel saß, verlieh ihm zum ersten Mal seit Tagen ein zufriedenes und erleichtertes Gefühl.

Regine Liebermann, Jörn Carlo und Curt gingen gerade die Hintergrundinformationen zum Thema Brustkrebstherapien durch, als Florian an die Tür klopfte. Regine sah überrascht auf, aber augenblicklich bat sie Carlo und Curt darum, sie einen Augenblick mit Florian allein zu lassen.

»Und?«

Florian erzählte ihr alles, er sparte auch den nächtlichen Besuch bei Horst Schäfer nicht aus, mit dem Resultat, dass sie von Minute zu Minute mehr darauf brannte, noch am selben Tag mit dem Thema über die Krankheitsfälle auf Sendung zu gehen.

»Komm gleich mit zur Redaktionskonferenz, dann erzählen wir Barrick mal, wie man Quote macht«, schlug sie gut gelaunt vor. »Die Sendung über Brustkrebs verschieben wir um eine Woche.«

Florian lachte: »Einverstanden.«

Wieder einmal entdeckte er in ihren Gesichtszügen eine Entschlossenheit, die nur bei Menschen zu finden ist, die bereit sind, für etwas zu kämpfen, aber mit Widerstand rechnen müssen. Und wieder einmal wurde Florian bewusst, warum er so gern bei Profi Entertainment arbeitete.

Regine erhob sich schwungvoll von ihrem Stuhl. »Ich werde Curt bitten, dich bei der Sendungsvorbereitung zu unterstützen. Du machst in Absprache mit ihm den Ablaufplan und schreibst die Moderationen. Katja könnte sich um die Talkgäste kümmern und die Informationen für Jörn Carlo vorbereiten.«

»Theo hätte ich auch gern im Team, es gibt noch einiges zu recherchieren«, erwiderte er.

»Greif ihn dir einfach.« Regine war schon fast an der Tür, um Jörn Carlo und Curt wieder hereinzurufen.

Florian beeilte sich und fragte: »Schon mal darüber nachgedacht, Theo als Auszubildenden einzustellen?«

Regine blieb mit der Türklinke in der Hand stehen und sah ihn erstaunt an. »Noch nicht.« Sie hielt einen

Moment inne und sagte dann lachend: »Aber wenn die nächste Sendung ein Erfolg wird, werde ich das nach Rücksprache mit Personaldirektor Halstaff unbedingt nachholen.«

47

Kriminalhauptkommissar Marco Rössner hatte graue Schatten unter den Augen, und die Fahlheit seiner Gesichtshaut verriet, dass er sich in den letzten Stunden nicht eine einzige Minute ausgeruht hatte. Dennoch machte er auf Florian einen durchaus entspannten Eindruck.

»Schön, Sie zu sehen«, begrüßte Rössner, der hinter seinem Schreibtisch saß, Florian aufgeräumt. »Sie können es wahrscheinlich kaum erwarten, zu erfahren, was der Tscheche, Horst Schäfer und das Ehepaar Weidner uns mitzuteilen hatten?«

»Ach was. Ich bin hier, um mit Ihnen über das Wetter zu plaudern«, entgegnete er. »Das Thermometer soll heute zum ersten Mal auf 16 Grad klettern.«

»Und, haben Sie Zeit für Frühlingsgefühle?«

Florian lachte. »Wohl kaum. Wir produzieren heute Abend die Sendung über die Krankheitsfälle und haben alle Hände voll zu tun. Ich freue mich, dass Sie dabei sein werden.«

»Wenn ich bis dahin nicht tot umgefallen bin«, scherzte Rössner. »Nein, im Ernst, ich komme natürlich gern. Die Pressekonferenz ist auf 17 Uhr terminiert, sodass es keine zeitliche Überschneidung gibt.« Rössner sah Florian fragend an: »Im Vorfeld können Sie sicher noch ein paar ganz aktuelle Informationen gebrauchen?«

»Unbedingt.«

»Borek Svoboda, so heißt der Mann von gestern Abend, ist ein Auftragskiller. Er hat beide Morde gestanden, den an Ihrem Freund und den an Paul Seeland. Er war es übrigens auch, der bei Ihrem Freund eingebrochen hat.«

»Ich habe mir fast so etwas gedacht«, sagte Florian. »Wer hat ihn beauftragt?«

»Darüber schweigt er sich aus, aber wir haben die Aussage des ›Agrotecc‹-Geschäftsführers. Er behauptet, dass er die Muttergesellschaft Frazer Chemicals vor zwei Wochen darüber informiert hat, dass der TV-Journalist Max Kilian ein Interview mit Paul Seeland über die gentechnisch veränderten Weinreben führen wollte. Eine Woche später habe er aus den USA den Auftrag erhalten, einem Mann namens Svoboda einige Gramm Botulinumtoxin auszuhändigen. Er habe weder gewusst, wofür Svoboda das Mittel benötige, noch habe er den Mann je zuvor gesehen. Schriftliche Beweise dafür, dass eine entsprechende Anweisung von Frazer kam, gibt es selbstverständlich nicht.

»Max ist also für ›Agrotecc‹ zu gefährlich geworden.«

Rössner lehnte sich in seinem Schreibtischstuhl zurück. »Wie die von ›Agrotecc‹ entwickelten Reben in Kombination mit Acetylsalicylsäure wirken würden, hat natürlich niemand geahnt. Jetzt hören Sie gut zu. Die veränderte Pflanze erzielte nicht nur die beabsichtigten Geschmacks- und Qualitätsverbesserungen, sondern veränderte auch, allerdings ungewollt, die chemische Struktur ihrer Anthocyane.«

»Anthocyane?«

»Gehören zur Gruppe der Flavonoide, das sind wasserlösliche Pflanzenfarbstoffe. Das entstandene Anthocyane-Derivat bewirkte bei dem Spätburgunder übrigens auch die außergewöhnliche Farbe, was für sich allein betrachtet nicht schädlich ist.«

»Ja, und?«

»Das Derivat selbst ist völlig unauffällig. Erst durch die alkoholische Gärung in Kontakt mit der Hefe wird es in einen Stoff umgewandelt, der in Kombination mit Acetylsalicylsäure toxisch ist.«

»Hochinteressant.« Florian machte sich Notizen. »Steht die toxische Wirkung irgendwie in Zusammenhang mit der konsumierten Menge?«

»Eindeutig. Tödlich sind schon 1.000 Milligramm Acetylsalicylsäure in Kombination mit einem halben Liter des Weins, dessen Pflanzen Sie gestern so brav ausgebuddelt haben«, sagte der Kriminalhauptkommissar. »Wäre übrigens nicht nötig gewesen, wir hatten uns natürlich schon einige Reben besorgt. Aber vielleicht interessiert es Sie, zu erfahren, dass Dr. Barbara Weidner zu 50 Prozent am Verkaufserlös des gentechnisch veränderten Spätburgunders beteiligt sein sollte.«

Florian betrachtete die Grünpflanze am geöffneten Fenster, deren Blätter sich leicht im Wind wiegten. Er sagte: »Ein Ministerialbeamter nutzt seine politische Stellung und seinen Einfluss, um der Gentechnologie in Deutschland den Weg zu ebnen und sich selbst mithilfe seiner Frau, die den Strohmann spielt, an Produkten der Gentechnologie zu bereichern. Darüber werden wir heute Abend ausgiebig reden müssen.«

»Keine Frage.«

»Hat Burkhard Weidner für seine hilfreichen Dienste in der Politik eigentlich viel Geld kassiert?«

»Das Ehepaar verfügt über ein erstaunliches Vermögen, doch bislang können wir nicht nachweisen, dass es tatsächlich von Frazer Chemicals stammt. Wir haben bei dem Ahrwinzer einen Vertrag gefunden, in dem zwar von Aufwandsentschädigungen die Rede ist, jedoch nichts über die Höhe ausgesagt wird.«

Florian nickte, Rössner sprach von dem Schriftstück, das Eddie in der Nacht fotografiert hatte.

»Selbstverständlich sind die Gelder aus den USA oder Deutschland nicht direkt auf Barbara Weidners Konten geflossen. Frazer etwas nachzuweisen, dürfte schwierig werden. Das sind Profis.«

»Kriminelle«, verbesserte Florian ihn bitter und sagte: »Und in Brasilien sind die sogar schon einen ganzen Schritt weiter. Da haben sie anscheinend mit hohen Schmiergeldern bewirkt, dass das Anbauverbot gentechnisch veränderten Saatguts aufgehoben wird. Selbstverständlich gibt es auch dort keine eindeutigen Beweise, aber immerhin ist der Chef von Frazer Brasilien auch Mitglied der Regierungsbehörde für Biosicherheit, die Gensaatgut und Freilandversuche zulassen muss«, sagte Florian.

Kriminalhauptkommissar Marco Rössner sah ihn lange an. Keiner von beiden sagte ein Wort. Schließlich fuhr Florian fort: »Im Übrigen haben sich die europäischen Agrarminister nicht von den Warnungen aus Frankreich irritieren lassen, wonach genmanipulierter Mais der US-Firma Frazer, der versuchsweise an Ratten verfüttert wurde, bei den Tieren Nierenschaden und veränderte Blutwerte auslöst. Die Minister haben der Zulassung gentechnisch veränderter Lebensmittel und Futterstoffe aller Bedenken zum Trotz zugestimmt.«

»Dann scheint Frazers System also zu funktionieren«, sagte Rössner.

»Keine Frage, weltweit. Frazer verfolgt offensichtlich das Ziel, den globalen Nahrungsmittelmarkt im Laufe der nächsten Jahre neu zu definieren, zu kontrollieren und zu sichern. Dabei legt das Unternehmen eine derartige Profitgier an den Tag, dass es auch vor Mord nicht zurückschreckt.« Florian sah aus dem Fenster. Das Blau des Himmels war einem blassen Grau gewichen.

»Das wird man Frazer aber nicht nachweisen können«, sagte Rössner.

»Nein. Solange sich niemand findet, der es wagt, gegen Frazer Chemicals auszusagen, nicht.«

48

Eddie lag halb aufgerichtet zwischen der weißen Wäsche des Krankenhausbettes und mühte sich fluchend damit ab, den linken Arm, der in einer Schlinge hing, etwas bequemer zu platzieren. Als ihm das endlich gelungen war, sah er Florian an. »Die Sendung hat mir gut gefallen. Verdammt schade, dass ich nicht dabei sein konnte.«

»Vielleicht klappt es beim nächsten Mal«, sagte Florian, der von den Anstrengungen des Vortags noch sehr müde war, und zu seiner eigenen Verwunderung klang seine Stimme weich. Er räusperte sich. »Stell dir vor, wir hatten fast 23 Prozent Marktanteil. Eine Sensation.«

»Dann wird deine Chefin beim Sender wohl wieder hoch gehandelt?«

»Ja, und ich gönne es ihr, auch wenn es nur ein paar Wochen anhält. Wenigstens bemüht Barrick sich jetzt darum, ein bisschen freundlicher zu ihr sein.«

»Das hat sie verdient. Starke Frau.« Eddie nickte. »Sensationell fand ich übrigens, wie Marco Rössner sich aus dem Fenster gelehnt hat. Die Idee von der Kronzeugenregelung macht Sinn.«

»Vor allem, weil bislang keiner der Festgenommenen Frazer oder ›Agrotecc‹ auch nur mit einem Wort belastet«, erwiderte Florian. »Und Rössner weiß, dass er ohne Kronzeugenregelung nicht viel weiter kommt.«

Eddie lehnte sich in die Kissen zurück. Er machte auf ihn plötzlich einen erschöpften Eindruck, und Florian rückte den Besucherstuhl, auf dem er saß, ein wenig vom Bett ab. Beide sahen sie aus dem Fenster, hinaus in den Park.

Nach einer ganzen Weile fragte Eddie: »Hat unser Besuch bei Horst Schäfer eigentlich ein Nachspiel?«

»Sieht so aus, als würde Rössner die Sache im Sande verlaufen lassen.« Florian sah zur Tür, denn eine Krankenschwester rauschte mit demonstrativer Power ins Zimmer. Sie stellte ein kleines Tablett mit verschiedenen Medikamenten auf Eddies Nachtisch ab, erkundigte sich knapp nach seinem Befinden, steckte ihm ein Fieberthermometer unter den Arm und war mit der Ankündigung, dass sie ihm gleich auch noch einen Hagebuttentee bringen würde, schon wieder verschwunden.

Eddie verzog angewidert das Gesicht. Florian lachte, dann nahm er den Faden wieder auf. »Rössner hat mich erstaunlicherweise nicht mehr darauf angesprochen.« Sein Blick fiel auf das Radio, das auf Eddies Nachttisch stand. »Darf ich? Gleich gibt es Nachrichten.«

Eddie nickte, und Florian schaltete das Gerät ein. Zunächst kam eine Meldung über den Papst, aber dann horchten sie auf. Der Nachrichtensprecher sagte: »Die Ursache der mysteriösen Krankheit, der in Köln und an der Ahr mehrere Menschen zum Opfer fielen, ist geklärt. Eine hierfür gegründete Sonderkommission der Kölner Kriminalpolizei hat unter Berücksichtigung hilfreicher Informationen von zwei Journalisten herausgefunden, dass ein gentechnisch veränderter Rotwein aus Dernau …«

Eddie lachte. »Unter Berücksichtigung hilfreicher Informationen … das haben die aber schön gesagt.«

»Immerhin haben sie uns erwähnt.«

Ein breites Grinsen überzog Eddies Gesicht. »Bleibt zu hoffen, dass in den nächsten Tagen nicht schon wieder eine Vergiftung ins Haus steht.«

Florian sah Eddie ratlos an.

»Eine Kräutervergiftung«, sagte Eddie und lachte. »Verursacht durch den maßlosen Konsum eines italienischen Kräuterschnapses!«

49

Jana stand vor der gläsernen Tür des Krankenhauses. Ihr Mantel stand offen, und die Sonnenbrille, die sie trug, hatte sie ins kurze Haar geschoben. Sie beobachtete ein paar Vögel, die in dem knorrigen Baum auf dem Vorplatz der Klinik von einem Ast zum anderen flitzten.

Als Florian sie sah, machte sein Herz einen Sprung. Langsam ging er auf Jana zu, und als ob sie es spüren könnte, drehte sie sich in diesem Moment zu ihm um.

»Ich dachte schon, du bleibst ewig da drin.« Jana lächelte.

Die Brille rutschte ihr auf die Nase. Florian stellte zum ersten Mal fest, dass sie Sommersprossen hatte.

»Du hast gewusst, dass ich hier bin?«

»Von Eddie«, sagte sie und nickte.

»Willst du ihn besuchen?« Florian deutete hinter sich auf das Bettenhochhaus.

»Nein, ich war schon vor dir bei ihm.« Sie sah ihn an und ergänzte: »Jetzt will ich eigentlich nur eins.«

»Ja?«

»Einen ganzen Tag blaumachen.«

Florian stutzte. »Aha?«

»Mit dir.«

In seinem Bauch begann es zu kribbeln. Er strich sich mit der Hand über die Stirn. Vorsichtig fragte er nach: »Und was hast du vor? Spazieren gehen?«

Jana lachte. »Nein.«

»Ins Kino?«

Jana schüttelte den Kopf.

»In den Zoo?«

»Nein.«

Florian und Jana sahen sich an. Sie blinzelte, und auf einmal begann sein Herz wild zu klopfen. Nach einem kurzen Moment nahm er ihre Hand, zog sie dicht zu sich heran, und während ihre Haarspitzen seine Wange kitzelten, flüsterte er ihr leise ins Ohr: »So machen wir's. Genau so.«

ENDE

NACHWORT

Sämtliche Figuren dieses Kriminalromans sind frei erfunden. Ähnlichkeiten mit lebenden Personen sind nicht beabsichtigt.

Der Inhalt basiert auf umfangreichen Recherchen, so liegt dem Roman die aktuelle deutsche und europäische Gesetzeslage zur Gentechnologie zugrunde. Im Roman geschilderte Auswirkungen, die gentechnisch veränderte Pflanzen auf den Menschen haben können, sind rein fiktiv, dennoch wissenschaftlich betrachtet durchaus vorstellbar. Sämtliche Angaben zu gentechnisch veränderten Weinreben sind frei erfunden, hypothetisch jedoch denkbar.

All meinen Beratern gilt mein herzlicher Dank.

Insbesondere bedanke ich mich: bei dem Winzer, Getränketechnologen und Freund Andreas Lehnen, der mich über die Besonderheiten der Ahrweine und des Winzerberufs aufklärte, mir chemische Zusammenhänge nahebrachte, eigene Ideen kreierte und dessen Weine ich sehr zu schätzen weiß; und beim Fachmann für Rebenzüchtung, der mich beim Szenario von Auswirkungen, die gentechnisch veränderte Organismen haben könnten, beriet.

Mein großer Dank gilt darüber hinaus einem Mediziner, Forscher und Freund, der mir half, biologische und medizinische Zusammenhänge in Korrelation zu setzen und diese zu verstehen, wobei er nicht müde wurde, fiktive Kreuzreaktionen durchzudeklinieren.

Mein Dank gilt darüber hinaus: Dr. rer. nat. Katja Bender, die mich mit Blick auf rechtsmedizinisch nachweisbare und nicht beziehungsweise nur schwer nachweisbare Gifte beriet; dem Kriminalhauptkommissar, den ich seit meiner Jugend kenne und der mir seine Verbundenheit bewies, indem er geduldig jede meiner Fragen zu Kriminaltechnik, ermittlungsrelevanten Vorgängen und Organisationsstrukturen bei der Kripo beantwortete; der Pressestelle der Kriminalpolizei Köln, die bei vielen regional bedingten Fragen weiterhalf; der Kölner Psychotherapeutin Helga Domian-Suckow, die sich in die Hauptfigur des Romans einfühlte und half, ein psychologisch stimmiges Bild zu entwerfen; dem Kölner EDV-Experten, der mir einiges über Hacker und das World Wide Web erklärte, meinem Agenten Dr. Harry Olechnowitz, der dramaturgische Impulse gab; und meiner Lektorin Claudia Senghaas, die dem Manuskript den letzten Schliff verlieh.

Von Herzen gedankt sei meinem Mann und meiner Freundin Angela für die vielen inhaltlichen Anregungen sowie Thomas, Heike, Susie, Anne, Malte, Berit, Susanne und Britta für die moralische Unterstützung während der Entstehung dieses Buches.

KLAUS ERFMEYER
Tribunal

324 Seiten, Paperback.
ISBN 978-3-8392-1060-4.

OHNE GEWISSEN Essen und das Ruhrgebiet bereiten sich auf das Großereignis »Kulturhauptstadt 2010« vor. Als der Psychologe Paul Bromscheidt der Kanzlei Hübenthal & Knobel die Idee anträgt, aus diesem Anlass eine Ausstellung zum Thema »Justiz und Gewissen« in Deutschlands größter unterirdischer Bunkeranlage zu organisieren, sind die Anwälte begeistert. Erwartungsvoll folgen Stephan Knobel und seine Kollegen dem eloquenten Bromscheidt in das Stollensystem. Doch die Führung wird zur Entführung – und für die Geiseln zur Konfrontation mit einem Täter, der eine zynische Abrechnung zelebrieren will …

HARALD SCHNEIDER
Wassergeld

324 Seiten, Paperback.
ISBN 978-3-8392-1062-8.

LAND UNTER Weihnachtszeit in der Vorderpfalz. Ausgerechnet während der Weihnachtsfeier der Kriminalinspektion Schifferstadt wird Katastrophenalarm ausgelöst: Bei Altrip wurde der schmale Deich durch eine Explosion beschädigt. Teile des riesigen, direkt am Rhein gelegenen Campingplatzes »Auf der Au« sind überflutet. Glücklicherweise gibt es nur wenige Verletzte, da sich kurz vor Weihnachten kaum noch Menschen auf dem Platz befinden.

Doch dann kündigt ein Erpresserbrief mit einer Forderung in Millionenhöhe weitere Attentate an. Und als Kommissar Reiner Palzki auch noch ein toter Schiffsführer auf dem Gelände der Schifffahrtsgesellschaft Rheingüter GmbH im Ludwigshafener Kaiserwörthhafen gemeldet wird, droht die Lage zu eskalieren. Ein Wettlauf gegen die Zeit beginnt …

GMEINER

Wir machen's spannend

JOCHEN SENF
Kindswut

322 Seiten, Paperback.
ISBN 978-3-8392-1047-5.

BERLINER IRRENHAUS Fritz Neuhaus aus Berlin-Charlottenburg ist ein echter Lebenskünstler – und einfach viel zu gutmütig. Erst lässt er sich dazu überreden, seinen betrunkenen Freund Ludwig als Grabredner zu vertreten, dann »überzeugt« ihn Frau Stadl, seine Nachbarin aus dem feudalen Vorderhaus, während einer Geschäftsreise auf ihren Sohn Philip in ihrer Wohnung aufzupassen. Der 17-Jährige sitzt dort völlig verstört in einem Schrank, trägt eine Pitbull-Maske und äußert sich nur in Tierlauten. Was Fritz nicht ahnt: Zwischen Sohn und Mutter ist ein mörderischer Zweikampf entbrannt – und er steckt längst mittendrin …auf ihn. Als zwischen Sohn und Mutter ein mörderischer Zweikampf entbrennt, ist es längst zu spät – Fritz Neuhaus steckt schon mittendrin …

JAN BEINSSEN
Feuerfrauen

373 Seiten, Paperback.
ISBN 978-3-8392-1043-7.

GEGEN DIE ZEIT Die Nürnberger Antiquitätenhändlerin Gabriele Doberstein hat sich auf die Beschaffung wertvoller Gemälde spezialisiert, die in der Fachwelt als verschollen gelten. Unterstützt wird sie dabei von ihrer jüngeren Freundin Sina Rubov, einer Studentin der Elektrotechnik.

Nach dem Fall der Mauer ist das ungleiche Duo im Osten unterwegs: Auf der Ostseeinsel Usedom soll sich in einem alten Nazi-Bunker bei Peenemünde eine verborgene Schatzkammer befinden. Doch als die beiden Frauen in das Innere der Festung eindringen, erleben sie eine gefährliche Überraschung …

GMEINER

Wir machen's spannend

UWE KLAUSNER
Odessa-Komplott

278 Seiten, Paperback.
ISBN 978-3-8392-1053-6.

TÖDLICHE SEILSCHAFTEN Berlin, 31. August 1948. Die verstümmelte Leiche einer Stadtstreicherin wird in der Nähe des Lehrter Bahnhofs gefunden. Nichts Besonderes im Berlin der Nachkriegszeit und so glaubt Hauptkommissar Tom Sydow zunächst an einen Routinefall. Doch warum sammelte das Mordopfer Zeitungsausschnitte über den stadtbekannten Kriegsgewinnler, Schieber und Spekulanten Paul Mertens?

Bei seinen Ermittlungen kommt Sydow einer Organisation auf die Spur, deren Verbindungen in höchste Kreise von Justiz und Politik zu reichen scheinen …

nicht lange suchen: Die Tätowierung unter der linken Achsel Mertens ist auffällig genug …

BERND KÖSTERING
Goetheruh

374 Seiten, Paperback.
ISBN 978-3-8392-1045-1.

GOETHES ERBEN Ganz Weimar fiebert den Feierlichkeiten zur »Kulturhauptstadt Europas« entgegen. Doch mitten in den Vorbereitungen werden aus dem berühmten Goethehaus wertvolle Exponate gestohlen. Die einzigen Hinweise sind Zitate des Dichters, die der Täter an Stadtrat Kessler sendet. Hendrik Wilmut, Dozent für Literaturgeschichte in Frankfurt am Main und ausgewiesener Goethe-Kenner, wird von Kessler gebeten, diese Zitate zu analysieren. Langsam und geduldig tastet sich Wilmut durch die Literatur und die Psyche des Täters – ohne zu ahnen, dass er damit nicht nur sich selbst in größte Gefahr bringt …bedeutet als die deutsche Klassik, ist durch sein Verschulden in höchste Gefahr geraten …

GMEINER

Wir machen's spannend

Alle Gmeiner-Autoren und ihre Krimis auf einen Blick

ANTHOLOGIEN: Mords-Sachsen 4 • Sterbenslust (2010) • Tödliche Wasser • Gefährliche Nachbarn • Mords-Sachsen 3 • Tatort Ammersee (2009) • Campusmord (2008) • Mords-Sachsen 2 (2008) • Tod am Bodensee • Mords-Sachsen (2007) • Grenzfälle (2005) • Spekulatius (2003) **ARTMEIER, HILDEGUND**: Feuerross (2006) • Drachenfrau (2004) **BAUER, HERMANN**: Verschwörungsmelange (2010) • Karambolage (2009) • Fernwehträume (2008) **BAUM, BEATE**: Ruchlos (2009) • Häuserkampf (2008) **BECK, SINJE**: Totenklang (2008) • Duftspur (2006) • Einzelkämpfer (2005) **BECKMANN, HERBERT**: Mark Twain unter den Linden (2010) • Die indiskreten Briefe des Giacomo Casanova (2009) **BEINSSEN, JAN**: Feuerfrauen (2010) **BLATTER, ULRIKE**: Vogelfrau (2008) **BODE-HOFFMANN, GRIT / HOFFMANN, MATTHIAS**: Infantizid (2007) **BOMM, MANFRED**: Kurzschluss (2010) • Glasklar (2009) • Notbremse (2008) • Schattennetz • Beweislast (2007) • Schusslinie (2006) • Mordloch • Trugschluss (2005) • Irrflug • Himmelsfelsen (2004) **BONN, SUSANNE**: Der Jahrmarkt zu Jakobi (2008) **BODENMANN, MONA**: Mondmilchgubel (2010) **BOSETZKY, HORST (-KY)**: Unterm Kirschbaum (2009) **BOENKE, MICHAEL**: Gott'sacker (2010) **BÖCKER, BÄRBEL**: Henkersmahl (2010) **BUTTLER, MONIKA**: Dunkelzeit (2006) • Abendfrieden (2005) • Herzraub (2004) **BÜRKL, ANNI**: Schwarztee (2009) **CLAUSEN, ANKE**: Dinnerparty (2009) • Ostseegrab (2007) **DANZ, ELLA**: Rosenwahn (2010) • Kochwut (2009) • Nebelschleier (2008) • Steilufer (2007) • Osterfeuer (2006) **DETERING, MONIKA**: Puppenmann • Herzfrauen (2007) **DIECHLER, GABRIELE**: Engpass (2010) **DÜNSCHEDE, SANDRA**: Todeswatt (2010) • Friesenrache (2009) • Solomord (2008) • Nordmord (2007) • Deichgrab (2006) **EMME, PIERRE**: Pizza Letale (2010) • Pasta Mortale • Schneenockerleklat (2009) • Florentinerpakt • Ballsaison (2008) • Tortenkomplott • Killerspiele (2007) • Würstelmassaker • Heurigenpassion (2006) • Schnitzelfarce • Pastetenlust (2005) **ENDERLE, MANFRED**: Nachtwanderer (2006) **ERFMEYER, KLAUS**: Tribunal (2010) • Geldmarie (2008) • Todeserklärung (2007) • Karrieresprung (2006) **ERWIN, BIRGIT / BUCHHORN, ULRICH**: Die Gauklerin von Buchhorn (2010) • Die Herren von Buchhorn (2008) **FOHL, DAGMAR**: Das Mädchen und sein Henker (2009) **FRANZINGER, BERND**: Leidenstour (2009) • Kindspech (2008) • Jammerhalde (2007) • Bombenstimmung (2006) • Wolfsfalle • Dinotod (2005) • Ohnmacht • Goldrausch (2004) • Pilzsaison (2003) **GARDEIN, UWE**: Die Stunde des Königs (2009) • Die letzte Hexe – Maria Anna Schwegelin (2008) **GARDENER, EVA B.**: Lebenshunger (2005) **GIBERT, MATTHIAS P.**: Bullenhitze (2010) • Eiszeit • Zirkusluft (2009) • Kammerflimmern (2008) • Nervenflattern (2007) **GRAF, EDI**: Bombenspiel (2010) • Leopardenjagd (2008) • Elefantengold (2006) • Löwenriss • Nashornfieber (2005) **GUDE, CHRISTIAN**: Homunculus (2009) • Binärcode (2008) • Mosquito (2007) **HAENNI, STEFAN**: Brahmsrösi (2010) • Narrentod (2009) **HAUG, GUNTER**: Gössenjagd (2004) • Hüttenzauber (2003) • Tauberschwarz (2002) • Höllenfahrt (2001) • Sturmwarnung (2000) • Riffhaie (1999) • Tiefenrausch (1998) **HEIM, UTA-MARIA**: Totenkuss (2010) • Wespennest (2009) • Das Rattenprinzip (2008) • Totschweigen (2007) • Dreckskind (2006) **HUNOLD-REIME, SIGRID**: Schattenmorellen (2009) • Frühstückspension (2008) **IMBSWEILER, MARCUS**: Altstadtfest (2009) • Schlussakt (2008) • Bergfriedhof (2007) **KARNANI, FRITJOF**: Notlandung (2008) • Turnaround (2007) • Takeover (2006) **KEISER, GABRIELE**: Gartenschläfer (2008) • Apollofalter (2006) **KEISER, GABRIELE / POLIFKA,**

Alle Gmeiner-Autoren und ihre Krimis auf einen Blick

WOLFGANG: Puppenjäger (2006) **KLAUSNER, UWE**: Odessa-Komplott (2010) • Pilger des Zorns • Walhalla-Code (2009) • Die Kiliansverschwörung (2008) • Die Pforten der Hölle (2007) **KLEWE, SABINE**: Die schwarzseidene Dame (2009) • Blutsonne (2008) • Wintermärchen (2007) • Kinderspiel (2005) • Schattenriss (2004) **KLÖSEL, MATTHIAS**: Tourneekoller (2008) **KLUGMANN, NORBERT**: Die Adler von Lübeck (2009) • Die Nacht des Narren (2008) • Die Tochter des Salzhändlers (2007) • Kabinettstück (2006) • Schlüsselgewalt (2004) • Rebenblut (2003) **KOHL, ERWIN**: Flatline (2007) • Grabtanz • Zugzwang (2006) **KOPPITZ, RAINER C.**: Machtrausch (2005) **KÖHLER, MANFRED**: Tiefpunkt • Schreckensgletscher (2007) **KÖSTERING, BERND**: Goetheruh (2010) **KRAMER, VERONIKA**: Todesgeheimnis (2006) • Rachesommer (2005) **KRONENBERG, SUSANNE**: Kunstgriff (2010) • Rheingrund (2009) • Weinrache (2007) • Kultopfer (2006) • Flammenpferd (2005) **KURELLA, FRANK**: Der Kodex des Bösen (2009) • Das Pergament des Todes (2007) **LASCAUX, PAUL**: Feuerwasser (2009) • Wursthimmel • Salztränen (2008) **LEBEK, HANS**: Karteileichen (2006) • Todesschläger (2005) **LEHMKUHL, KURT**: Nürburghölle (2009) • Raffgier (2008) **LEIX, BERND**: Fächertraum (2009) • Waldstadt (2007) • Hackschnitzel (2006) • Zuckerblut • Bucheckern (2005) **LOIBELSBERGER, GERHARD**: Die Naschmarkt-Morde (2009) **MADER, RAIMUND A.**: Glasberg (2008) **MAINKA, MARTINA**: Satanszeichen (2005) **MISKO, MONA**: Winzertochter • Kindsblut (2005) **MORF, ISABEL**: Schrottreif (2009) **MOTHWURF, ONO**: Werbevoodoo (2010) • Taubendreck (2009) **MUCHA, MARTIN**: Papierkrieg (2010) **NEEB, URSULA**: Madame empfängt (2010) **OTT, PAUL**: Bodensee-Blues (2007) **PELTE, REINHARD**: Inselkoller (2009) **PUHLFÜRST, CLAUDIA**: Rachegöttin (2007) • Dunkelhaft (2006) • Eiseskälte • Leichenstarre (2005) **PUNDT, HARDY**: Deichbruch (2008) **PUSCHMANN, DOROTHEA**: Zwickmühle (2009) **RUSCH, HANS-JÜRGEN**: Gegenwende (2010) **SCHAEWEN, OLIVER VON**: Schillerhöhe (2009) **SCHMITZ, INGRID**: Mordsdeal (2007) • Sündenfälle (2006) **SCHMÖE, FRIEDERIKE**: Bisduvergisst (2010) • Fliehganzleis • Schweigfeinstill (2009) • Spinnefeind • Pfeilgift (2008) • Januskopf • Schockstarre (2007) • Käfersterben • Fratzenmond (2006) • Kirchweihmord • Maskenspiel (2005) **SCHNEIDER, HARALD**: Wassergeld (2010) • Erfindergeist • Schwarzkittel (2009) • Ernteopfer (2008) **SCHRÖDER, ANGELIKA**: Mordsgier (2006) • Mordswut (2005) • Mordsliebe (2004) **SCHUKER, KLAUS**: Brudernacht (2007) **SCHULZE, GINA**: Sintflut (2007) **SCHÜTZ, ERICH**: Judengold (2009) **SCHWAB, ELKE**: Angstfalle (2006) • Großeinsatz (2005) **SCHWARZ, MAREN**: Zwiespalt (2007) • Maienfrost • Dämonenspiel (2005) • Grabeskälte (2004) **SENF, JOCHEN**: Kindswut (2010) • Knochenspiel (2008) • Nichtwisser (2007) **SEYERLE, GUIDO**: Schweinekrieg (2007) **SPATZ, WILLIBALD**: Alpenlust (2010) • Alpendöner (2009) **STEINHAUER, FRANZISKA**: Wortlos (2009) • Menschenfänger (2008) • Narrenspiel (2007) • Seelenqual • Racheakt (2006) **SZRAMA, BETTINA**: Die Konkubine des Mörders (2010) • Die Giftmischerin (2009) **THÖMMES, GÜNTHER**: Das Erbe des Bierzauberers (2009) • Der Bierzauberer (2008) **THADEWALDT, ASTRID / BAUER, CARSTEN**: Blutblume (2007) • Kreuzkönig (2006) **VALDORF, LEO**: Großstadtsumpf (2006) **VERTACNIK, HANS-PETER**: Ultimo (2008) •Abfangjäger (2007) **WARK, PETER**: Epizentrum (2006) • Ballonglühen (2003) • Albtraum (2001) **WICKENHÄUSER, RUBEN PHILLIP**: Die Seele des Wolfes (2010) **WILKENLOH, WIMMER**: Poppenspäl (2009) • Feuermal (2006) • Hätschelkind (2005) **WYSS, VERENA**: Todesformel (2008) **ZANDER, WOLFGANG**: Hundeleben (2008)

GMEINER

Wir machen's spannend